名家小说集

北京故事

石钟山　著

作家出版社

目录

短篇小说

片警杨杰的一天

片警杨杰每天起床的时间都很早，他早起床的原因是，他要把早餐做得很丰富，饭做了，菜也炒了。这在杨杰的左邻右舍里，杨杰这种做法是绝无仅有的。现在国人的早餐已经很西化了，不是牛奶就是点心，即便中式的也不外乎馒头稀饭。

杨杰这么做，不是他在自找麻烦，他这么做是有原因的。杨杰的儿子小兵两岁那年，杨杰的妻子，那个脸色苍白的女人心脏出现了问题，去医院检查，医生说心脏病很严重，需要做搭桥手术，人命关天，杨杰便把家里所有的积蓄都拿了出来去医院为妻子做手术。妻子是街道小厂的工人，厂里效益很不好，别说出医疗费，就是工资也是发了这月没下月的，一切费用都要靠杨杰自己承担。不幸的是，妻子心脏手术没能成功，结果脸色苍白的妻子都没能走下手术台，便撒手扔下了杨杰和只有两岁的儿子小兵。

后来是小兵的姥姥在照料这一家，姥姥已经六十多岁了，身体一直不太好。在小兵五岁那一年，姥姥又突然中风，从此姥姥也躺在了床上。

杨杰每天要到所里去上班，早出晚归的，没有更多的时间照顾岳母和儿子。杨杰的工资不高，请不起保姆，于是照顾岳母的重任便落在了儿子小兵的头上。五岁的儿子已经很懂事了，年幼的脸上，时时地流露出刚强和坚毅的表情。

杨杰每天都把早餐做得很丰富，早晨一家三口吃一些，剩下的放在锅里，中午的时候，杨杰无法回家，便由小兵热了，和姥姥一起吃。

姥姥在床上已经躺了有大半年了，她无法离开床，中风之后，六十多岁的身体再也不听使唤了，但头脑一直清醒。外孙小兵对姥姥的吃喝拉撒全面地负起了责任。这一切，小兵都能做到。姥姥以前有一双鞋，现在姥姥不能穿鞋了，小兵便趿拉着姥姥的一双大鞋，忙这忙那，踢踢踏踏的声音也是从这屋响到那屋。姥姥说：小兵，把便盆拿来。小兵便踢踏地跑过来，钻到床下把便盆塞到姥姥的被子里，完事之后，小兵又踢踏地去卫生间倒便盆。过一会儿，姥姥又喊：小兵，把姥姥的小杯端来。又是一阵踢踏。

中午的时候，姥姥又悠长地喊：小兵，咱们开饭了。小兵便走向灶台，他够不到煤气灶，便搬了个小凳站在上面，打开燃气。接下来他一直站在那里等着，过一会儿他喊：姥姥锅冒气了。姥姥就说：再等等，让饭菜热透再关火。小兵就等。火终于关了，锅里仍是热气蒸腾的样子，他吸着气，哈着手，左闪右躲地把饭菜端到姥姥的床前，他先用勺喂姥姥，姥姥说：小兵吃。接下来，姥姥吃一口，小兵也吃一口。姥姥的泪水就一点一滴地流下来，小兵就奶声奶气地说：姥姥乖，不哭。姥姥的泪水就更加不可控制了。

小兵趁姥姥睡着的时候，他也会开一会儿小差，他跑出家门，走到小区的幼儿园门前，以前小兵就在这家幼儿园，自从姥姥瘫在床上后，小兵便离开了心爱的幼儿园。小兵异常缅怀幼儿园的生活，于是他抽空就去幼儿园看一看，他扒着铁栏杆向里面望，那些小朋友在老师的引领下，正在玩各种游戏，唱歌，做操，滑滑梯……这些游戏都是小兵以前最爱做的。小兵就那么痴痴地看了一会儿，又看了一会儿，终于清醒过来，又急三火四地踢踏着脚步往家里跑。姥姥见到外孙，知道外孙干什么去了，泪水又一次流了下来。

杨杰吃完早饭，把一切准备好之后，就要上班去了。他还没出门，岳母就叫住了他。岳母说：杨杰，这日子这样下去不是个法子，你也该找一个人了。自从杨杰的妻子去世后，很多人都为杨杰张罗过婚事，都是因为这样那样的原因没有成功。杨杰听岳母这么说，只是笑一笑。

岳母又说：都是我拖累了你和小兵。她说到这儿，又要哭出来。

杨杰就说：妈，你不要老说这样的话，这事不是让咱家赶上了吗？

岳母就悲泣地说：我咋不早点死呀，帮不上你们的忙，还拖累你们，我是个老不中用的呀！

杨杰就叫了声：妈。

岳母就这么一个女儿，早些年老伴就去世了，孤儿寡母的这么多年也挺不易的。杨杰谈恋爱的时候，岳母对他就很好。

杨杰没有多少时间和岳母说什么了，便开门走了出去。他打开门，岳母又叫了一声：杨杰——杨杰回了一次头，他看见岳母正望着他，他说：妈，你还有事吗？

岳母没有说话，杨杰又冲儿子小兵说：儿子，有事给爸打电话。

儿子清脆地答应了。

杨杰便急三火四地往所里奔去。

所里上午的工作是这样安排的，第一要研究小菊的问题，第二要欢送老所长退休。小菊的事已经困扰所里好长时间了。一个多月前，杨杰在一家商店门前发现了小菊。那会儿小菊已经昏死在商店前的台阶上，很多路人都在围观。小菊是饿昏过去的。杨杰把小菊带到所里后，喂了小菊一些吃食，小菊便清醒过来。刚开始问她什么话也不说，后来熟了，她才说了一些情况。人们在小菊那里了解到，小菊今年十二岁了，家是河南的，她已经上小学五年级了。但她一直不说家里的具体位置，这事就有些麻烦，想把小菊送回去的想法一直搁浅着。一个多月来，小菊只能吃住在所里，所里的人便轮流陪着小菊。

后来厮混熟了，小菊就说出了离家出走的一些真实原因。小菊说自己的老家很穷，后来就有许多女人走出家门，走到大城市里去，刚开始都是一些年轻的女孩子，小的十六七岁，出去了一阵，就有钱寄回来，刚开始不多，后来就多了。家里的情况就发生了变化，先是翻盖了房子，接着就换了家具，日子就变得光鲜亮丽起来。没有出去的年轻女人，便再也守不住清贫了，纷纷走出村庄，走进大城市。女人们走了，剩下了一些年老的女人和一些男人。渐渐地，村里的男人和年龄大的女人对那些年轻的女人开始说一些闲话了，他们说这些女人时，表情是不屑的，甚至有些咬牙切齿。小菊对那些年轻女人究竟出去干什么，也不太清楚，但她从大人们的眼神和话语里明白了这些年轻女人在外面肯定干的不是光彩的事。十二岁的小菊已明白一些男男女女的事情了。

后来，事情就发生了变化。先是邻居家的三婶也出去了，三婶和母亲的年龄差不多大，后来母亲在三婶的蛊惑下，也出去了。家里就剩下父亲和她。父亲是个老实人，管不住母亲，只能唉声叹气，小菊也没有能力阻止母亲。后来她就离家出走，她一离家出走，母亲便回来了。刚开始她出走，只限于家乡附近的小城镇，她又没什么经验，很快又被送回来了。这样稳定了一段时间，母亲便又一次离开家出去了。父亲就又叹气，母亲曾对她和父亲说，自己在外面没有干那些见不得人的事，只给人家当保姆，或者卖花。但满村的风言风语，让父亲无言以对，父亲只能唉声叹气。小菊也无法面对同学和老师那种目光，她幼小的心灵遭到了空前的伤害。于是她就一次又一次出走，只有这样，母亲才能回来。几次三番之后，小菊的出走越来越远了，她学会了扒火车，后来又学会了不说出自己家里的地址，这样，人们就没办法把她送回去了。这样一来，她的母亲就无法远离家乡，小菊用自己的流浪，换回母亲在乡人们面前的清白。

小菊是杨杰捡回所里的，关于小菊的事，他肩上的担子似乎比别人又多了几分。他和同事们已经给河南方面发了无数份传真，也打了无数次电话，但一直没有结果。派出所是办公的地方，小菊长时间这么待下去，肯定不是个办法，所里的人都很着急，杨杰更急。但小菊死活不说出家里的地址，这事情就有些麻烦。

杨杰上班后，所里又一次专门开了一个研究小菊问题的会议，讨论了半天，也没有想出一个更好的办法，最后一致决定让杨杰出面再找小菊谈一次。小菊是杨杰捡回来的，平时小菊也最信任杨杰，杨杰也最操心小菊的事。杨杰在这之前无数次找小菊谈过，但都没有什么结果。事已如此，杨杰已经没有更好的办法了，他只能打动小菊，希望在小菊嘴里打听到小菊家的地址。

在小菊的脸上已经看不到花骨朵般的表情了。小菊来所里一个多月了，很少见她笑过。白天，小菊就坐在一角，静静地望着进进出出的人们，不问她话，她便什么也不说，有时屋里没人，有电话来，她便去接，冲电话里的人说，谁谁办事去了，让他（她）过一会儿再打过来。晚上，她就住在办公室的沙发上，很早便起床了，起床后，她就里里外外地打扫卫生，然后用热得快把水烧开。小菊是个很懂事的孩子，办公室静下来的时候，小菊就看课本。小菊离家出走，也没有忘记把自己的课本带在身上，在所里一个多月，她仍坚持学习。杨杰和其他同事一有时间就帮助小菊学习功课。每天，杨杰一看见小菊，他就会想起儿子小兵，心里就多了一种说不清的滋味。

杨杰找小菊说话的时候，办公室只有他们两个人，大家都躲出去了。这样就提供了小菊对杨杰更加信任的氛围。一个多月来，杨杰已经说不清多少次这么面对小菊了，他把该说的话都说了，可小菊就是不说家里的住址。杨杰一时不知说什么好。

杨杰抓着头发，样子很愁苦，小菊端坐在他的面前，神情很大人似的望着他。

小菊说：杨叔叔，你让我去你家照顾弟弟和姥姥吧，我能照顾他们。

杨杰曾把小菊带回过家里，小兵很喜欢小菊姐姐。杨杰听小菊这么说，心里就多了份温暖，还有些发酸。但他还是岔开话头说：小菊，你爱妈妈吗？

小菊点点头。

杨杰又说：妈妈也一定爱你，你离开家这么长时间，妈妈该有多着急呀。

小菊就低下头，一副隐忍的样子。

杨杰说：听叔叔的话，回家吧，叔叔去送你。

小菊抬起头说：不，我一回家，过不了多久，妈妈还要出去。

杨杰说：妈妈出去做工，是为了供你上学，也许不是你想的那样。

小菊眼里含了泪，哽咽道：杨叔叔，你不知道同学们的话有多难听，我没法去学校，老师也看不起我。

杨杰叹口气，无可奈何地望着小菊，此时他眼前的小菊似乎不是个孩子，而是个大人。

许多次了，杨杰把该说的话都说了，他想不出还有什么话能说服小菊了，他们无论如何也不能不管小菊，那样的话，小菊就会冻死饿死在街上。

杨杰默默地走出办公室，在过道里他吸了支烟，最后才走进会议室。全体人员正围坐在会议室里欢送老所长退休。杨杰进门的时候，他看见老所长正摘除肩上的肩章，然后老所长把自己的手枪和肩章郑重地放在桌面上，眼里已经含了泪。

老所长哽着声音说：从今天开始，我就退休了。

老所长是个好人，他从部队转业，直到退休一直在派出所工作，也就是说，老所长自从参加工作便一直和行武打交道。这么多年，没立过大功，也没出现过大的差错。派出所不同于刑警队，整日里和所属的管区居民打交道，没有遇到过什么惊天动地的大事，也没有什么大案要案需要他们去处理，他们只负责一方治安，工作就很平淡。但老所长一直热爱自己的工作，都差不多把所里当成自己的家了。老所长在众人的掌声中，郑重地向大家敬了个礼，此时，有两滴泪顺着老所长的脸颊滚落下来。欢送老所长的仪式就算结束了。大家陆续地走出会议室。

杨杰望着老所长，似乎看到了若干年后，自己也将摘去肩上的肩章和众人道别，这么想过之后，他心里竟有一股说不清的滋味。老所长看见了杨杰，想起了什么似的走过来，拉住杨杰的手说：今天中午的事你别忘了，好好谈一谈，你家里这种情况，这样下去怎么行。

老所长又一次为杨杰介绍了一个女朋友。以前老所长和所里的同事没少为杨杰的事操心。杨杰的爱人去世后，上有老，下有小的，大家都知道杨杰的生活挺难，以老所长为首的一干人等便都为杨杰张罗再婚的事。介绍了不少，都因为杨杰家庭的原因，没有成功。老所长在几天前就和杨杰打了招呼，又为杨杰介绍了一个女朋友。女方是医院的护士，曾有过一次短暂的婚史，是老所长老伴以前医院工作的同事。据老所长的老伴讲，这姑娘不错，通情达理的，把杨杰的情况介绍后，女方也同意见见杨杰。时间就定在今天中午，做护士工作，时间很不规律。

杨杰匆匆地吃完午饭，便去了约会地点。女人姓史，杨杰赶到的时候，小史已经等在公园那棵树下了。小史站在树下，文文静静的样子，戴着眼镜，脸孔很白。第一印象，让杨杰想起了以前的爱人，心里就多了几份好感。双方做过自我介绍后，杨杰就不知说什么好了。杨杰是个不善言辞的人，当过兵，转业后，就被老所长挑来到派出所工作了。平时接触女人的机会少，以前又见过几个女人，没谈几句，女人就走了，所以，杨杰对自己很不自信。

杨杰就和女人很沉默地绕着几棵树走了几圈，小史似乎也没有什么话可说，陪着杨杰很没有内容地走。

半晌，又是半晌，杨杰就说：我的事你都知道了吧？

小史低着头答：嗯。

杨杰又说：我上有老下有小，日子挺难的。

小史说：这我都知道。

杨杰还想说点什么，一时又不知如何说起，然后就抬头看头顶那轮冬日苍白的太阳。

小史说：我愿意和你们这些人交往。

杨杰就不解地去望小史。

小史的脸就红了，说：和你们打交道心里踏实。

杨杰就笑一笑，心里陡然亮了一下。

小史又说：以前我最大的愿望就是当一名女兵，可惜我的眼睛近视，体检没过关。

杨杰就很认真地望了一眼小史。小史简单的几句话，一下子就把两人之间的距离拉近了，他觉得有许多话要对小史说，说以前在部队时的岁月，还有所里的工作。可就在这时，杨杰腰间的呼机响了。上面只有一行字：急事速来，王大妈。

王大妈是杨杰管片的居委会主任，街道上出了什么事，王大妈就呼他。此时，他不能不去，他就遗憾地冲小史说：真对不起。

小史也遗憾地笑一笑，说：没关系，下次再见。

杨杰听了小史的话，就看到了一些光明，一激动就握住了小史的手，说：那就下次再见。小史又红了脸。

杨杰就急三火四地往公园门口赶，出了公园门，才想起还没有向小史要电话，想了想，反正从老所长那能查到小史的电话，这么一想，他便骑上自行车，向王大妈所在的居委会赶去。

杨杰赶到那儿的时候，那里果然出事了，很多人围在一幢居民楼前，叽叽喳喳地议论着什么。

王大妈站在楼下，仰着头正在向楼上喊着什么。杨杰抬眼看去，见一个三十多岁的男人站在六楼的阳台上，手里舞着一把菜刀，目光呆滞地望着远方，嘴里不知喊叫着什么。众人见杨杰赶来，自动地为他让出一条道，王大妈见到了杨杰便见到救星似的一把抓住了杨杰的胳膊，大呼小叫地说：小杨你可来了，小吴要跳楼哇，快想个办法吧。

小吴就在楼上自家阳台上喊：他妈的，不就是个死吗？活着还有啥意思？我要飞一个给你们看看。

杨杰发现小吴的精神有些不正常。

小吴以前在一家工厂里上班，后来工厂改革，小吴便下岗了，下了岗的小吴一时没有找到工作，便学着炒股。刚开始，家里也都支持，七姑八姨凑了些钱让小吴炒股，没想到几个月下来，便血本无归。从此小吴便把自己关在屋里躺在床上冲着天棚发呆。杨杰曾在居委会王大妈的陪同下到小吴家里看过他，做过他的思想工作。不知小吴听没听进去，总之，小吴一句话也不说，就那么痴怔怔地望着天棚。

后来，那些七姑八姨便三天两头找小吴要账，小吴无论如何也还不上那些账，耍起了无赖说：要钱没有，要命有一条。

七姑八姨就很气愤，扬言要告小吴。最后还是没告。

杨杰和王大妈为小吴工作的事没少花心思，介绍了几家，小吴也没心思去。没多久，小吴的爱人就提出要和小吴离婚，小吴自是不同意，后来爱人就带着孩子住到娘家去了。小吴从此更是大门不出二门不迈了，整日里把自己关在房间里，没有人知道他在家里干什么。

今天中午，人们吃过午饭不久，就发现小吴手提菜刀站在自家的阳台上，扬言要飞出去，不把生死当回事了。

杨杰知道小吴的精神出了问题，这时做工作已不会起到任何作用。一个精神有问题的人，无论如何是听不进正常人的话的，只能采取别的办法。说不定什么时候，小吴真的就会从自家的阳台上“飞”出去。

杨杰看到了小吴邻居家的阳台，便让王大娘找到那家邻居。杨杰便从那家邻居走进了阳台，他让王大妈在楼下吸引小吴的注意力，自己悄悄地站到了邻居家的阳台上，趁小吴不注意，便扑了过去，把小吴扑进了屋内，在两人挣扎的时候，小吴手里那把菜刀把杨杰的手划破了。

杨杰和王大妈一干人等最后把小吴送进了医院，医生一检查，小吴果然精神分裂了。

办完小吴的住院手续，天已经黑了。杨杰这才感到有些累，手上被划破的伤口也隐隐地有些疼。

他走出医院的时候，就想起了家里的小兵和躺在床上的岳母。岳母就这么一个女儿，女儿早逝，便只能依靠杨杰这个女婿了。这么多年来，他和岳母的感情一直很好。他想赶紧回家。

自行车放在了居委会，送小吴来医院时，是坐医院的急救车来的。他想坐公共汽车先到居委会，然后骑车回家。每天到下班的时候，他都急着往家赶；每天晚上他回家时，小兵都坐在门前的台阶上等他；他每天见到儿子小兵，心里都不是个滋味，这么小的年龄就肩负起这么多的责任，他觉得对不住小兵。他曾发誓，找个好女人，和自己一起好好地照顾小兵和岳母。他上了公共汽车时，又想到了中午刚见面的小史，可惜这次没有和小史好好聊一聊。但一想起小史的样子，他的心里就感到了温暖。

正想着，他的呼机响了，是小兵呼的他。儿子说：姥姥病了。以前儿子也这么呼过他，岳母自从瘫在床上后，身体每况愈下，三天两头生病。他没太往心里去，心想，过一会儿就该到家了，先找一些药给岳母吃，要是不行，再去医院。就在这时，他的呼机又响了，还是儿子小兵呼的他，儿子说：爸爸你快回来，姥姥要死了。他预感到事情非同一般，车到了一站，他下了车，叫了辆出租，向家里赶去。

岳母真的不行了，躺在床上，呼吸急促。儿子小兵一边哭一边说：爸，姥姥把药都吃了。

杨杰每次去医院都要为岳母开上一些药，以备急用。为了方便，就放在岳母床旁的抽屉里。听儿子这么说，他拉开抽屉，果然看见那里只剩下一堆空药盒了。他马上想到岳母早晨说的那些反常话，岳母是不想再拖累他了。

他叫了一声：妈——便背起岳母向外跑去。

岳母抢救过来时，已经是后半夜了。他抱着小兵一直坐在急救室外面的椅子上。小兵趴在他的怀里一遍遍地哭诉：爸爸，是我没有照顾好姥姥，你打我吧。

他把小兵抱在胸前，眼泪止不住流了下来。他怕儿子看到自己的眼泪，于是，他就那么紧紧地抱着儿子。他望着急救室上方那盏亮着的灯，他想起了仍没有说出家庭地址的小菊，得了精神病的小吴，还有小史，以及逝去的妻子，急救室里的岳母。

后来急救室的门开了，一个护士告诉他，病人已经脱离危险了。那个护士说话的口气和神态又一次让他想到了中午见到的小史。

他来到岳母面前时，岳母有气无力地说：你们救我干啥，就让我死了吧。

杨杰叫了一声：妈，你这是干什么呀？说到这儿，眼泪又一次不可遏止地流了下来。

这时，儿子醒了，看见了睁开眼睛的姥姥，便大叫着扑向姥姥，儿子一边哭一边说：姥姥，你不能死，以后我再也不去幼儿园了，我要天天看着你，姥姥，哇——

杨杰背过身去，他用衣袖擦去了眼睛里的泪水，抬起头的时候，他看见了小史。小史正站在急诊室的门口，那么静静地望着他。

小　镇

这座围有灰色城墙的小镇，被日本人占领了。日本人来之前，镇里的青壮年男人都参加了八路军。现在小镇里只剩下老人、妇女和儿童。日本人占领这座小镇后，便在灰色城墙上建筑了炮楼，炮楼上日夜都有日本兵站岗。日本人就凭着这灰色的城墙，围住了这一方小镇。小镇里便发生了一些故事。

军　法

日本人占领小镇那天，镇里异常安静。鸡不叫，狗不咬，家家闭门关户，似死去了。

日本兵列着队，在官长的吆喝下，警惕地在街上走了一圈，并没发现什么异常。于是日本人才放下心来。日本兵很多，有几百人，散站在街上，一时竟无所适从。半晌过后，日本官长和兵们马上都想到了住宿。要一时解决这么多人的住宿，实在是件很麻烦的事情。

日本官长们就聚在一起，叽里呱啦研究这事。一会儿过后，日本官长就发布了命令。片刻，几百人的队伍分成若干个小队，走街串巷，挨家挨户去敲那一扇扇紧闭着的门。门一扇扇地被敲开了，日本兵就三三两两地走进去，查看每一户的住房，于是这些三三两两的日本兵们就住进了镇里的家家户户。

白脸日本兵和其他三个兵，敲开了一户门，来开门的是一个瞎眼婆婆，婆婆什么也不说，睁着一双看不见的眼睛，不明真相地冲几个日本兵翻。白脸兵和其他几个兵，好奇地望一会儿这位瞎眼婆婆，就去看房子了。瞎眼婆婆家房子大小有三间，一间是灶房，另两间连在一起，一间堆放一些杂物，另一间住着瞎眼婆婆。瞎眼婆婆开了门，就走回去，躺在床上，听着几个日本兵的动静。

几个日本兵，在那间堆满杂物的房子里看了看，几个人相互看一看，又一起点点头，然后几个日本兵就一起动手，收拾了一下这间堆满杂物的房子住了下来。日本兵发现，这家就瞎眼婆婆一个人。

住在这户的日本兵，和住在每家每户的日本兵一样，早晨一听到官长的哨声，便跑出去到街上集合，集合后的日本兵，就跺着脚绕着围在镇外的灰色城墙跑步，日本人管这个叫军操。军操完毕，开饭。吃饭时的日本兵，围着在街上架起的两口行军锅，站在地上，端着碗吸吸溜溜地吃。吃罢饭的日本兵，一部分排着队，扛着枪，到城墙上去换岗，另一部分没事了，三三两两地在街上转悠一会儿。日本人一来，街上就很冷清，没事的人从不到街上去。转悠一会儿的日本兵，发现没多大意思，就又三三两两地踱回到了自己的住处。

住在瞎眼婆婆家的几个日本兵，每次走回来，都发现瞎眼婆婆一个人一如既往地躺在床上，睁着一双看不见的眼睛向外望。有时，他们看见瞎眼婆婆的床着上放着一碗冒着热气的粥，瞎眼婆婆不时地撑起身子，端起粥碗喝上一口。

每次这几个日本兵回来时，都发现灶房里的锅还是热的，灶房里收拾得也很干净。日本兵就都很惊诧，瞎眼婆婆会有这么利索的手脚。其他时间里，日本兵总是发现，瞎眼婆婆一动不动地躺在床上。

夜里，这几个兵不上岗时，夜晚会突然醒来，醒来后的日本兵会听到隔壁的瞎眼婆婆唠唠叨叨地不知在和什么人说话。

几个日本兵都觉得蹊跷，日本兵望见隔壁仍只有瞎眼婆婆一个人。于是几个日本兵相互望一望，叽里呱啦说一会儿话，就出军操去了。

那一天，刚吃罢饭，天气突然下起了雨。日本兵匆匆放下碗盆，往住户跑。几个住在瞎眼婆婆家的日本兵，刚推开门，就愣住了。他们发现，院子里站着一个姑娘，姑娘很年轻，白白的脸颊，大大的眼睛，正抱着一捆干柴往灶房里去。发现几个进来的日本兵，她惊呼一声，扔了怀里的干柴，一双大眼睛透出惊恐。几个日本兵也怔在那一会儿，首先缓过神来的白脸兵冲姑娘笑一笑，姑娘望见了那笑，也醒悟过来，一转身向瞎眼婆婆住着的房间跑去。那一天，日本兵才发现，瞎眼婆婆的房间里还有一个小房间。姑娘就藏在小房间里。

那天晚上，几个日本兵又听到了瞎眼婆婆唠唠叨叨地说话，这次，日本兵们都知道，瞎眼婆婆是在和那个姑娘说话。于是，几个日本兵叽叽咕咕地也说了会儿话，日本兵说话时，隔壁便没了声息。

再转天，住在瞎眼婆婆家的几个日本兵，吃罢饭，便不在街上转悠了，而是急匆匆地走回来。他们就又看见了那个姑娘在灶房里做饭，火光红红地映着姑娘白白净净的脸，映着姑娘忙碌的身影，几个日本兵就站在院子里痴怔怔地望着那影子。

姑娘发现了，匆匆地端着做好的饭，回到了瞎眼婆婆的房间。很快，姑娘又回到了自己的小房间，这时，几个日本兵就怔一怔神。

夜晚的时候，几个日本兵经常醒来，醒来后的日本兵经常能听到瞎眼婆婆和姑娘说话的声音，说的是什么，他们听不懂，但觉得姑娘说话的声音很动听。于是，几个日本兵，便不停地翻动身子，用两只耳朵轮流听姑娘的说话声。

不几日，住在镇子里的日本兵，有了几起强奸妇女的事。一时间，镇子里的人很恐慌。也就是从那一天开始，住在瞎眼婆婆家的几个日本兵，看不见了那个姑娘。每次，他们吃罢饭，匆匆走回来的时候，都看见忙碌在灶房里的是瞎眼婆婆。那几个兵望着瞎眼婆婆都愣一愣，又相互望一眼，便垂着头走回屋里。

不长时间，又接连发生了几起日本兵强奸妇女的事件。那一夜，住在瞎眼婆婆家的几个日本兵，突然被镇子东头一个女人的喊叫声惊醒，他们听着女人的喊叫，和几个日本兵的笑声，后来女人的喊叫变成了呻吟，断断续续地传来。一会儿之后，只剩下女人的呜咽声了。几个日本兵再也睡不着了，披上衣服坐起来，这时他们听到隔壁有轻微的响动，然后是压低声音的说话声。

几个日本兵仍那么坐着，渐渐呼吸有些急促，最后乱成一团。开始有人穿上鞋向外走，又一个跟上——那个白脸日本兵张大嘴巴在黑夜里张望着，他发现自己的嘴有些干。他看那几个如着了魔的日本兵走出门外，向隔壁摸去，他也随在了后面。

几个日本兵闯进瞎眼婆婆的房间时，瞎眼婆婆惊呼一声，摔下了床。几个日本兵一挑门帘走进了里屋，里屋亮着昏暗的油灯，姑娘惊惧地坐在床上，手里握着把剪刀，似早就有了准备。姑娘已把剪刀的刀尖放在了喉咙下。几个日本兵怔了怔，有个日本兵舔舔嘴唇向前走了一步。姑娘那把剪刀就用了些力气，刀尖已陷在了肉里。那个日本兵又向前走了一步，这时姑娘的脖子上已有殷殷的血流下来，顺着白白净净的脖颈。几个日本兵惊骇得都大张了嘴巴，痴痴地呆望着姑娘。突然，站在几个人身后的日本兵吼了一声什么，那几个日本兵都一颤，一步步转回身，走回自己的房间。那一夜，几个日本兵都没睡，就那么呆呆地坐着。白脸日本兵吸了一夜的烟。

从那以后，他们再也没有到过瞎眼婆婆住的房里。姑娘脖子上的伤口渐渐好了。日本兵每次再回来，总是轻手轻脚地走回到自己的房间，呆坐着。街上强奸妇女的事件仍不断地发生。

姑娘又开始出现在灶房里，瞎眼婆婆自从那次摔下来后便不能下床走路了，只有姑娘忙前忙后地照料。有时姑娘走过日本兵住着的房间时，都发现白脸日本兵痴痴定定地望着自己。姑娘只瞥上那么一眼，就匆匆地走过去了。

日本兵们有时在夜间醒来时，经常发现白脸日本兵披着衣服坐在床上冲着窗外吸烟。每天早晨起床后，其他日本兵都发现白脸兵床的地上扔了一堆烟头。于是几个人就一起去望白脸日本兵，他不望他们，而是望窗外的天空。

那一晚，几个住在瞎眼婆婆家的日本兵，下岗走回来，发现大门开着，并听见瞎眼婆婆高一声低一声地呼叫着什么。几个人不由得加快了脚步，他们走进院里时，发现住在邻户的一个军曹正和姑娘撕滚在一起，姑娘的头发披散下来，衣衫被撕破，露出白净的肌肤。瞎眼婆婆趴在地上，头一下下撞击着地上的石头，已有血从瞎眼婆婆的额头上流出。几个日本兵都僵在那儿，望着眼前的一切。军曹发现他们，嬉笑着说一句什么，便又去撕扯姑娘的衣服。

眼看姑娘渐渐没了力气，日本军曹把自己的嘴巴朝姑娘白白的脸颊凑去，姑娘绝望地闭上了眼睛。这时，白脸日本兵突然冲过去，一把拽起了军曹，站起来的军曹愣了一下神，待看清是白脸日本兵，便叽里呱啦地大叫几声，边叫边拳脚相加地踢打着白脸日本兵，白脸日本兵立在原地任凭军曹踢打。姑娘已从地上爬起来，去抱地上的母亲。军曹踢打一阵，白脸日本的脸上就流出了鲜血，白脸日本兵仍一动不动地站着。

军曹甩开白脸日本兵又向姑娘冲去，姑娘绝望地惨叫着，她的目光越过军曹的肩头，求救地望着白脸日本兵。白脸日本兵浑身一颤，温顺的双眼里陡然冒出了两缕凶光。突然，他操起枪，用枪刺对着军曹的后背扎去。军曹大叫一声，从姑娘的身上翻下来，几个呆站着的日本兵也一起惊叫一声……

白脸日本兵触犯了日本军法，要枪决了。

白脸日本兵倒绑了双手被几个日本兵押着。他很沉静地走着，来到了刑场。白脸日本兵一双目光温柔地搜寻着，终于他望见了一方蓝天，那里正有一朵很美丽的云在游弋……

枪响了，白脸日本兵倒下了。

那天镇里听见这声枪响的人们，一起冲着枪响的方向垂下了头。

空　坟

小镇的人那时还不讲究火葬，人死了占一方僻静地界，把人埋了，于是地面上隆了一个土丘，叫坟。祭奠亲人的活人会在坟头上烧上些纸钱，过年过节时，还会摆上一些供品，以寄托对亲人的怀念。

老太太独自一家住在小镇东头的山坡下，山坡那一边就是那条灰色的城墙。有日本人不时地在城墙上走来走去。山坡上郁郁葱葱地生满了草，草地中央埋了一座新鲜的坟。那坟是老太太丈夫的，日本人占领小镇的前几天，丈夫去世了，便埋在了山坡上。

老太太家里就她一个人，日本人来了后，家里住了一个机枪手。日本兵上岗，扛着机枪到山坡的最高处，把机枪架在山顶上，俯视着整个小镇。

老太太刚失去亲人，很沉痛，隔三岔五便去给丈夫上坟。老太太蹲在丈夫仍很新的坟前，把一叠叠纸钱扔在火里，火光映着老太太一张皱皱的脸，浑浑浊浊的泪水不紧不慢地从脸上流下来。老太太便长时间地伫立在丈夫的坟前，凝视着那座坟。

机枪手上岗时，趴在机枪身旁，会清晰地看见老太太这一切。望着望着他就入了迷，目光一飘一闪地望着那红红的纸钱燃着的火。火熄了，他仍会长时间地把目光凝在那堆纸灰上。老太太在坟前立久了，会入魔般地哼一首小调，没有人能听懂那小调，只是个调调。小调凄婉动人，似哭似泣，呜呜咽咽。老太太哼这些小调时，那个趴在坡顶上的机枪手会坐起身，双手抱住屈起的腿，一动不动地向远方的天际望着，望着望着泪水就朦胧了眼睛。

老太太还有一个儿子，参加八路军已经几年了。自从参加了八路军，儿子就从没有回来过。刚开始时，还不时地叫人带口信，后来那些口信也没有了。别人都说她儿子一定是不在了，刚开始老太太不相信，可后来一直等来等去，等得丈夫死了，等得日本人来了小镇，儿子还没有回来，她信了，信儿子一定是不在了。老太太独守着两间空房，和山坡上那座坟，似乎觉得仍少了些什么。一天，她又去为丈夫上坟，她找出了儿子参军前穿过的一身衣服和一双鞋，她抱着这些东西，来到了丈夫坟前，在丈夫坟的下方又挖了一个坑，把儿子的衣服和鞋并放下去，又在上面埋起了一方小土丘。她做这些的时候，机枪手不错一丝眼睛地望着。那坟终于建好了，老太太望眼空坟，又望眼丈夫的坟，立在两个坟中间，就像丈夫和儿子活着的时候一样。老太太在两个坟中间燃着了纸，火红红地燃着，机枪手似乎明白了什么，更入情入境地望，望着望着，他又把目光移到很远的天际。

傍晚的时候，老太太回到了家里，坐在小院的石头上，望着山坡上两座坟，那里有她的丈夫和儿子。老太太就这么有滋有味地望着，望着这些，生活似有了寄托，也有了内容。每逢这时，机枪手也下岗回来了，站在老太太的小院里，望一会儿山坡上的那两座坟，又望一会儿远方的天际。有时，机枪手从怀里掏出一张照片，望上一会儿，机枪手望着那照片时，就有泪水一滴滴流水似的流下来。老太太望见过机枪手手中捧着的照片，那照片上是一位穿和服的老太太，很慈善地望着机枪手。她就想，照片上的老太太一定是他的母亲。这么想着，她的心就动了一下。

老太太习惯地立在小院里望山坡上那两座坟的时候，下岗的机枪手也常立在一旁呆望遥远的天际。望着望着，老太太会瞥一眼机枪手，机枪手也望一眼老太太。有时，老太太会突然想起自己的儿子就是被这些人杀死的，陡然目光里会升出两缕仇恨，这时，机枪手的目光就慌慌地避开老太太的目光，又去惆怅地望那遥远的天际。

一天夜里，老太太突然间被什么声音惊醒了。醒来后的老太太再也睡不着了，她就扒着窗子向山坡上张望，窗外，有星没月，一切都很朦胧。一个黑影就在这朦胧里摸进小院，又摸到老太太的小屋里。老太太惊惧地望着那个黑影，黑影就喊了一声：妈。老太太一哆嗦，伸手划燃了火柴，儿子的脸庞在老太太眼前一闪，老太太的手又一哆嗦，火柴熄灭了，她颤抖着声音喊了一声：儿——便和进来的黑影搂在一起。这时老太太才清醒地意识到，自己的儿子没有死，又回来了。这时，老太太突然想到了那边房间里的士兵。儿子警惕地摸出了枪，后来没见有什么动静，儿子这才又把枪收回去，和老太太相拥着坐了一会儿，就匆匆地走了。老太太一直望着儿子又走进黑夜里。

天刚一亮，日本人就集合了全镇子的人。全镇子的人就集合在山坡下的空地上，机枪手仍趴在山坡上，枪口就冲着全镇子的人。日本人说，昨天夜里八路军来了一个侦察兵，杀死了几个日本兵，现在八路军的侦察兵就在镇子里，让人们交出这个八路军，如果不交，统统地死啦死啦的有。

老太太知道，日本人说的那个侦察兵就是自己的儿子。她想儿子一定没被日本人抓住，已经安全地越过了灰色城墙。这么想着，老太太就觉得很踏实，她又望见了山坡上那两座坟，她想：明天一定要把儿子那座空坟平了，儿子还活着。这时，她又望见了趴在机枪旁的机枪手，她心里就又沉了一下。山坡上黑洞洞的枪口冲着山下一群手无寸铁的男女老少。日本军官举起了战刀，人们知道那战刀一落，机枪手就要开枪了。这时仍没有人交出八路军，山坡下的男女老少仇视地望着那黑洞洞的枪口。

日本军官的战刀落下了，人们闭上了眼睛，机枪却没响。人们睁开了眼睛，人们看见机枪手站起了身子，从腰间拔出一把匕首，那匕首冲着自己的肚子扎去，机枪手呼叫了一声。老太太清楚地看见，机枪手又望了一眼遥远的天际，便慢慢地倒在了地上，手里飘飘地落下了一张照片。老太太知道，一定是机枪手母亲的照片。

一时间，山坡下的男女老少愕然，日本人也都愕然，都一起望着那位趴在地上的机枪手。在以后的日子里，人们发现，埋在老太太丈夫坟下的那座空坟不见了。坡顶上，又起了一座空坟，人们还发现，老太太仍然隔三岔五地到山坡上烧纸钱，还到那空坟上烧，纸火红红地燃着，映着山坡上那些坟。

伤　兵

八路军包围了灰色城墙，攻打被日本人占领的小镇。喊杀声、枪炮声，镇内的人清晰可闻。日本人凭借着那条灰色城墙固守着小镇，但仍源源不断地有伤兵被抬下来，伤兵多了，日本医生照顾不过来，于是这些伤兵又被抬到镇内的人家，把药分散给每个伤兵，让镇内的人家伺候日本伤兵。

八路军攻城的第一天，翟二妈家就抬来一个伤兵。这个伤兵很年轻，十七八岁的年纪，唇上刚生出一层淡淡的茸毛。伤兵浑身上下被炮弹炸了足有六七处伤，被纱布缠裹着，血水浸出纱布。伤兵痛苦地呻吟着。伤兵被抬来时，还来了名日本军医，日本军医比画半天，意思是让翟二妈帮助照料。翟二妈望一眼伤兵，就想到了在外面攻城的八路军，那里面有她的丈夫和儿子。

日本伤兵躺在翟二妈家里。伤兵因流血过多脸色苍白，一双眼睛就显得又深又大。翟二妈在房间里进进出出，伤兵的一双眼睛也随着翟二妈转。翟二妈不看伤兵，似家里没有这么个人。

傍晚的时候，八路军开始攻城，枪炮声、喊杀声隐约传来。这时，翟二妈就倚在门框上望着城外一闪一亮的炮火，盼着八路军快些打进来。这时，那个日本伤兵从敞开的门里望着翟二妈的背影，望着远方的炮火，浑身止不住一阵阵哆嗦，眼里涌出惊骇的目光。八路军攻打一阵就收兵了，喊杀声和枪炮声也隐去了，深夜的小镇便显得很安静。翟二妈从门外走回来，坐在床上仍望着窗外，窗外的夜色很好，这时又有丝丝缕缕的硝烟味从窗缝里浸来，翟二妈嗅着这味道就很兴奋，于是翟二妈就长时间地坐在床上思念城外的亲人。

白天时，八路军不攻城，日本医生就挨家挨户地给伤兵换药。医生每次来到翟二妈家里，换完药的日本医生总是要和日本伤兵说上几句日本话，然后日本医生给伤兵端来一碗水，伤兵接过去咕嘟嘟地喝下去。伤兵贪婪地喝水时，医生就望一眼坐在床上翟二妈的背影，皱一皱眉头。医生临走时，又为伤兵端了碗水，放在伤兵的床头，把一些药和干粮一并放在伤兵的床头。

那一夜，八路军又在攻城，枪炮声、喊杀声一浪高过一浪。日本人护城的枪炮声也一阵紧似一阵，黑影里翟二妈看见从城墙上抬下的日本伤兵源源不断，她就想到在城外攻打日本人的丈夫和儿子。想到了那些呼啸着的炮弹，想着想着她的心就不再踏实了。追根求源，她就又想到了一切都是因为这些日本人，她又想到了那些被强奸后的妇女令人不忍再看第二眼的惨状，想着想着，她就有了火气。一个念头便从心里生了出来，她浑身随着远处的枪炮声一起震颤着。她抓过了切菜的刀在手里握着，浑身就不再颤抖了。她这时出奇地竟希望窗外的枪炮声早些停下来。终于，枪炮声停歇了。翟二妈手握着菜刀躺下了，她在等待着那个伤兵早些睡熟。

夜深了，窗外很宁静，硝烟味也已散尽了。伤兵一点声响也没有，翟二妈轻轻下床，来到伤兵床前。这时窗外的月光依然很明亮，映到屋子里的一切都影影绰绰。翟二妈举起了菜刀，就在她举起菜刀的时候，望见了躺在床上的伤兵，望见了伤兵始终睁开的那双眼睛。伤兵的目光惊恐地望着翟二妈，那张消瘦的娃娃脸因惊惧在轻微地抽动着，伤兵仍一动不动地躺着。这是翟二妈第一次认真地望着这个伤兵，她第一次发现眼前的伤兵还是个孩子。翟二妈举起的菜刀就那么在半空悬着，伤兵仍望着翟二妈，翟二妈在那目光里看到了惊惧——她倏然想到了自己的儿子，儿子那张娃娃脸，翟二妈一哆嗦，“咣当”一声，菜刀掉在了地上。翟二妈仍僵了般地立在伤兵的床头，这时她看见伤兵的眼里滚出一串泪珠。翟二妈摇晃了一下，碰倒了立在伤兵床头的枪。

翟二妈那一夜坐在床上一宿未睡，伤兵一动不动地躺在床上，也一夜未睡。天亮时，翟二妈拾起了地上那把菜刀，又把伤兵的枪立在了原处。翟二妈做这些时，伤兵很温柔地望着翟二妈。

中午的时候，医生来了，翟二妈立在院子里等待着事情的结果。医生来时，伤兵闭上双眼，医生不动声色地检查完伤兵的伤口，放下几粒药走了。她走进屋时，发现伤兵两眼仍紧紧地闭着，眼角却有泪痕。这时，翟二妈就在心里叹息了一声。

吃饭的时候，翟二妈把一碗滚热的粥放在了伤兵的床头。伤兵感激地望了望翟二妈。

那一夜，八路军攻城的喊杀声很激烈，而且那声音愈来愈近。倚在门旁的翟二妈清晰地看见有三三两两的日本兵溃退下来。八路军的枪炮声愈来愈近了，喊杀声也愈来愈真切了。翟二妈突然想起应该烧一锅开水，让进城来的丈夫和儿子先烫一烫脚。于是翟二妈就燃着了红红的灶火，翟二妈烧一会儿火，就走到门旁望一会儿愈来愈近的炮弹爆炸时的火光。这时，翟二妈看见伤兵挣扎着起来了，一跛一拐地下去走出门去，他走到翟二妈的身旁时，停了一下，望了一眼翟二妈，然后一跛一拐地走进了黑暗里。翟二妈望了一会儿又走回到灶膛旁，发现伤兵那支枪正熊熊地在灶里燃着。

翟二妈立起了身子向黑夜里望去。

八路军的喊杀声愈来愈近了。

锅里的水正在咕嘟嘟地滚开着。

血红血黑

逃　兵

1934年11月，湘江。

这是红军离开于都根据地后，最惨烈的一战。一军团的阵地上狼烟四起，哀鸣声，喊杀声，扯地连天。天空中，数架敌机在狂轰滥炸，敌人的炮弹如蝗虫般飞来。

一军团的阵地上沸腾了。

红军战士张广文伏在战壕里，不知杀退敌人多少次进攻了。士兵们都杀红了眼，烟熏火燎的，都让人分不出本来的面目了。身边的战友一批批躺倒了，有的受了伤，蜷缩在那里，一声接一声地哀叫着。

湘江，是红军长征通过的第四道封锁线，而前三道封锁线，红军并没有遇到多少抵抗，一路喊着就过来了。湘江是湖南的地界，湘军唯恐红军占领湖南，他们拼死抵抗，誓死要把红军远远消灭在湘江两岸。

一军团、三军团担负起阻击湘军的任务，掩护大部队过湘江。十万红军，肩挑背扛着整个国家在迁徙。

已经一个星期了，部队还在源源不断地过着江。

在这一个星期的时间里，张广文见到了太多的死亡。好端端的一个人，刚才还和他喝着一壶水，转眼间，一颗炮弹落下来，人就随着一声巨响、一缕硝烟，消失了。眼前的敌人，也是成片地倒下去，敌军官舞着枪在后面督战。他眼睁睁地看见，敌军官一连射杀了好几名溃退的士兵。士兵们被军官的威慑镇住了，又一窝蜂地拥了上来。红军长枪短炮的，只有拼了命地打，否则阵地难保。双方的拉锯战，使红一军团的阵地成了一片焦土。

张广文是第四次反“围剿”之前参加的红军。那天，他正在山上放牛。村苏维埃妇救会主任于英来了。于英是附近十里八村最漂亮的姑娘，一条粗黑的辫子在腰间一甩一甩的。她见人就笑，说话的声音就像在唱兴国的歌儿。她见到张广文就笑了，唱歌似的说：广文，放牛呢。

张广文一见于英的一双眼睛就定在那里，呼吸都不正常了。他还是第一次这么近距离地看着于英。于英迎面站在他前面，高挺的胸脯一耸一耸的。他干干涩涩地说：啊——

于英笑眯眯地说：广文，参加红军吧，建立苏维埃，过好日子。

张广文的哥哥张广开是去年参加的红军，此时正在前线打着仗。他记得那天晚上，于英去了他家一趟，把哥哥叫出去。很久，哥哥才回来。第二天，哥哥就参加了红军，戴着红花，敲锣打鼓地上了前线。

想到这儿，他有些口吃地说：俺哥都当兵了，俺要去，俺爹娘就没人照顾了。

于英又笑了一下。她伸出手，拉过张广文的手，瞬间，他似触了电，浑身颤抖着。然后，于英看着他说：你爹娘有我们苏维埃政府呢，你放心走吧。以后你爹娘就是我爹娘，有我一口干的，就不让二老喝稀的。

她的眼睛像一道闪电，说话间击中了张广文。他似呻似唤地说：俺还没有讨上媳妇哩。

于英又说：等革命胜利了，人人都会成家的，女子们都喜欢革命郎呢。

张广文听得口干舌燥，什么都说不出来了。美丽的于英在刹那间定格了，永远地印刻在张广文的脑海里。

不久，他当了红军，和哥哥在同一个连队里。第五次反“围剿”的战斗中，敌人的一个机枪手的子弹射穿了哥哥的胸膛。哥哥牺牲在了他的怀里。他抱着哥哥，哥哥咽气前，脸上没有一丝的痛苦，他气喘着说了一句话：告诉于英……后面的话还没有说完，哥哥头一歪，永远地闭上了眼睛。哥哥要告诉于英什么，张广文猜不出，这成了哥哥留下的一个谜。

不久，根据地越打越小，红军时刻处于被动。

又时隔不久，长征开始了。刚开始，他们管这次行动叫转移，到别的地方开辟新的根据地。但究竟去哪儿，没有人能说得清楚。关于长征的叫法，那是后人总结出来的。

队伍踏上了征程，越往前走离根据地越远了。红色根据地，那是红军士兵的家啊。张广文和所有的红军战士一样，越往前走，心里越空，越觉得没有底。不分昼夜地行军，让他们身体疲惫，可他的神经却灵醒着。他想到了爹娘，想到了战死的哥哥，爹娘现在只剩下他这棵独苗了，自己这一走，他们往后的日子该怎么过呀？想起爹娘，他就想起了半山坡上的那两间茅草房，心就火烧火燎的。

在这期间，连队有士兵开始溜号了。夜晚的部队就宿营在山野里，第二天集合时就少了几个兵。越往前走，这种情况就越严重。干部就开始做工作，讲革命和革命成功后的美好。张广文想到了于英说过的话。部队出发时，于英代表村苏维埃政府来看他们，一年多没见，于英瘦了，但还是那么精神。于英说：这次部队转移是胜利的转移，等红军回来了，我要站在村口接你们。说完，扑闪着两只大眼睛，话里有话的样子。他参军前就盼着革命胜利的那一天，到那时，于英就会来接他。那该是一种怎样的情景呢。

别的士兵开小差了，他也动过溜掉的念头，可想到于英的那双眼睛，仿佛那双眼睛正在望着他。自己真要是溜了，回到村里，他如何面对于英的眼睛呢。于是，他忍住了，一走就走到了湘江。

湘江两岸的阵地依旧苦战着。红军刚出发时，连队里有七十几号人，兵强马壮的，此时只剩下不足二十人了，样子是人不人、鬼不鬼了。战事还在继续，张广文不知这场战斗何时才能停止。敌人的进攻一波强于一波，没完没了。

他终于意识到，这样下去迟早有一天，他会被敌人的子弹射死，或者被炸弹炸死。他又想到了年迈的爹娘，此时二老一定站在家门口，眼巴巴地望着队伍开拔的方向。想到这儿，他在心里号叫一声：爹，娘——眼泪就流下来了。

那一夜，敌人暂时停止了进攻。他被排长派去搬运弹药。离开阵地的一刻，他做好了逃跑的准备。他对自己说，这是最后的机会了，如果失去这个机会，明天一早敌人发动新一轮进攻后，自己说不定就死在这里了。

他走在搬运队伍的最后，借着小便的机会，藏进了林子里。

等了一会儿，见没人找他，就疯了似的跑了起来。一边跑，一边在心里说：俺不能死，死了就见不到爹娘了。这时他又一次想到了于英。

他一路疯跑着，跌倒了，再爬起来，心里只有一个念头：回家。

天亮的时候，他的身后隐约传来枪炮声。他知道，新一轮战斗又打响了，他却活着，走在一片树林里。他估摸着跑了十几公里后，终于放松下来，一摇一晃地向前走去。

突然，他发现不远处有动静，那是人发出的声音。他下意识地躲在一棵树后。那人近了，也是摇摇晃晃地走着。待他发现那人时，那人也发现了他。两人相隔不远，对望着。那是敌人的一个逃兵，身上什么都没有带，赤手空拳地立在那儿，但那身军装却掩不住他的身份。

两人经过最初的慌乱后，很快都沉稳下来，也同时意识到了对方逃兵的身份。

那个逃兵笑了，露出一口白牙，见多识广地说：兄弟，现在咱们都一样，你不是红军，我也不是湘军，咱们的目的只有一个，就是活命。

他长吁了口气，靠在一棵树上。逃兵走过来，在离他很近的地方，一边掏出烟来吸，一边眯着眼看他：兄弟，哪儿人啊？是回家还是另谋出路哇？

他指了指前面，那是江西的方向，嘴上说着：回家。他逃出来就是想回家，照顾年迈的爹娘。

逃兵甩了烟屁股道：还是你好啊，有家能回。我不能回去，回去还得被他们抓回来。得，我跟你走，走哪儿算哪儿，有口吃的，能活命就行。

张广文在前面走，那人在后边跟着。一路上，他说得少，那人说得多。从理性上讲，他不戒备那人；可在心里却无法接受，昨天他们还面对面地厮杀着，现在却走到了一起，共同的命运就是逃亡。他怎么也想不到，会在这里，遇到这样一个人。

那个逃兵天生就是个碎嘴子，仿佛不让说话，就是不让他呼吸一样。他一刻不停地说着。他说他的家在湖南，当兵三年中，跑了三次，被抓回来三次。他是机枪手，在这之前就和红军打过仗，是围剿红军。这次也是围剿红军，却和前几次不一样，这次打得太凶了，死的人也太多了。他害怕了，所以跑了出来。

逃兵机枪手的身份一下子触动了张广文，哥哥就是死在敌人的机枪下，衣服被打穿了一个大洞，哥哥在死前，连句完整的话都没有说完。哥哥是在五岭峰的战斗中牺牲的。

他立住脚，盯着逃兵问：你在五岭峰打过仗吗？

逃兵怔了怔，似乎在回忆，但很快说：我打的仗多了去了，五岭峰肯定打过。我的机枪一扫，人一片一片地往下倒。我晚上做梦，都有那些死鬼来缠我，净做噩梦了。

他望着他，相信眼前的人就是杀死哥哥的仇人。

他继续在前面走，脚下用了力。逃兵呼哧带喘地说：兄弟，那么急干啥，咱现在安全得很。你怕我跟着你，是不？别怕，等我走出林子，你就走你的阳关道，我过我的独木桥，咱井水不犯河水。

他不理那人，急急地在前面走。虽然脚下的步子加快了，回家的心情却淡了，身后那人是他不共戴天的敌人，用机枪杀死了那么多红军，也包括他的哥哥。

后来，他累了，不想往前迈一步了。于是，停下来，靠在一棵树上喘着。后面那人也立住脚，先是坐着喘了一会儿，就仰躺在草地上，一会儿就扯起了鼾。湘江一战，就是七天七夜，人的眼皮就没有歇过。张广文的眼皮子开始有些发黏，可脑子还很灵醒——眼前躺着的是红军的仇人，他从队伍里逃了三次，又被抓回去三次，谁知道这次他能不能再给抓回去。抓回去的他，就又是一名机枪手了。张广文的耳畔又响起了机枪的鸣叫，眼前一排排的红军战士割麦子似的倒下了，还有哥哥临闭眼时的痛苦表情……

他站了起来，一步步向那个逃兵走去。他望着毫无戒备的逃兵，恶狠狠地扑过去。此时，他觉得自己又是一个红军战士了，他的双手掐在逃兵的脖子上，下死劲儿地用着力。

不知过了多久，他摇晃着站了起来，一瞬间，他的眼前闪过一双眼睛，那是于英的眼睛，饱含着赞许。他浑身一紧，望着眼前这片陌生的林子，人彻底清醒过来。他在心里说：我是红军战士。

想到这儿，他踉跄着向枪炮声传来的方向走去。他感到自己的背后，一直有一双眼睛在看着自己。

扩红女

苏维埃根据地的红军在广昌失守后，仗就越打越困难了。出发时，队伍是长长的几列纵队，很有声势。从战场上回来，队伍就短了一大截，士兵们低头耷脑的，很没有精神。

红军队伍在经历五次反“围剿”的几次失利后，严重缺员，各级苏维埃就把扩充红军队伍当成了首要任务。一时间涌现出许多的扩红妇女，后来，她们中的许多人就成了苏区的扩红模范。苏维埃政府把这项光荣又艰巨的任务交给女娃去做，也有着一定的便利条件。

苏维埃妇救会主任于英，那一年二十出头，长着一双会说话的眼睛，一条粗黑的辫子甩在腰间。那些日子，她脚不停歇地专找那些男娃说话。

村里村外，已经历了几次扩红高潮，年轻力壮的男人们在几次扩红中，都义无反顾地参加了红军。他们的目标只有一个，保卫苏维埃，保卫到手的胜利果实。他们参加红军是死心塌地的。

此时的青壮年能参军的都走了，有的牺牲在保卫苏维埃的战场上，有的仍在队伍中战斗着。村里还剩下一些十六七岁的半大小子，革命到了紧要关头，扩红工作就想到了这些准男人身上。当时村子里的大街小巷贴满了鲜亮的标语：保卫苏维埃，人人有责。村头村尾，一派热火朝天的革命氛围。

于英的两个哥哥都参加了红军，家里只剩下她一个女娃了。红军队伍不招女兵，要是招女兵，她早就报名参加了。革命的激情在于英的心里燃烧着，为了革命，她什么事都能做得出来，她日夜盼望着革命胜利的那一天。她现在是村妇救会的干部，她的工作是扩红，只要一拨接一拨的青年，经她的手送到红军队伍上，革命才有胜利的希望。

刘二娃正在山上放牛。刘二娃家里就剩他这一棵独苗，今年十七岁了。于英找到刘二娃时，刘二娃有些吃惊。他认识于英，这个妇女干部经常到他们村里搞扩红工作，一个又一个青年在她的动员后，参加走了。刘二娃看着那些青年，胸前戴着大红花，在漂亮的妇女干部于英的陪伴下，走出家门，走到队伍里，看得刘二娃的心里也痒痒的。他也希望自己能参军，在于英的陪伴下，兴高采烈地走出家门。可爹娘不同意他参军，还给他定了亲，那个女娃他一点也不喜欢，他心里喜欢的是于英。

二娃做梦也没有想到于英会来找他。

那天的确是个好天，天上一丝云彩也没有，几头牛悠闲地在山坡上吃草。刘二娃坐在一棵树下，于英也坐了下来。二娃的心里痒痒的，他听于英说话，就像听一支歌。

于英说：二娃，参军吧。参军光荣哩。

于英还说：二娃，当红军，保卫苏维埃。

……

二娃听了于英的话，顿觉天旋地转。他语无伦次地说：

可……可俺放牛哩。

于英说：你参军了，你家就是军属了，村里会有人帮你家放牛的。

俺爹俺娘不同意哩。二娃仍喘着气说。

你爹你娘的工作会做通的。于英仍唱歌似的说。

俺爹俺娘让俺成亲，接香火哩。

等建立了新社会，再成亲也不迟，那时候的女娃任你挑呢。

二娃的眼睛一瞟一瞟地落到了于英的脸上，于英真诚火热地望着眼前的二娃。二娃似乎受到了某种鼓励，梦呓般地说：俺想……想娶你这样的女娃。

二娃说完，觉得自己快成了一条干死的鱼了。

于英用那双会说话的眼睛水汪汪地望着二娃，她红了脸道：二娃，等你参了军，革命胜利了，你成了功臣，俺就嫁你。

真的？二娃睁大眼睛站起来。

真的，我不骗你。于英也站了起来，目光真诚地望着二娃。

于英姐——二娃叫了一声，就死死地把于英抱住了。于英任凭二娃下死力气地抱住自己，她的心里充满了母性的柔情。

她伸出手，摸着二娃的头。她知道，二娃这一走，说不定什么才能回来，也许是牺牲了，也许成了功臣，一切都是未知的。不管怎样，他们是为保卫苏维埃参的军，他们不容易呢。想到这儿，于英的眼睛湿润了。

几天之后，二娃参军了。他穿着于英为他打的草鞋，戴着于英为他扎的红花，在于英的陪伴下走出了家门，来到队伍上。他和于英分手时，用湿润的声音说：姐，我终于当兵了，你等着俺。

于英坚定地点点头。

二娃走了，他带着梦想和希望。

于英背过身，有两滴泪水滚了出来。她知道，自己的任务还很艰巨，于是又向另外一个山坡走去。那个山坡上还有马家的老三，今年也十六岁。她又一次向马三走去……

红军踏上长征路的那一天，于英亲手送走了十六个男娃参军。她被苏维埃政府评为扩红女模范。

几天之后，红军的队伍从瑞金和于都出发了。红军出发的那天早晨，于英在家里呆愣了好半晌，她不知道红军这一走，不知何时才能回来。一个又一个男娃的音容笑貌，清晰又深刻地出现在她的眼前。

马三说：姐，等革命胜利那一天，俺就娶你。

王小五说：姐，等俺回来啊。

……

想到这儿，她已经泪流满面了。

那些弟弟们就要走了，她要让他们记住她，记住革命胜利那一天回来找她。她没有什么东西可以作为信物，她在镜子里看到了自己的一头乌发。她找来剪刀，整齐地把头发剪下来，又仔细地分成十六份。然后揣在怀里，匆匆地走到红军集合的地方。

那里已经是人山人海了。送行的人和即将出发的人，相互喊着对方的名字。这个送过去两个鸡蛋，那个递过去一双草鞋，男娃们一边流着泪，一边说：俺们还打回来的。乡亲们也哽咽着：我们等你们回来啊。

于英在队伍里找到了李柱，李柱也看见了她，亲热地叫一声：姐——

于英从怀里掏出一缕头发，塞给李柱道：拿着，这是姐的。

李柱望着剪短头发的于英，含着泪说：姐，你等着，俺一定打回来。

她咬着嘴唇道：姐等你。

说完，她冲李柱挥挥手，又向前跑去。终于在另外一支队伍里看到了马三……

队伍一步三回头地走了，带着眷恋和不舍，踏上了征程。

雨飘着，伴着送行亲人的眼泪，一起洒落在这片赤色的土地上。

那以后，人们会经常看到于英站在村口的土路上，向远方张望。那会儿，有许多的人都这么日日夜夜地盼着、望着，盼望着自己的队伍早点回来。

后来队伍到了陕北，红军改成了八路军，又改成了解放军。全中国解放了，那些走出去的子弟兵们，该回来的也都回来了。唯有于英亲手送出去的那十六个红军，一个也没有回来。

于英一直也没有结婚，每天她都会走到村头的土路上，站在那里望上一阵子。这么多年了，村头的张望和等待，成了她生命中的一部分，不管风霜雨雪，从没间断过。村人们都说，于英是个怪人。

于英的头发早就长长了，先是乌亮水滑的一头，后来，一头乌发现白了，再后来就完全白了。现在的于英，仍每天站在村口张望。她的一双眼睛早就成了风泪眼，望一会儿，眼泪就不由自主地流出来了，她一边用衣襟擦眼，一边在心里说：俎等你们回来呢，咋就一个都不回来了？

再后来，七老八十的于英就活动不了了。她死后，村里根据她的遗愿，把她葬在了村口的山坡上，坟前立了块碑，上面写着：扩红模范于英。

现在，她每天都立在村口的山坡上，地老天荒地望着远方，想着，念着，盼着。

西路女兵

红西路军在甘肃羊泉峪一战，妇女团的医生王茜被马匪活捉了。同时被捉的还有几十名妇女团的士兵。

王茜被捉前，做好了与敌人同归于尽的准备。马匪把妇女团的一个营包围了，那会儿她们已经把自己装扮成了男兵，长发塞到帽子里，又抓了土在脸上擦了。

马匪包围她们的时候是在一个晚上，地点是羊泉峪。她们在夜半曾组织过一次突围，队伍也算是突围出去了，费了半天的力气，跑了有几里路，可马匪们的骑兵一眨眼的工夫又把她们围住了。

天亮之后，敌人发起了进攻。从被敌人包围之后，她们就没有想活着出去的打算。她们把最后一颗子弹或手榴弹留给了自己。

敌人进攻了，一排骑兵刮风似的向她们袭来。她们伏在石头或凹地里，向敌人打了一排子弹，又一排子弹后，敌人有的落马，有的继续向前冲着，举在敌人手里的马刀，在太阳下闪着冷光。最后，她们的子弹射完了，敌人的骑兵轻而易举地冲进了她们的阵地。

王茜腰里还有最后一枚手榴弹，她想等敌人到了近前，再和敌人同归于尽。她看见两个敌人狞笑着朝自己策马冲来时，她掏出手榴弹，拉开了保险。敌人怔住了，勒马立住，可她手里的手榴弹却并没有炸响。又是一枚哑弹！

敌人的马刀在她眼前一挥，便挑落了她头上的帽子。她的长发披散下来，另一个马匪惊呼一声：是个女毛贼。

她还没有在地上站起来，便被马匪提拎起来。她的身子一腾空，便不由她做主了。强悍的马匪提一只小鸡似的，活捉了她。同时被捉住的还有几十个妇女团的干部战士。

她们被集中地关在一个羊圈里。

马匪们为俘获这么多女俘，着实欢欣鼓舞了一阵子。他们架起篝火，吃肉、喝酒，然后把女俘们拉出去过堂。

他们并不想从女俘的嘴里得到什么秘密，而她们也没有什么秘密可言。甚至，马匪们都不想关心她们的身份，在他们的眼里，她们只是些高矮不同的女人。他们的过堂，实际上就是相看。

生活在戈壁滩多年的马匪们，不论职务高低，大都没有成亲，茫茫戈壁，最缺的就是女人了。他们这一战，俘获了这么多女人，他们要享用，要生活。马匪们依据职务的高低，挑肥拣瘦地选择着这些女俘。

王茜被马匪中的一个团长选中了。这个团长姓马，马步芳的部下大都姓马。马团长让人看不出实际年龄，脸上的刀疤斧刻刀凿似的，穿着羊皮袄，手里提着二十响的盒子枪。他像头饿狼一样，围着王茜前前后后、左左右右地看了，就一挥手道：老子就要她了。

说完，两个卫兵架起王茜就走，任她挣扎喊叫都没有用。团部有几排土房子，东倒西歪着，一股羊圈味儿。在这戈壁滩上，能有这几间土房子就不错了。

马匪们早就为王茜准备好了衣服，和一些吃的东西。衣服是西北女人常穿的土布衣服，吃的也就是奶茶和馕，这是马匪们最好的嚼咕了。

王茜不换衣服，也不吃。她从被俘的那一刻起，脑子里只有两个念头，那就是逃或者死。逃跑，她没有机会。她们集体被关在羊圈时，周围有许多马匪把守，就是跑出去了，这茫茫戈壁，跑不多远就会被马匪抓回来。有人试过，结果以失败告终。她被马团长带出来时，以为会有机会，没想到房子前后总有几个站岗的兵，影子似的转来晃去。看来逃跑是没希望了，那就只有一死了。

屋子里除了土墙就是土炕，想死，却连个抓挠的东西都没有。此时，她恨死了那枚哑了的手榴弹。如果那枚手榴弹炸响了，就用不着她这么煎熬了。马匪把她带到这里，她知道等待她的后果是什么。

她被关在土房子里，急红了眼睛，她真正体会到了求生不成、求死不能的痛苦。

一阵马蹄声响过后，马团长提着马鞭，醉醺醺地出现在她眼前时，屋里的光线一下子就暗了一半。马团长一双醉眼把她看了又看，然后道：咦，你不吃不喝，这是想甚哩？你从今儿起就是俺婆姨了，以后就跟俺过日子，生孩子。

说完，他红着眼睛扑过来，三两下就把王茜的衣服撕扯了。那是她的军服，虽然褴褛了，但毕竟是一种身份象征。马团长扯完衣服，又把它们揉成一团，随手扔在门外，冲外面的马匪说：烧了，看她还穿甚！

接下来的事情就不可避免地发生了。马团长强暴了她。此时，她脑海里只有一个念头了：死，去死……

想死，却没有寻死的办法，她只能绝食，不吃不喝。两天后，就有了效果。此时的她虚弱得已经没有力气从炕上爬起来了。这一点，早就在马匪的掌控之中。几个士兵过来，掰开她的嘴，一碗奶茶强行灌进去。她想吐，却吐不出，就那么干呕着。她终于明白，想死也并不是她想得那么简单。

事情的转机是在被马匪抓住的两个月后，她发现自己怀孕了，孩子已经在她瘦弱的身体中显形了。这孩子，正是她和张团长的骨肉。红军长征前，她就和张团长结了婚。长征开始时，他们一直在一起，他是团长，她是医生。两个月前，她随妇女团过了草地，刚开始张团长他们也过了草地，后来又一次过草地时，走了回头路，随另一路主力去了陕北。直到那时，她才和自己的丈夫分开。

这会儿，她才想起自从与丈夫分手后，她的月经就再也没有来过。前一阵疲于行军打仗，她根本就没有想起这事。现在她才意识到，肚子里的孩子是她和丈夫留下的。按时间推算，孩子已经有四个多月了。自己是医生，对这一点她坚信不疑。

自从发现自己怀了孩子，她暂时不想死，也不想跑了。她唯一的信念就是把孩子平安地生下来，这是丈夫留给她的，更是红军的种子。她要让孩子生下来，并把他抚养大。决心一下，她就完全换了一个人似的，该吃就吃，该喝就喝。几日之后，她的脸色就红润了，身上也有了力气。一双目光不再那么茫然，而是坚定如铁了。

马匪团长先是发现了她的这一变化，接着又发现了她肚子里的孩子。马匪团长以为是自己的功劳，高兴地拍着自己的大腿说：俺马老幺也有后了，有后了。

那些日子，马团长对她关心备至，百依百顺。

王茜被俘八个月后的一天，产下一子，是个男婴，很健康，模样很像母亲。马团长的样子比她还要高兴，又是宰羊又是杀马的，庆贺了三天，逢人就咧着大嘴说：俺婆姨给俺生了个小马崽。

孩子出生，让王茜的心稳定了下来。随着孩子的一天天长大，她又想到了跑。此时，马匪们对她已经很放心了，早就撤掉了卫兵的监视，她也能在军营里自由地出入了。看似平静的她，一直在寻找着逃跑的机会。

在一次马团长带着队伍劫杀一伙叛军时，只留下一个排看家护院。此时，她终于等来了机会。出发前，她把四岁的孩子绑在了马背上，然后又偷了一匹马，风一样地冲出了军营。卫兵发现了，想拦，她丢下一句：找俺丈夫去。

哨兵还没弄清楚团长太太到哪里找丈夫时，人和马就在眼皮底下风一样地刮过去了。她的马技就是这几年跟着马匪的骑兵练就的，为了这次的逃离，她做好了一切准备。

半年之后，她找到了西安的八路军办事处。办事处的人热情地接待了她，安排她吃住，并把她的情况一级级地上报到了延安总部。不久，总部就来了指示，鉴于王茜复杂的经历，又带着四岁的孩子，回部队有诸多困难，建议遣返。在这期间，张团长在陕北又一次结婚了。在战争年代，一个失踪四五年的女人，又没有任何音讯，后果可想而知。当然，这一切，王茜并不知道，她只是接到了遣返的命令。在她之前、和她之后的许多与她同样命运的西路女兵，都面临了这一结果。

王茜别无选择，她怀揣着八路军办事处送给她的五块银圆，辗转回到了老家湖南。那时，她一直坚信，她的丈夫张团长有一天会来找她的，因为她是他的妻子，况且他们还有了共同的孩子。

她在等待和守望中一天天地过着。儿子细芽仔也在一天天中长大。

先是日本人投降，然后内战全面爆发。她比别人更加关注战争的动向，因为队伍上有她的丈夫。

全国解放了。不久，抗美援朝又打响了。

细芽仔已经长成十几岁的小伙子了。王茜在等待和守望中，一头青丝隐约地现出了白发。这时的她仍坚信，丈夫会来找她的。

1953 年的一天，她意外地听到了丈夫的名字，这是她从政府的人的口中听到的。那人说她的丈夫已经是首长了，过几天就带着全家人，回来省亲。丈夫的老家也是湖南。

直到这时，她才知道自己的丈夫已经有了家室。那一年，细芽仔已经满十八岁了。她听到这里时，人就变了。不说话，只是流泪，细芽仔喊她，她也是一动不动。

又过了几日，从北京来的首长，终于回来了。他回到老家，为父母上了坟，看望了乡亲。有人就说到了她，丈夫也没有想到，她还活着，还有一个十八岁的孩子。

首长在城里安顿好家人，只身来到村里，要看看她。当人们前呼后拥地把首长带到她家里，人们惊奇地发现，她把自己悬在了屋梁上。

众人大骇，不知道这一切是怎么了。

首长流泪了。临走时，给她敬了个军礼。

没多久，细芽仔参军了。

中篇小说

北京故事

一

五一节前夕，七十三岁的老人，张伯祥失踪了。

张伯祥是在和老伴李少芬在超市采购东西时失踪的。

七十三岁的张伯祥几年前就患上了老年痴呆。张伯祥退休前是名小学的数学老师，其实老年痴呆在退休前就已经有征兆了。他经常在上课时发呆，正讲着一道数学题，讲到一半时，竟然忘了继续讲下去，大睁着眼睛望着眼前的孩子们，孩子们睁着小眼睛看着自己的老师。后来有孩子家长把张伯祥老师这种教学状态反映给校长，校长经过一段时间的观察，也发现了张伯祥老师这种状况，于是就找张伯祥谈了一次话，大体意思是，辛苦了几十年的张老师老了，不适合教学了，离开课堂，负责教具工作。张伯祥教了一辈子孩子，冷不丁离开课堂还有些不舍，红着眼圈和孩子们告别，专心管起了教具工作。张老师管教具，也经常丢三落四的，经常把教具错发和漏发，引得一些老师们也很有意见。

妻子李少芬也是名老师，和张伯祥在一个学校，李少芬在五十五岁时就退休了。李少芬起初对学校的风言风语并没往心上去，只是觉得自己的爱人年纪大了，忘性也大了，人老了这一切也属正常。直到五十九岁那一年，张伯祥提前一年退休回到家里，没事可干的张伯祥回到家里后，坐在那里经常发呆，早晨吃过的饭，过了中午就忘了早晨吃什么了，一副无辜无奈的神情。

那会儿，家住昌平的大儿子张守强回到家里一趟，许久不回家的大儿子张守强站在父亲面前，父亲瞪着眼睛一连问了张守强几遍：你找谁，你走错门了。父亲这么问话，让儿子非常惊愕和失落，把一张脸凑到父亲面前，也一连说了几句：爸，你糊涂了，我是张守强，你连我都不认识了？父亲端详了张守强许久，突然说了一句：老大，你回来了。

老大回来了，张伯祥马上让老伴李少芬去做包子。在张伯祥一家的生活中，吃包子就是改善伙食。以前一家人住在牛街，牛街上的牛肉包子很有名，因为牛街住的大都是回民，侍弄牛羊肉很讲究，清真食品也很有讲究，因此，牛肉包子也著名起来。张伯祥打小就生在北京，长在牛街，童年的口味是很难改变的，许多年过去了，一家人仍然把牛肉包子当成最好的食品。后来牛街改造，张伯祥为了改善一家人的居住条件，离开了寸土寸金的牛街。

那会儿家里三个孩子，老大已经另立门户了，住在单位临时分配的公寓房里，老二张守志在机关工作，那会儿的机关已经不再分配住房了，只能自力更生，买商品房了。老二张守志没钱买房，住在岳父岳母家里。岳父岳母是个处级干部，家里有一处三居室，就这么一个闺女，于是老二张守志自打结婚起就名正言顺地住进了岳父岳母家。这在北京被称为“倒插门”，虽然张伯祥和李少芬是一对知识分子，但事实就是这样，脸上心上，也很是不受用了好些日子。

老三是个女儿，那会儿刚大学毕业的张娜，听说在上大学时就轰轰烈烈地谈起了恋爱，人虽然毕业了，这恋爱也谈得有头无尾的样子，没有结婚的意思，据说男朋友又考上了研究生，为了学业自然是不能结婚。女儿张娜在大学毕业后仍住在家里，在一家公司上班，早出晚归的，一边谈恋爱一边上班，很忙碌很有理想的样子。

牛街拆迁了，赶上了千载难逢的一个机会，于是张伯祥和李少芬两人就研究，研究来研究去，又召开了一次家庭会议，在充分地听取了孩子们的意见后，终于决定，不再迁回牛街了，而是要一笔拆迁款，卷铺盖走人。原因是，两位老人要把拆迁款一分为四，给三个孩子留三份，自己留一份。用这些拆迁款自己去买房。拆迁款终于下来了，老两口那会也都快要退休了，不在乎去哪里居住了。于是他们跑到大兴买了一套两居室的房子，老大借着父母的拆迁款，一咬牙，一跺脚跑到昌平回龙观也贷款买了一套属于自己的房子，老二和岳父岳母住在一起的日子也够够的了，因为没条件，只能忍气吞声地将就着，现在有了父母给的拆迁款，于是也开始张罗着买房，跑遍了北京城，对比房子，对比钱，最后很豪气地在通州买了一套房子，比老大的回龙观要优越一些，也离城里近一些。

老三张娜，那会正专心地谈恋爱，满脑子都是爱情，还没想到吃喝拉撒这些俗事，父母把钱递给她时，她连正眼都没看一眼，只是说：爸妈，这钱是你们的，存起来吧。

父母见女儿根本不把这钱当回事，于是，就把钱暂时存到了女儿张娜的名下，张娜一如既往，该干什么干什么，把自己当成了个没钱的屌丝，活在爱情的梦里。

现在女儿已远嫁到上海去了，九年恋爱，换回了男朋友读完了博士，但男朋友在北京没找到合适的工作，上海有一家单位同意接收他，于是男朋友毅然决然地离开了北京去了上海，女儿张娜也老大不小了，况且，这恋爱从大学谈到博士，一谈就是九年，她舍不下九年的爱情，和父母挥挥手，说了声拜拜，一竿子扎到了上海，经营她的爱情去了。

后来，父母就老了，都相继退休了。

女儿张娜，因为一下子去了上海，回一趟北京肯定不那么容易，只是利用出差，或年呀节的，偶尔回来一次，匆匆地来又匆匆地去，很忙碌很辛苦的样子。

女儿离开北京去上海，就把名下存有父母给的拆迁款的存折带走了，后来父母听说，女儿就是用这笔款，付了首付，在上海浦东买了一套房子，贷了二十年的款，终于买了一套不大不小的房子。

退了休的张伯祥和李少芬已经没有更多的能力帮助儿女们了，操心依旧操心，惦记也一如以前一样的惦记，怎奈力不从心了，儿女们都大了，也就随大势而去了。

北京的两个儿子，一个住在北面，一个住在东边，他们住在南面，浩大的北京城，虽说叫一个城，这东南西北的，孩子们回来一次，也不是件容易的事。

刚开始周末时，老大从北面，老二从东面，千里迢迢，坐地铁又转公交，折腾两个小时赶到大兴，吃顿父亲母亲合力做的牛肉包子，又披星戴月地四散了，搞得两个儿子很疲惫。老大张守强一晃也是五十来岁的人了，生活的操劳，已经让他满头白发了。老二也四十出头了，在机关先是当科员，后来又当了科长，前两年又弄上了个副处长，自己也买了辆车，车虽然不贵，十几万的样子，毕竟也算是有车族了，偶尔，也有送礼的人把国产车后备厢塞满，有时，老二开着车，快半夜了跑到大兴的父母家里，把后备厢里的鸡鸭鱼肉之类的东西送给父母，又开着车一溜烟地赶回通州。父母对儿女的孝顺是心满意足的，更重要的是为儿女们的出息。

张伯祥和李少芬两人在睡不着时也多次合计过，这三个孩子，老二最有出息，身份是政府机关的工作人员，还带着长，这样一路下去，这个“长”会越来越大，人往高处走嘛，“长”做大了，父母管不了孩子们了，老二也会有能力帮助老大和老三的。两人想到这也就很欣慰。在情感的投入上对老二就有些偏心，或者叫重视。

每逢老二张守志回到家里，父母对他是最隆重的，不仅做牛肉包子，还要做上一个白菜豆腐汤，放上粉丝什么的，遇到年节，还要做上几个菜，父亲张伯祥要陪老二小喝几口，酒自然是老二从后备厢拉来的，偶尔也会有茅台、五粮液什么的，但那只是偶尔，细心的父亲是舍不得喝的，收藏起来，等着过年过节的和儿女们相聚时才拿出来。渐渐地，老二张守志在一家人心目中的威信树立起来了，家里的大事小情都是老二拿主意。张守志，这位机关的副处长，见多识广，每逢做出重大决定时，总是先喝几口茶，再吸上两支烟，然后就有了思路，说出来，一家人听了，果然，头头是道，高瞻远瞩，有理有据，一家人就按老二的思路办了。因此，老二的地位就显而易见了。

老大偶然回家，发现了父亲的不同寻常，连自己的儿子都不认识了，这能是小事吗？于是把电话打给老二张守志，把父亲的病情汇报了。老二张守志在电话那头，想都没想便说：爸这病可能是老年痴呆！

老大就在电话这头愣住了，这病听说过，但在现实生活中他没见过。教小学数学的父亲，在他们的印象里是多么聪明的一个人呢，不仅对数学敏感，生活中也处处透着仔细，日子也总是过得精打细算。

小时候，三个孩子都在上学，日子过得并不宽裕，父亲为了节省钱，总是自己做练习本，买来白纸，裁成练习本大小，再装订起来，剩下的事就是父亲坐在灯下，戴上花镜，用尺子和笔在白纸的练习本上，画出笔直的田字格，或者是横格。一笔一笔，一页一页，一个练习本做好，放到他们书包里，每每从书包里拿出这些练习本时，都会想起父亲坐在台灯下一丝不苟的样子。有时都半夜了，父亲仍然在那一笔一画地画着。

一想起父亲老年痴呆了，老大就哭了，很无助很无奈的样子。半晌他冲电话那头的弟弟问：老二，爸得了这病，怎么办？

老二在电话那头一边冲下属交代着事情，一边抽空冲他说：哥，你别急，等周末我回去再定。

说完挂上了电话。

老二终于在周末的时候回了一次家，老二搬了把椅子坐在父亲对面，把父亲仔细研究了。父亲那会儿还一时清醒一时糊涂，清醒时，父亲就问老二：守志，你这么看我干什么？

老二笑一笑，冲父亲说：爸，我看你老没老。

父亲慈祥地一笑：你今年都四十三了，爸能不老吗？

老二觉得父亲清醒得很，并不像哥哥说的那么严重，他看了眼哥。哥不信的样子，于是也坐到父亲面前冲父亲道：爸，你记得我多大了。

父亲抬起头想了想：老大你五十了，属兔的。

老大和老二交流了一下眼神，两人的心似乎都放到肚里了。那会儿，母亲正在厨房里忙着蒸包子，做白菜豆腐汤。

吃饭的时候，父亲糊涂了，他看着一桌包子，先是眼睛直了，然后站起来，把包子又都端走了，老大老二望着父亲这怪异的举动。父亲不认识似的望着他们说：包子是留给我三个孩子的，他们最爱吃包子了。

两个儿子望着父亲，眼圈红了。

老二决定，要把父亲送到医院去查一查。老二认识一些卫生口的朋友，把父亲弄到北京医院做了一次全面检查，很快就有了检查结果，父亲果然大脑萎缩了，也就是通俗所说的老年痴呆。

现实就是现实。

两个儿子哭了，看着父亲，望着母亲，在他们的记忆里，父母应该是很年轻的，拉着他们的手去学校上学，父亲在台灯下给他们一笔一画画练习本的事，好像就在几个月前。怎么一转眼，父母就老了，脑萎缩，还老年痴呆，他们似乎接受不了这样的现实。

远在上海的妹妹也知晓了父亲的病情，一个电话给父亲打来，她要亲耳听听父亲的声音，了解一下父亲到底病成什么样子了。

父亲的手机响了好久，屏幕上显示的两个字：女儿，这是父亲以前自己小心翼翼把女儿的电话号码输进手机，又仔细存储在手机上的。

女儿的召唤，让父亲很是惶惑，一时不知如何是好的样子。他拿起电话，就像拿起一颗炸弹，他把手机递给老伴说了句：你妹妹找你。母亲把电话接了，说了父亲的病情。父亲见老伴接了电话，自己没事人似的走了。

女儿哭了，母亲也哭了。

女儿风风火火地回了一趟北京，一家人聚在了一起，商量如何医治父亲。北京医院的专家说了，这种病是世界医疗难题，想治愈是不可能的，只是吃药，减慢大脑萎缩的速度，缓解痴呆的病情，既然医生都这么说了，孩子再孝顺也是攻克不了世界医学难题的，也只能这样了。

在老二的倡议下，要给家里请个保姆来照顾父亲。

母亲不肯，孩子们担心是母亲舍不得请保姆的工资，孩子们提出这份工资由他们三人承担。母亲还是不肯，母亲说：我身体还好，照顾你爸够了，等到我不行的时候，再说吧。

孩子们仍然坚持请保姆，母亲又说：哪有那么合适可心的保姆，最后还不够麻烦的。孩子们想了，也觉得母亲说得在理，在北京请个合心合意的保姆，比找个媳妇都难，弄不好，还闹一肚子气，不知谁将就谁了。既然母亲这么说，也只能按母亲说的办了。

刚开始的时候，三个孩子不放心父母，经常打电话给母亲询问父亲的状况，母亲又一一地说了，这次这样，下次还这样，父亲的病既然成了事实，日子也就是现实的日子了，波澜不惊，日子就又是日子了。渐渐地孩子们也习惯了这样的日子，全力以赴忙自己的生活和事业了，偶尔，周末时，回到家里匆匆地看一眼，说上几句话。老二依旧从车的后备厢里搬出一些鸡鸭鱼肉放到父母家的冰箱里，拍一拍手，喝几口水，说几句话，又匆匆地走了。

父亲已经不认识自己的孩子了，他们进门时，父亲总是害怕，把自己藏到卧室里，还关上门。

孩子们走时，推开卧室的门，冲父亲说：爸，我走了。

父亲不理他们，害怕地抱着个枕头，哆嗦着身子，头都不敢回。

孩子们在心里叹一声，把门又关上，心情沉重地走了，日子依旧。

五一节前夕，李少芬接到孩子们电话，说是五一节回来要和父母待上几天。母亲去超市购置过节用的吃食，带着父亲去超市采购，结账时，老伴还在身边，她带着老伴就像带一个三岁孩子。就在结账时，母亲专心地付款，装东西，等装完吃食，再一转身，父亲就不见了。

二

父亲失踪了，母亲带着哭腔在电话里通报了两个儿子。

老大张守强在电话里叫了一声，放下电话就坐地铁转公交地往大兴这奔来。

老二张守志毕竟是副处长，他一边开车，一边打电话，遥控指挥着，他先是报了110，说明了父亲失踪的事情。

他停好车，上楼推开父母家门时，两个派出所的警察，已经在做收尾工作了，他们让母亲找来父亲的近照。父亲已经许久没有拍照片了，这张照片还是去年十一，妹妹张娜回来时，临走那天全家拍摄的，妹妹在照相，照片上并没有妹妹，照相时妹妹喊：一二三，照了。便按下手机的快门，父亲坐在饭桌前，母亲和老大老二站在父亲周围，父亲的表情是一脸不配合，目光散淡地望着别处，一副胆怯的样子。妹妹当时就把这张照片转发给大哥二哥，妹妹之所以要照这张照片，她当时说：我一个人在上海，想你们就看看。

当时说这话时，妹妹是轻描淡写的，母亲先是红了眼圈，两个哥哥心里也酸酸的。妹妹照完相要去机场回上海，妹妹是二哥张守志送走的，他回通州也算顺路。

这张照片是春节时候，二哥张守志打印出来的，单位里有台彩色打印机，处里的人在打印过年的明信片，张守志没什么可打印的，就想到了手机里这张照片，便让处里的人帮忙打印了出来。过年时，他就把这张照片带了回来。现在这张照片派上了用场，警察看了照片，虽然不是父亲一个人的，有总比没有强，现在的电脑技术，会很轻易地把父亲的影像从众人里抠出来。

警察带走照片，说是要上网帮助寻找父亲，又留了家里电话和母亲的手机号，并交代要二十四小时开机，有情况会随时联系。

送走警察，大哥张守强才气喘吁吁地赶来，大哥头上流着汗，稀疏的头发贴在头皮上，因着急不停地气喘着。

母亲看到两个儿子到来，终于忍不住哭泣起来，一边哭一边说：不到一分钟，我低头付款，再一抬头，你爸就不见了，我找遍了超市，再也见不到你们的爸了。

张守志说：妈，你别难过，难过也没有用，咱们去找我爸去吧。

虽然报了警，但一家人心里并不踏实，寻找亲人的任务，还得靠自己，眼见为实。

母亲带着两个儿子又来到了那家超市，超市离父母的家并不远，紧走慢走也就不到十分钟，路上他们就像侦察员一样小心地把力所能及的范围内，每一个角落和身影都看了一遍，仍没有发现父亲的影子。于是，他们又进到超市里，把每个人，每个货柜前后都看了个遍。他们的举动，引来了超市保安的注意。保安跟踪了他们一会儿，上前交涉才明白，这家人丢了父亲，很同情的样子，张守志还拿出手机，又找出那张全家福，把父亲放大，让保安看，让收银员看，大家都摇头。最后张守志还要来了超市保安的电话，把这张全家福发给了保安，让保安帮忙留意，一旦发现，立即电话通知他，必有重谢之类的，保安郑重地应了下来，一家人才松了口气。

从超市出来，他们又到各个路口、公共汽车站牌下寻找，张守志逢人便掏出手机，指着那张照片，问人看没看见这位老人。人们都匆匆忙忙的，随便看上一眼，摇摇头，冷漠地离开了。

一直到了傍晚，母亲突然说：是不是你们的爸回家了。

一句话提醒了两个儿子，他们马上又匆匆地往回走。两个儿子和母亲相比，毕竟年轻，走得比母亲快些，走几步就停下来等母亲。母亲就说：先别管我，我丢不了，你们先回家去看看。

两个儿子有了母亲的指示，于是放心地迈开步伐向家走去。

门依旧锁着，门口多了大嫂和他们的儿子张小米。两人听说了这事，也从回龙观匆匆地赶来了，张小米正在上大四，已经是二十出头的小伙子了，嘴唇上冒出了茸茸的胡须。他见到了父亲和张守志叫了一声：爸，二叔……便移到一边去了，垂下头，一脸的沉重。

大嫂长得很普通，在任何一个地方见了都是一个普通女人，五十来岁，鬓角也有了白发，脸上的肌肤垂着，眼袋不深不浅的样子。

大嫂见两人回来，一脸焦急地迎上去：咱爸找到了吗？妈呢？

大哥张守强叹了口气，摇摇头说：妈在后头呢。

说完这话便把目光落在儿子张小米身上，他走近儿子一些，有些责备地望着儿子道：你怎么来了？

张小米抬起头：我接到我妈电话，我就来了。

大哥没再说什么，目光落在儿子的一条腿上。

儿子自小就小儿麻痹了，到现在一条腿长，一条腿短，走起路来就很不方便的样子。自从有了张小米，张守强夫妻俩，没少为儿子的腿暗地里唉声叹气。好在儿子很争气，从上小学到大学，没让他们操过什么心，学习成绩一直名列前茅，大学也是响当当的北京航空航天大学。这一点成为张家老少骄傲的资本。

小姑张娜曾跟大哥张守强说过一句话：上帝为小米关上了一扇门，就会敞开另一扇窗。你们供小米读书吧，他能读到什么时候就读到什么时候，国内读完，去国外读，要是学费吃紧，我赞助。

全家人都想让小米去读书，他们认为读书是小米唯一的出路。那么多活蹦乱跳，健康的大学毕业生找工作都不容易，何况他们的儿子腿上还有残疾。于是，全家人齐心协力，支持张小米读书。现在大四了，小米正准备考研，读完研再读博士，一路读下去，正如小姑张娜所说的，在中国读完，再去国外读，一直读到读不下去为止，到那时，也许才是张小米的出路。但是，张守强还是四处求人，为了孩子的工作，不断地送礼请客打招呼，在他看来，不管读多少书，最后还是要走向社会工作的。

困惑张守强的不是读书找工作的问题，而是这个孩子压根就不是他们亲生的，是从福利院领养的。

张守强结婚并不晚，二十多岁就和大嫂结婚了，普通人结婚，并没有什么远大计划，结婚就结婚，可这婚结了几年，大嫂就是不怀孕。在父母的一再催促下，两人到医院做了检查，也没查出什么毛病，可就是生不出来，一晃大哥大嫂都三十多岁了。他们终于觉得折腾不动了，眼见着年纪相仿的夫妻孩子都上小学了。两个人的日子过得清汤寡水的，没个孩子，总觉得少点什么，他们毕竟是普通人，就要过普通人的日子。在父母百般催促下，终于下决心去福利院领养一个儿子。儿子是他们领养的前提条件，去了几次，在众多孩子中选中了张小米，这也是权衡的结果，福利院的孩子大都有点什么毛病，张小米只是小儿麻痹，其他的一切正常，尤其张小米的眼神打动了他们夫妻俩。他们走进福利院无数次，工作人员一个孩子接一个孩子给他们介绍着。张小米那时就显得与众不同，躲在一角，不哭不闹，静静地注视着他们，审视着他们。后来，大嫂上前，伸出手把张小米抱在怀里，大嫂柔声说：孩子，跟阿姨走吧。

张小米点点头，一副很听话很懂事的样子。

大嫂心就化了，看着工作人员就说：我就领这个孩子了。

张守强看着张小米无可无不可的。接下来就是办各种手续，又上户口。最后给孩子起名叫张小米。

随着张小米的到来，大哥大嫂的性情发生了很大变化。以前没孩子时，想的只是两个人的生活，家里凭空一下子多了一个孩子，况且这孩子一来到家里就已经五岁了，冷不丁多出一个孩子来，生活就变了。再随着小米上学，爸妈地叫，在外人看来，他们的生活和别人家的生活并没什么两样，他们就习惯了做父母的身份，心里就多了种爱。

后来，他们下决心去回龙观买房子，其实也是有深层次考虑的。住在城里时，街坊邻居都知道张小米是从福利院抱养来的，有时聊天说话偶尔会带出一些信息来，比如一个邻居好久没见了，第一件事便会问：你们那孩子怎么样了？就是有时张小米在他们身边时，别人也会一惊一乍地问：这就是那个孩子吧？这些话，在二人心里听起来就怪怪的，很危机很恐惧的样子。在别人心中，你这个孩子是抱养来的，和那些人家并不一样。于是，他们为了隐瞒某种事实，决定搬家。那会正赶上父母从牛街动迁，父母给了他们一笔拆迁款，他们下决心，一下子就来到了回龙观，回龙观是四面八方的城里人聚集到这里的，以前都不认识，更谈不上了解，正好遂了他们的心愿。

孩子渐渐大了，他们的担心又接踵而至了，尤其是这几年，孩子住在城里的学校，有时十天半个月也回不了一次家，孩子一下子远了，那种危机感又来了。他们担心的是，孩子到他们家来时，毕竟是五岁了，五岁的孩子究竟有多少记忆，到底记不记得福利院的生活，他们不得而知。于是，他们穷尽自己的想象，回想自己五岁的时候还有什么记忆，想来想去，似乎记得，又似乎什么也不记得，这话他们从来没有和张小米交流过，张小米也没提过。越是这样，心里越是不安。在他们生活和情感中，早就把张小米当成亲生骨肉了，他是这个家的一部分，也是他们生命中的一部分，万一有一天，张小米走了，不认他们了，他们不敢想象这样的生活会是个什么样子。从幼儿园到小学，再到中学，到大学，十几年的生活如一日，怕冷怕热，怕吃不好，睡不好，多少个日日夜夜呀，张小米已经长在了他们的生命之中。张小米越大，他们这种担心越强烈。两个人都梦见过，张小米的亲生父母出现了，强行把张小米带走了。惊怔地从梦里醒来，回到现实中的他们，庆幸那只是个梦。然而，这种梦一直缠绕在大哥大嫂的生活中。在现实生活中，他们只能更加百倍地体贴照顾着张小米。

母亲回来了。走出电梯的母亲，看着一家人聚在门口，什么都明白了，她叹了口气，抖抖地掏出钥匙，打开门，说了声：进吧。

孩子们鱼贯着走进门。

母亲无力地跌坐在沙发上，低垂下头。

大嫂打开灯，坐在婆婆身边，她抓过婆婆一只手，似乎要安慰母亲，叫了一声：妈……自己的眼泪先掉了出来。大嫂这一哭，母亲也哭了。

母亲抽回手，一边抹泪一边说：我就是付个款，前后也就一分钟，再一抬头，你们的爸就不见了。

母亲已经成了祥林嫂。

张小米看了看屋子里的人说：我小姑知道吗？

他这一提醒，众人才想到了远在上海的张娜。

大哥望着二哥，二哥拿出手机道：我打吧。

电话接通了，二哥三言两语把父亲失踪的事和妹妹说了，又补充一句：那什么，你要忙就别往回跑了，已经报案了，这里有我和大哥呢。有事打电话吧。

说完挂断了电话，屋子里一时沉寂起来，灯光显得很耀眼，明晃晃地亮着。

母亲坐在吃饭桌前，桌上还摆着半块腐乳，还有半碗稀饭。这是父亲早晨吃剩下的饭，父亲失踪是在上午，看来母亲已经一天没有吃东西了。

大嫂毕竟是女人，想到婆婆还没有吃饭，更重要的是，老大、老二，还有张小米也没有吃晚饭，他们得到消息，就从家里和学校赶来了。大嫂站在客厅中央轻声说：我去给大家做饭吧。说完向厨房走去。

母亲似乎清醒了一些，颤颤地站起来，向冰箱走去，打开冰箱，从冰箱里拿出用塑料袋装着的包子，递给大嫂道：把包子热了吧，这是昨晚我和你爸一起蒸的。

母亲说到这儿，又有了欲哭的意思。母亲站在冰箱前，看到了地上放着的那两只鼓鼓的塑料袋，袋子上还印着超市的名字。母亲蹲下来，一件件把上午从超市买来的东西掏出来，张小米很懂事地来到奶奶身边，一件件地往冰箱里放。

母亲拿出一件就要说一句：这是姜，这是包包子的牛肉馅，还有火腿……

张守志过来，也蹲下身帮母亲整理这些从超市买来的东西。母亲看着这些东西，似乎又看到了老伴就站在她身边，收银员清点物品，然后打小票收款，她拿钱，找零，再一抬头老伴就不见了。世界就塌了。

母亲的眼泪滴下来，一颗又一颗地落在自己的手上和身上。

善良的张小米就劝：奶奶，你别哭。他自己这么说，也有了要哭的意思，奶奶的泪就流得更加滂沱了。

老二张守志心里也很难过，把从超市购来的东西放到冰箱后，他扶着母亲来到了餐桌前坐下。他安慰着母亲说：妈，我爸会找到的，他那个样子，不会走远的，也许就是迷了路。

母亲抬头望眼窗外，又回过头看一眼桌上的半碗稀饭和半块腐乳道：你们的爸早晨就吃了半碗稀饭，早晨我给他热了包子，他不吃，说是要留给孩子，把包子又藏到冰箱里去了。

母亲说到这，老大张守强突然牛一样地号哭起来，五十多岁男人的哭号，深沉而又悲壮。在一旁的张小米惊了一下，还是上前，扶住了父亲的后背，他的手随着父亲的后背起伏着。他一边劝着一边说：爸你别哭，爷爷一定会回来的。他这么说了，自己的眼泪也流了下来，滴在父亲的后背上。

大儿子的号哭，暂时让母亲止住了泪，但她要诉说，于是她就说：你们打小就在牛街长大的，你们爸，什么都忘了，就记着你们吃牛肉包子。现在每次做包子，他都要留下十三个包子，他才肯吃。老大五个，老二五个，老三三个，这是你们小时候的饭量。

母亲喃喃着，走到里屋，从床下掏出一摞订好的练习本，回来放到饭桌上。十几本父亲订好的练习本，样子工整洁白，练习本上父亲已经把三个孩子的名字写好了。张守强，张守志，张娜。这一切都是他们童年的记忆，父亲为了节省买本的钱，每次开学前，父亲都要通宵达旦地为他们裁订练习本。那会儿，每到半夜，孩子们醒来，都会看见父亲趴在家里唯一一张桌子前，一笔一画地画着格子，似乎在画着父亲的人生，也在画着他们的人生，在一张又一张洁白的纸上，画出方方正正的田字格，也画出笔直、清晰、永不交叉的横线……

这是他们儿时共同的记忆，父亲自从得了老年痴呆后，所有的记忆都不复存在了，只剩下包子和练习本。

张守志抚摸着练习本，眼眶是热的，父亲的人生电影似的在他眼前回放着，父亲从年轻到年老，没有轰轰烈烈过，平平淡淡地走到了老年，正如千千万万个父亲。

大嫂把包子做好了，还做了粥，热腾腾地端到桌前。

一家人看着包子似乎感到不饿了，都没有吃的欲望。望着冒着热气的包子，又想起了父亲。

老大张守强夹了一个包子放到张小米碗里，哽着声音说：你吃，吃完就回学校吧，学习要紧。

其余人都没有说话，母亲坐在桌前，根本没有要吃的意思。

大嫂就说：妈，你吃点，不吃怎么行。

老二张守志夹了一个包子放到母亲面前，自己喝了一口粥。

母亲望着粥，看着包子就又说：也不知你们的爸现在怎么样了。

母亲这么一说，所有的人彻底吃不下去了。都放下碗，眼泪巴巴地望着李少芬。这个七十多岁的女人，在儿女们的记忆里一直是坚强的，没见她哭过，从小到大父母的一言一行，一直是他们的榜样，父母不仅是父母，还是小学老师，父母这一辈子一直以人民教师的言行和形象约束着自己，要求着自己。

久了，这一切就和他们的生命融在一起了。刚强的母亲，此时在为父亲流泪。

张小米完成任务似的吃光了最后一口包子，咽最后一口包子时，噎得他还伸长了脖子，最后喝了一口粥把最后一口包子顺了下去。

张小米放下筷子，张守强就说：小米，你快回学校吧，晚了就没车了。

张小米就站起身：奶奶，那我先走了。

说完就往外走，李少芬站起来倔强地道：我也去，到外面再看一看。

众人都知道母亲说这话的意思，于是也都跟着出来。

走出家门，张小米在前，众人随后，向公交车站走去。一路无语，但眼睛却四处看着，似乎这时，他们会在某个暗影里突然看到他们的亲人。

奇迹并没有出现，一直走到公共汽车站，到张小米上车，透过车窗张小米在和众人挥手告别，孩子的眼神似乎一下子老了五岁。为了这突然而至的劫难。

公共汽车远去了，载着张小米，还有那些不认识的人。直到公交车消失在远处，母亲才默然地转身往回走，从家里到公交车站就这一条路，母亲回来时，特意转了个弯，又来到了那家超市前，超市早就打烊了，停车场上晃动着两个收费的师傅，他们守着几辆车，不离不弃的样子。

母亲长久地伫立在马路边，望着此时已冷清的超市。张守志向超市走去，确切地说，他冲两个看车师傅走去。他先从兜里掏出烟，每人递了一根，点燃，自己也点了一支，最后他才拿出手机，找到那张全家福的照片，把父亲的形象放大，递给两位师傅，让师傅们去看。师傅们吸着烟，认真地把父亲看了，最后都摇摇头。

张守志收回手机，冲师傅道了谢，穿过马路来到母亲和大哥大嫂身边，轻轻地说了句：回家吧。

也只能回家了，不回家又去哪里呢，大嫂扶着母亲，两个儿子跟在后面，麻木又紧张地往回走，他们的脖子昂扬着，尽可能地伸长，机敏地左右张望着，一路平安无事。

母亲一进门，坐在沙发上，很虚弱的样子。七十多岁的人了，自从父亲失踪已经过去十几个小时，母亲的身体和精力已经承受不住了。

这时，张守志的电话响了，电话是爱人打来的，她在询问父亲的消息。张守志三言两语说了，无非就是个结果，其实也没什么好说的。爱人在电话里说，已经请好了假，等明天一早送完孩子上学，就赶到大兴这边来。张守志嗯嗯两声，就把电话挂断了。

张守志放下电话就冲母亲说：妈，明天小芳一早就过来。

母亲长长地叹了口气：她忙，还要送孩子上学，这么远就别来回跑了。

张守志有个女儿，现在刚上初三，初三的孩子还离不开家长的照料，又是中考临近的关头，全家人都不敢马虎。心比孩子还累。

大哥张守强就冲老婆说：扶妈去里屋睡去吧。

大嫂就搀着母亲进了里屋，那是父母的房间，木板做的大床，十几年没变了，是从牛街那个老家搬过来的。木头是上等的木头，只因年久了，人躺在上面有吱呀作响的声音，父母恋旧，舍不得这些老旧家具，老物件一直陪着父母。

母亲和大嫂一走，客厅里就剩下哥俩了。

老大张守强红肿着眼睛，抬起头来冲着张守志道：小米的工作有消息了吗？

张小米马上就大学毕业了，这一段时间以来，小米的工作一直是大哥大嫂的心病。现在马上就到五一了，七月份小米就要毕业了。一年前，张守强和大嫂就郑重地把张小米工作的事托付给了张守志。弟弟现在是副处长，一直在机关工作，人脉路子自然是全家最广的，他们有理由把最后的希望寄托在弟弟身上。弟弟也责无旁贷地应了下来，毕竟这是自己的侄子，他有这份责任和义务。但现在大学生就业，实在有些难，每年都毕业那么多学生，还有许多省市的大学毕业生，一毕业就一头闯到北京来，僧多粥少，竞争就很残酷。

如果张小米是个健康的孩子，他们也不怕这份竞争，可偏偏张小米从小就小儿麻痹，健康的大学毕业生找工作都难，何况身体有残疾的。

张守志这大半年来，的确也把心思放到了侄子的工作上，但他毕竟只是个机关的副处长，影响和权力都没有那么充分。机关一位副局长一直和他关系不错，他当科长时，这位副局长就是处长，处长当了副局长，他也顺理成章地当上了副处长。也就是说，这个副局长一直是他的靠山，如果顺风顺水，这位副局长是有望竞争局长的，到那时，他也会水到渠成地当上处长。可不幸的是，十几天前，这位副局长被“双规”了，到底为了什么，在事件没有公布前，机关上下只能猜测了。这位副局长在当处长时，一直分管后勤，当上了副局长也分管后勤，后勤有许多事情要干，机关所有吃喝拉撒，包括基建工程等，后勤工作一直是块肥缺，这位副局长被“双规”了，有人欢喜有人愁。机关上下，乱了一阵子，后来就消停了，各种小道消息不一而足，说什么的都有。副局长被“双规”，张守志最后这棵大树就被拦腰斩断了。没了大树，张守志就很没底气的样子，说话办事也没了往日的麻利干练。关于侄子的事，他曾经找过这位副局长，副局长当时答应他：毕业再说，咱们服务中心，还是可以安排人的。副局长这么说了，就等于同意了，剩下的事就等着运作了。不幸的是，还没等张小米毕业，副局长就被“双规”拿下了。这些日子，张守志心里也慌慌的，他也说不清为什么慌。

哥哥这么问，他低下头冲哥哥说：不行就让小米读研吧，然后再找机会。

听弟弟这么说，哥哥意识到张小米工作的事基本泡汤了，他只能让张小米继续读书了。读研，再读博，不行，砸锅卖铁再读到国外去。只要不让孩子受委屈，他就是拿出性命也心甘情愿。

大哥这么想了，也就这么说了，最后又补充道：守志，小米毕竟不是亲生的。

张守志抬眼望着哥哥，哥哥一直有种危机感，随着张小米越长越大，这种危机感越来越强。哥哥经常会喃喃地问：你说小米知道他的身世吗？哥哥几乎问遍了家里所有的人，父亲还清醒时，他也这么问过，父亲不回答，只低下头，半晌才说一句：不养儿，不知父母恩。父亲这么回答等于没有回答。母亲不说话，张守志和张娜也不知说什么，大哥大嫂就一直疑虑着，好在张小米从小到大一直这样，似乎没什么变化。这一点让大哥大嫂放心，也让一家人踏实。

在父亲失踪的第一晚上，两个兄弟靠在沙发上，他们打算就这么过一夜。等着明天，等着父亲的消息。

在父亲失踪的第一天夜里，母亲一夜也没有睡好。

母亲睡前又吃了一次治高血压的药，大嫂就躺在昔日父亲的位置陪着母亲。大嫂闻着父亲的汗味，心里就有些酸楚，为了不让母亲看出来，她忍着没让眼泪流出来。

一天的折腾，母亲很疲惫了，毕竟是七十多岁的老人了。母亲刚躺下时，似乎还很安稳，刚眯着，也许三分钟，也许五分钟，母亲一下子从床上坐了起来，她第一件事就是摸自己的身边，结果摸到了大嫂，母亲就彻底醒了过来。她手捂着胸口，喘了两口气，就抽抽哽哽地哭开了。大嫂也披衣坐了起来，拍着母亲的后背，此时大嫂说什么都是多余的，索性大嫂就不开口了，就坐在床上陪着婆婆。

母亲哭了一会，下了床，来到窗前，把窗子拉开一条缝，颤颤地把手伸出窗外，四月末，北京的夜晚，仍有一丝凉意。半晌，又是半晌，母亲关上窗子，走到衣架前，摘下了父亲平时穿的外衣，这是件中式外衣，纯棉做的，手感很好，顺柔温暖，上午外出时，母亲本想让父亲穿上这件外套的，但看到窗外阳光很好，母亲也曾拉开窗子伸出手试了试窗外的温度，四月的北京，不冷不热，气候还算宜人。想着就去个超市，买完东西就回来了，就没让父亲穿这件外套。想到这，母亲拿着父亲的外套坐在床上，恨不能抽自己。母亲又抽抽咽咽地哭开了，她轻声说着：老头子，你在哪呀，天凉了，你就穿一件衬衣，多冷啊。母亲越说越难过，眼泪也更加汹涌，点点滴滴地落在父亲那件外套上。

大嫂就说：妈，你别担心，现在好人多，说不定爸让好心人领回家里去了。

母亲听了，抹了下泪，朦胧中看到希望似的说：能有这样的好心人吗？

大嫂见母亲听进去了，便趁势道：电视上经常说，好多流浪猫流浪狗都有人收养，何况我爸是个大活人，碰到好人领回家，这也是正常的。

母亲就从床上下来，一下子跪在窗前，冲窗外磕了三个头。

大嫂把母亲扶起来，又重新躺回床上。这次母亲似乎安静下来，不知不觉间就睡着了。不知多会，又醒了，母亲迷怔着打开门，走过客厅，一直走到大门口，打开门，楼道里的声控灯亮了，静静的，一个人也没有。母亲仍然迷怔着，她喊着：老头子，老头子?!

大嫂追了出来，拉过母亲道：妈，你睡迷糊了，没人。

大哥二哥也醒了，他们两个男人，就蜷在沙发上睡着了。电灯一直开着，不明不暗的样子。

两个人过来，围住母亲。母亲见到两个儿子似乎清醒过来，揉了揉眼睛，叹口气道：我在梦里，听见你爸敲门了。

大哥说：我们没听到，一定是你听岔了。

二哥拉开门，走出去，顺着楼道又转了一圈回来，冲母亲道：妈，你别乱想了，明天一早我就去派出所问问情况。

大哥也说：妈，你得休息好，我爸没找回来，你别弄出个好歹来。

大嫂又搀扶起母亲道：妈，回去歇着吧。

母亲只能又走回卧室，人是躺下了，却再也睡不着了。索性倚在床头，拿过父亲的外衣，盖在自己的身上，睁着眼睛等着天亮。

大嫂也不敢睡实，睡一会又睁开眼睛，看眼身旁的母亲，过会又眯着片刻，反反复复。

在客厅里的大哥二哥也睡不着了，一支接一支地吸烟，烟雾笼罩了两张中年男人的脸。

在煎熬和期盼中，终于等来了天明。

三

一大早，二哥张守志就接到了妹妹打来的电话，妹妹已在浦东机场了，她要坐今天的头班飞机赶回北京。

母亲听说妹妹要从上海赶回来，万分不忍的样子，她叨咕着：为了这个家，连累孩子们了。

大嫂就安慰母亲：妈，家里出了这么大的事，妹妹能不回来嘛。

母亲不再说什么，执意让大嫂陪着她再去超市，母亲坚信，父亲有可能会在超市附近出现。母亲要守株待兔。

大嫂陪母亲去了超市，大哥二哥去了派出所，接待他们的是其中一个来过他们家的警官，这个警官姓马，三十多岁的样子。马警官告诉他们，他们父亲的失踪情况已经上了公安的内部协查网，还打开电脑让他们看了看父亲的情况，电脑中的父亲照片，果然是那张全家福抠出来的，文字上写着父亲的年龄，身高，以及家庭住址，还有派出所的联系电话。马警官还告诉他们，公安内部的协查网，全市的派出所都能看到，也就是说父亲失踪的消息已经遍布北京大街小巷了。

大哥二哥礼节性地冲马警官道了谢，又来到了超市，远远地看见母亲在大嫂的搀扶下，站在超市入口处，超市刚开门不久，进出的人还不多，母亲和大嫂都瞪大眼睛，望着超市进进出出的人。母亲一夜之间似乎就老了许多，花白的头发，被风吹得一飘一抖的。

大哥二哥也来到超市门前，看着母亲，也望了超市进出的人流，一大早就进出超市的人们，大都是和父母年龄相当的老人。有位邻居大爷，年纪似乎比父母年纪还要大上一些，昨天父亲失踪，他就知道了，此时这位邻居大爷，提着塑料袋，走到母亲身旁，关切地问：妹子，兄弟还没回家？

母亲摇了头，又有了要哭的意思，眼前这邻居以前他们经常在小区里见到，母亲领着父亲遛弯，遇到年纪相仿的邻居，总会打个招呼，也算是熟脸了。

邻居看了母亲，也打量了围在身边的孩子们，便出主意说：别这么傻等了，贴小广告吧，人多眼睛就多，指不定有人就会看到。

邻居的一句话，提醒了二哥张守志，公安局内部协查通报他们是看到了，可那只是内部的，过往的人们并看不到，认识父亲的邻居永远是有限的，二哥张守志和大哥张守强就商量，大哥就说：印吧，印好了贴出去，死马当活马医吧。

二哥对大哥这句话很反感，什么就叫死马当成活马医了，他白一眼大哥，向超市附近一家复印社走去。到了复印社，接待二哥的是一个年轻姑娘，二哥张守志说明了来意，又拿出了手机，找到那张全家福的照片，放大，指着父亲说，就是他。

小姑娘说：印多少张？

二哥说：一百张吧。停顿了一下道：不，两百张。

两百张寻人启事，很快就印好了，二哥张守志沉甸甸地从复印社里抱出来。

超市门口，大哥大嫂在劝母亲回去。母亲不舍也不甘心的样子，揉了眼睛，似乎眼睛清亮了就能看见父亲。

张守志抱着两百张寻人启事，来到母亲面前，抽出一张，递给母亲道：妈，寻人启事印好了，我和大哥去贴，肯定会有消息的，你回家歇着吧。

母亲接过一张寻人启事，看到了那张放大了的老伴的照片，彩色的，老伴很形象地望着她，似乎有话要对她说。看到老伴的照片，母亲心里又阴晴雨雪了一阵子，再次揉了眼睛，用力地又把父亲看了一眼，在大嫂的搀扶下，一步三回头地向家的方向走去。

大哥张守强已经在超市里买了两支胶水，一支递给张守志，一直攥在自己手上，二哥张守志把一半寻人启事也递到了大哥手上，两个兄弟开始张贴寻人启事了。电线杆上，护栏旁，凡是能粘上东西的地方，都成了他们张贴的目标，那里早已贴上了租房广告，还有治疗各种疑难杂症的信息，兄弟两人，已顾不了那么多了，把父亲的寻人启事，喧宾夺主地贴上去。

他们以超市为中心，沿着马路，专门寻找人多的地方一路贴下去。还剩了几张，实在没处可贴了，张守志低头，看到了下水井盖上居然也贴了包小姐的广告，几个搔首弄姿的美女正冲张守志笑着，张守志想了想，把父亲的寻人启事也贴上去，盖在包小姐的广告之上，瞬间那几位美丽的女人头像被父亲的影像遮盖了。父亲望着他，他也望着父亲，半晌，张守志才移开脚步离开，似乎他把父亲丢在了马路上，走了几步，回了一次头，已经看不见父亲了，只依稀看见井盖上那一张白纸，张守志的心情就有点儿沉重，惴惴的。

张守志回到父母小区门口，看见大哥和妹妹张娜站在小区门口说着什么。张娜拖着一只大箱子，箱子很硕大的样子，和妹妹的身材极不相配。

张守志走过来，就听见妹妹在责问大哥：爸怎么就丢了呢？报警了吗？

张守志把那支快用完的胶水扔到附近的一个垃圾桶里，妹妹张娜看到了他，叫了一声：二哥。

张守志拍拍手，接过妹妹的箱子，低声道：回家说吧。

说完拖着箱子，轰轰隆隆地在前面走，大哥和妹妹跟在后面。

回到家的时候，二嫂也已经从通州赶来了，正和大嫂一起齐心协力地陪母亲流泪。三个女人各摆着纸巾一边擦泪一边在哭。

张娜推开门，叫了一声：妈……便扑过去，一把抱住母亲，这回四个女人哭在了一起。

张守志拿过自己的包，掏出充电器，插在了手机上，找了个电源插上，他拉把椅子坐下来，一直盯着手机，似乎手机会随时响起来。

二百张父亲的寻人启事贴出去了，上面不仅有父亲的彩色照片，还有父亲的相关信息，身高衣服颜色等，当然还有联系电话，电话写的是张守志的手机，还有父母家里的电话，重谢之类的自然也不会少。

父亲的寻人启事贴出去了，似乎就放飞了一线希望。

四个女人哭了一气，缓和了一些，母亲又开始叙述父亲昨天失踪的情形：结账前你爸就在我身边，我掏钱结账，前后也就一分多钟时间，再一抬头，你爸就不见了。

母亲不厌其烦地叙述着，她的思绪似乎就停在了父亲消失的那一刻。

母亲说完了，四个年龄不一的女人，又一次流泪，又一次唏嘘。

这时，张守志正在充电的手机响了，所有人的目光都集中在了那只手机上。张守志忙接过电话，电话是处里的一位同事打来的，通知张守志下午机关有一个重要的会议，让张副处长一定参加。张守志就说：我知道了。

放下电话，张守志看了眼电话上的时间，已经快十一点了，从大兴赶到市内的机关，少说得一个小时。

张守志拔下电话，把充电器装到包里道：妈，下午机关还有一个重要的会议，我就先走了。

母亲攥着半湿的纸巾，冲儿子说：你忙去吧，有你爸的消息，别忘了告诉我们一声。停了一下又补充道：就是有天大的事，手机也要开着呀。

张守志道：妈，你放心吧，开完会我就赶过来。

张守志出门时，爱人走到门口，红着眼睛哽着声音说：这几天你就多往这跑跑，放学前我赶回家去，家里有我，你就放心吧。

张守志点了头，一边看手机一边走进了电梯。

中午饭是大哥大嫂做的，煮了粥，还热了几个包子。

母亲坐在饭桌前，又止不住哭开了，她望着粥碗，又想起了父亲：都大中午了，你们的爸爸去哪里吃呀。

母亲这么一说，一家人都吃不下去了，如果再吃就显得非常不人道了。大家看着粥碗，眼里都是难过的神色，女人们陪着母亲又唏嘘轻叹了一番。

中午这顿饭就草草地收场了。

妹妹张娜陪母亲走进了卧室。

母亲半倚在床上，张娜坐在母亲面前，攥着母亲的手。

母亲望着女儿，一晃快半年没看到女儿了，上次见女儿时，还是在春节的时候，初二那天女儿回来了，一个人回来的，女儿跟家人说，爱人回自己家了，别的就没再多说什么。春节时，一家人就隐隐地觉得张娜有些不对劲，但问她什么，她就是三个字：挺好的。初五那天，妹妹走了，和平时也没什么两样。回到上海的女儿，偶有电话打过来，问父母的身体，还有一些家里的状况，母亲每每问到她，她总是说“挺好的”，也就是这三个字。母亲虽然年龄大了，头脑反应慢，但仍能感到女儿有些不对劲，大哥二哥回家时，母亲就把对女儿的这份担忧说了。二哥张守志就拍着胸脯说：我抽空问问妹妹。

二哥电话打了，也问了，妹妹自然轻描淡写地说：挺好的。妹妹不说什么，当哥哥的也不好深究，日子就这么过了下来。

此时，母亲仍担忧地望着女儿，幽幽地又问了一句：闺女，你和妈说实话，在上海待得到底怎么样？

女儿一下子扑在母亲腿上，就哭了，母亲意识到了什么，把手放到女儿头上，就像小时候一样安慰道：闺女，有妈呢，别怕。女儿听了这句话，哭得越加伤心了。

过了一会儿，又过了一会儿，女儿的情绪平复了一些。抬起头来说：妈，我要回北京，不在上海待了。

母亲望着女儿，眼里一百个困惑不解。

张娜说：我和林深分居半年了。

母亲：为什么呀，这是？

张娜擦了泪：他外面有人了，要和我离婚。

母亲的预感得到了证实。

这就是女儿马拉松式的恋爱，从大学开始，一直到林深读完博士，女儿一直在等，等来等去，终于结婚了，一下子又去了上海。去上海也没什么，这才刚结婚两年多，林深又有了外遇。通俗的故事，又让一家人碰上了。当初母亲不赞成女儿这门婚事的，大学恋爱时并没有什么，觉得女儿喜欢的父母就该支持。等林深读研时，说是不能结婚，要等一等，那就等一等，可等了研究生毕业，又去读博，还要等。父亲那会一时糊涂一时清醒，清醒的时候，也是反对女儿再等下去的。母亲劝了女儿，让她别再等了，等来等去，都等到三十了，这遥遥无期的爱情，什么时候才是个头哇。女儿却坚定不移，她相信爱情，信仰这份美好的守望。盼来熬去，终于等来了林深毕业，又去了上海，女儿辞了北京的工作，一往情深地去了上海，婚总算是结了，一家人为张娜也算是舒了口气。

这口气还没捯过来，张娜又分居了。母亲望着张娜，不知说什么是好，只能陪女儿叹气，流泪。

母亲摩挲着女儿的头发，女儿泪水涟涟，现在说什么反悔话都已经晚了，庆幸的是，女儿还是女儿，实实在在地就在眼前。

母亲问：再也不回上海了？

张娜下定决心似的说：我再回趟上海，处理完上海那边的事，就再也不回去了。

林深为什么出轨，又有了别的女人，这些事情已无法探究了。母亲为女儿这十几年吊死在一棵树上而感到伤心，当初好话坏话都对女儿说了，女儿不听，现在终于撞了南墙，醒悟了，一切还都不算晚，这是母亲唯一值得庆幸的。

四

傍晚的时候，二哥张守志回到了大兴父母家里。

他一进门，就举着手机兴奋地通报：父亲有消息了。

听说父亲有消息了，一家人都围了过来。母亲在大嫂的搀扶下，走到张守志面前，迫切地问：你爸在哪儿呀，他什么时候回家。

张守志拿出手机，调出一张照片，这是一张街头拍摄的照片，放大照片，可以看到一个老人的背影，衣着个头和父亲很接近。母亲把手机拿过去了，看着手机里那张疑似父亲的照片，先是手抖了起来，接着眼泪就流了出来，母亲把手机死死抓住，似乎抓到了父亲。母亲哽咽着声音道：那还不快去把你爸接回来。

张守志就说：这是一个好心人打来的，他在一个麦当劳门口发现了父亲。我和这人已经约好，晚七点，在那家麦当劳见面。说到这又补充道：这家麦当劳不远，就离咱们家两条街。

一天多的时间，父亲走了两条街，这也算正常，老年痴呆的父亲，并不能和正常人比。听说父亲有了消息，大嫂忙着做饭，无非是又把中午没吃的粥热了热，又热了包子端上来，晚上这顿饭都有了食欲。只有母亲还不踏实，但也喝了半碗粥。

约好的是七点，六点半大哥二哥就出发了，出发前，母亲把热好的几个包子装到了塑料袋里，又用新毛巾盖在了上面，袋子里又放了两瓶矿泉水，小心地冲二哥说：见了你爸，让他吃好喝好。二哥并不说什么，接过了母亲的塑料袋和大哥下楼了。开的是二哥的车，车是私家车，也不是什么大牌子，但这并不影响二人去寻找父亲迫切的心情。十几分钟二人就到了好心人说的那家麦当劳。兄弟俩在麦当劳门口引颈张望，希望能在熙攘的人群中看见父亲的身影，这样的愿望并没有实现，他们又来到麦当劳内，二哥张守志又拿出父亲的照片，让麦当劳里的服务生帮忙辨认父亲，打听了所有服务生，都摇头说没见过，只有一个收银员看了照片，拍着脑袋想了半天，说好像见过，但并不敢确定。

兄弟俩一无所获地从麦当劳里走出来，二哥又看了眼手机上的时间，刚好七点整。目光还没从手机上移开，一个电话就打来了。电话屏幕上显示的是“好心人”，接到这个电话，二哥就把电话存储在了手机里，因没问这位好心人的姓名，暂时就把这位提供线索的朋友标识为“好心人”。

二哥亲切又礼貌地把电话接了，说了句：你好，我们已经在麦当劳门口了。

正说着看见一个三十岁左右的年轻人，举着手机走过来。好心人见到兄弟俩，把手机关掉，从裤兜里掏出一张寻人启事，正是哥俩贴出去的寻人启事。

好心人就说：你们找的就是这位老人吧。

二人点着头，目光中露出迫切的神情。

好心人望了眼身边来来往往的人群，说了句：跟我来。

好心人说完在前面走，兄弟俩对望一眼忙跟上。

走了几十米来到僻静处，像接头对暗号似的，又掏出手机，打开一张照片，这张照片就是下午二哥张守志收到的那张照片，好心人为了证实自己此言不虚，手指着麦当劳方向道：我就是在那里拍到的老人，怕你们不信，我把照片发给了你。

二哥也摸着手机道：从背影上看很像我父亲，可惜不是正面照。

好心人把一支烟叼在嘴上，斜着眼睛，伸出一只手来。

兄弟俩不明白这好心人是什么意思，对望一眼之后，二哥问：什么？

好心人又拿出那张寻人启事道：上面不是说，有重谢吗？

大哥抢过话头道：我们还没见到人呢，要是找到人，重谢的事好说。

好心人不高兴了，像甩一张擤鼻涕纸似的把那张寻人启事甩到了地上：你们这不是骗人吗？说有重谢又不给，以后谁还当这个好心人了。

二哥上前拍一拍这个好心人的肩膀道：兄弟，就凭这张照片，连个正脸都没有，我们怎么谢你？你还有别的线索吗？比如发现这个老人现在在哪?

好心人把半截烟头扔在地上，又上前踩了一脚道：你们这样，就是有也不会告诉你们，不讲信用，还想找人。

说完转身就走，二哥上前拉住了这位好心人说：兄弟，别生气，我们心里感谢你，只是这张照片不能确认是我们的父亲。

好心人斜眼望着二哥：就你们这么抠门，想找爹，没指望了。我好心好意地把照片发给你，又打车又坐地铁地赶过来，到现在我连饭还没吃呢。

二哥忙从兜里掏出两百元钱来，递给这个好心人道：谢谢了兄弟，不是我们舍不得，是不能确定这人就是我们的父亲，要是真帮我找到父亲，我们一定重谢的。

好心人一把抓过两百元钱，连同手一起插到衣兜里，转身就走。

二哥冲好心人背影道：谢谢了兄弟。

大哥上前埋怨道：给他钱干什么，我看他就是个骗子。

二哥苦笑，摇摇头道：就当破财免灾吧。

大哥：你这人就是好说话，要是我，一分也不给。

二哥叹口气，环顾一下四周，向停车的方向走去。

二人回到家，母亲大嫂，还有妹妹，一起围了过来。兄弟俩低着头，二哥手里还提着那个装着包子的塑料袋，母亲默默地上前，红着眼睛，接过塑料袋。

母亲的眼泪又流了出来，她站在客厅中央想着什么，突然想起什么似的冲张娜说：闺女，你出去买把香来。

女儿诧异地望着母亲。

大嫂说：妈，买香干什么？

母亲冲女儿：还不快去？

张娜没再犹豫，转身走出了家门。

二哥的电话又响了，是个陌生人打来的。那人第一句话就问：我要是告诉你们找的这个人在哪，你们怎么谢我？

二哥心一紧，然后猛烈地跳动起来，声音发颤地道：你知道我爸的下落？

陌生人：先别说下落，我先问你给多少钱？

有了刚才的经历，二哥变得又平静下来，于是从容地道：只要你把我父亲现在的照片发来，你要多少都行。

陌生人听到这，突然把电话挂断了，二哥气愤地把手机扔在一旁：都是骗子。

大嫂说：现在骗子就是多，前几天我们回龙观，有个人就被骗了，一下子汇出十几万，现在案子还没破。

大哥不高兴地：现在说咱爸呢，你扯回龙观干什么？

大嫂：我是怕二弟被人骗了。

正说话间，张娜回来了，手里拿了一把香递给母亲，母亲抽出几支，用火点了，母亲转了一圈，把香就供在了吃饭桌上。

母亲跪在了香前，孩子们都望着她。

母亲就不高兴地说：还不快跪下。

孩子们明白了母亲的用意，依次跪到了母亲身后。

母亲双手合十，泪流满面，她不停地磕头。孩子们也真真假假地随了母亲的意。

这个夜晚，对母亲来说，又是个不眠之夜，大嫂和张娜陪着母亲。

母亲在黑暗中，一边哭一边诉说着父亲的往事，从父亲当老师开始说起，如何供养三个孩子上学，那会儿家里穷，一个月吃一回牛肉馅的包子。每次老大吃五个，老二吃五个，老三吃三个，剩下的才轮到父亲吃。每次孩子们分完包子就剩不下几个了，父亲吃不饱就喝白菜豆腐汤。还有那些手工订制的作业本……

张娜对儿时的往事自然历历在目，说起往事女儿再也控制不住自己的情绪，抽抽搭搭地哭了一气又是一气。母亲找到了共鸣，自己也伤心不已。总之母亲总结了父亲的一生：吃的是草，挤出的是奶。父亲把一生都贡献给了这个家。母亲叙说父亲的往事，字字血，声声泪的，大嫂在一旁也唏嘘不止。

母亲累了，眯着了片刻，又醒了，然后再次叙说，似乎父亲再也回不来了。她哀伤着父亲，感叹着父亲。

半夜里，窗外下起了小雨，母亲站在窗前，又一次流泪，她一遍遍地说：你们的爸在外面，挨饿受冷的，该有多难受哇。

母亲的泪和窗外的雨一起流着。

五

又是一天的早晨，大哥接到一个电话，电话是大哥的一个朋友打来的，是给张小米毕业联系工作的事，大哥为了张小米的工作，已经撒下了天罗地网，凡是能求得着的朋友，他都打了招呼。这位朋友，又找到了另外一个朋友，朋友就在电话里说：孩子的事需要运作，希望尽快见个面商量此事。

大哥收了电话，就一副坐立不安的样子，大嫂就一脸关心地问：小米的事有着落了？

大哥就一脸为难地说：朋友安排要和用人单位的人见个面，运作一下。

二哥听到了大哥大嫂的对话，就说：大哥，大嫂，你们忙去吧，家里有我和张娜呢。

大哥就一脸不忍和歉意，再抬头去望母亲，母亲也明白了大概。母亲就无力地说：守强，你们忙去吧，别耽误孩子的大事。

大哥就冲一家人道：你们都知道小米的情况，毕竟不是亲生的，就怕万一有一点做不好，让孩子和咱们家生分了。

张娜也说：大哥，大嫂，你们忙去吧，家里有我呢。

大哥大嫂就来到母亲的眼前。

大哥说：妈，你千万别着急，我爸不会有事的。

大嫂也说：妈，你抽空睡一会儿，别把身体拖垮了。

母亲似乎很平静，望着窗外道：你们放心走吧，我没事。

大哥大嫂就一脸歉意地走了，走到门口时，大哥冲二哥小声说了句：有爸的消息，抓紧告诉我。

二哥点了点头。

大哥大嫂一走，家里似乎空了一半。母亲坐在沙发上，呆呆地望着窗外，张娜给母亲倒了杯水，水冒着热气，在茶几上袅袅地蒸腾着。

二哥的手机又响了，他看了眼来电显示，就躲到一边去接电话了，二哥冲电话里说了句：我知道了，我会准时到的。就放下了电话，走到母亲和张娜面前道：妈，单位有点事，让我过去一下。

母亲头也没回，仍望着窗外，只淡淡地说了一句：你们都忙去吧，我没事。

二哥说：我一会儿去下派出所，问问他们有没有我爸的消息。

母亲没再说话，二哥冲张娜使了个眼色，就向外走，张娜跟了出来。在门外，二哥吁了口气冲妹妹说：我们单位出了点儿事，上级正在审查我们的一个副局长，有几件小事组织要找我谈话。

妹妹就担心地问：哥，你不会有事吧。

二哥勉强笑一下道：你知道组织现在的政策，调查一个人会牵扯许多事，我万一回不来，你们别着急，也别和妈说实话，妈受不了这样的打击了。

妹妹见哥哥这么说，就拉住了哥哥的胳膊，叫了一声：哥……

二哥就说：放心，哥不会有事的。家里有咱爸的消息，别忘了给我打电话。

二哥说完就走向电梯口，上电梯时，还冲妹妹挥了一下手。妹妹一直等到哥哥的电梯门关上，又愣了一会，才进门。

二哥又去了一次派出所，接待他的还是那个警官，警官向他通报了一些寻找父亲的进展，有两个人报案，疑似失踪的父亲，他们带着照片去核实了，最后发现，还不是他们要找的父亲。所以派出所的人就没有惊动家属。

二哥一脸失望，警官就安慰二哥道：现在天不冷了，你父亲身体又没什么毛病，不会有事的，我们一定能找到你父亲。

二哥谢了警官，失望地离开派出所。

母亲只剩下妹妹一个人陪了，房间里一下子空寂起来。母亲呆呆地望着窗外，回想着父亲在家时来来回回地在这条路上走过的身影，有几次，母亲似乎就看见了父亲站在窗外那条路上，可她揉了揉眼睛，父亲的身影在她眼前又消失了。茶几上那杯水已经凉了。

母亲意识到，不管父亲在不在，生活都要继续下去，况且，她不相信父亲就这么没了。在没有父亲最后的消息前，她都要下定决心去寻找。

母亲不回头道：闺女，去药盒把治高血压的药拿来。

张娜走到卧室里，床头柜上放着一个塑料盒，盒子里摆满了各种各样的药，有降血脂的，有治高血压的，还有其他日常常见病的药。药盒上分别写着父母的名字，母亲每次和父亲去开药，怕把药吃混了，每次回来，都要分别写上他们的名字。张娜找到了写有母亲名字的药，走出来，递给母亲，母亲把药吃了。然后望着张娜说：你爸走时，身上没有揣药，你爸的血压比我还高，他都两天没吃药了。

母亲说到这，又要哭起来。

女儿眼圈也红了，哽咽着：妈，我爸不会有事的。

孩子们这几天，在母亲面前说得最多的就是这句话，这句话似乎在鼓励母亲，又似乎在安慰自己。

母亲披了件外衣道：咱们去超市。

女儿扶着母亲又出现在超市门前，有风，吹着母亲的衣角和头发。北京的天空，雾蒙蒙的，天气预报说，今日的雾霾指数为中度污染。街上的行人，大都戴着口罩。

母亲脚下似乎生了根，像一棵本来就长在超市门前的柳树，北京的街头，四月的柳树已经绿了一层，在朦胧的雾霾的天空下，并不鲜亮。

从超市出来，一个邻居大爷见到了母亲，一脸同情地走到母亲面前道：张老师还没找到？

母亲摇了一下头，邻居大爷就长叹口气：张老师是个好人，好人就会有好报，李老师你别上火，张老师不会有事的。

安慰的话说过了，邻居大爷也就走了。

走了大爷，又围过来一群妇女，这些人都是居住在附近的大妈，平时里也算是个小脸熟，并没有和父母有什么交集，父亲失踪了，成了这一带的大事，街坊邻居就都知道了，成了众人茶余饭后的话题。

因为父亲失踪，母亲就成了事件的中心，人们对母亲就瞩目起来。这两天，母亲像一棵柳树似的天天站在超市门前，母亲就成了公众人物。

几个大妈把母亲围住了，七嘴八舌地问了，也安慰了，她们能做的也就是这些了，陪母亲站一会，说些话，就各自散了，有的要回去做饭，有的要回家吃药，都带着各自的目的按部就班地散了。

散了也就散了，只剩下母亲还有妹妹，立在风中，像一处风景似的。

中午时分，女儿说：妈，回去吧。下午咱们再来。

母亲动了一下脚，女儿扶着母亲向家的方向走去。

回到家的母亲，搬了张椅子，坐在窗前，透过窗子望着楼下，楼前是条通往小区外面的路，进出小区的人们都要经过这条路。

女儿做了粥，还有一些小菜，端到饭桌上。

母亲喝了两口粥，就放下碗，望着女儿说：你爸在外面吃啥？

一句话让母女俩再也没有了吃饭的欲望。

母亲坐在沙发上，目光被座机电话吸引了，她冲女儿说：闺女，你看看这部电话，是不是坏了。

女儿过去，拿起电话听了，并没有坏，放下电话说：妈，电话是好的，没坏。

母亲不信地拿起电话，亲自听了听，确信电话没有坏，才放下。手又在电话上按了按。以前这部电话，是老两口和孩子们沟通的桥梁，孩子们有事就往家里打电话，有事没事，山高水长地说上一会儿。孩子们都好，忙各自的事，孩子们知道父母也好，两头都安然了。母亲此时盼的不是儿女们的电话，而是关于父亲的消息。这部电话就安静得出奇，这让母亲很不安，也不踏实。

六

傍晚的时候，家里的电话终于响了起来。母亲正站在窗前向外面望着，电话是妹妹接的，电话是二嫂打来的，二嫂带着哭腔道：你二哥被上级隔离审查了，现在没法回家，我去机关给他送换洗衣服去。

妹妹听二嫂这么说，她的预感得到了验证，看了妈一眼，安慰二嫂道：嫂子，你放心，不会有事的，有什么情况，给家里打电话。

二嫂在电话那头已经哭得鼻涕眼泪的了，她还是说：妹妹，这事别和妈说，告诉大哥大嫂一声。

说完就挂了电话。

妹妹放下电话，母亲在妹妹接电话时，身子已经转过来了，她一直盯着女儿和她手里的电话。

妹妹放下电话，母亲就问：你二哥怎么了？

妹妹掩饰似的说：妈，没事，我二嫂说，我二哥单位加班，今天过不来了。

母亲没再说什么，目光中掠过一丝忧虑。

妹妹是用手机发短信的方式把二哥被隔离审查的事通报给了大哥。大哥很快回了短信，强调着一定不要把这件事告诉母亲，并告诉妹妹，他马上托人打听一下二哥的情况。

母亲从卧室里掏出一摞父亲自己手工做好的练习本。练习本上分别工整地写着三个孩子的名字，那是父亲的字体：张守强，张守志，张娜。

母亲把作业本分成三摞，摆在面前，低声地说：你爸没给你们留下什么，你爸要是回不来，你们就把这些本分了吧，算是你爸留给你们的念想。

妹妹忙说：妈，你千万别乱想，我爸不会有事的，说不定明天，我爸就回来了。

母亲不再说什么，叹了口气，望着那三摞作业本。

五一节终于如期而至了。

大哥、大嫂还有张小米，在五一节那天一起回来了。

二嫂带着孩子，中午时候才到的。

几个孩子事前已经串通好，都说二哥出差了，五一节回不来，孩子们进门后，依次把这一消息告诉了母亲。母亲没说什么，也没问二哥去哪儿出差。只是依次地把几个孩子打量了，然后就回到卧室躺下了。

客厅里的孩子们都沉默着，似乎找不到什么话题。还是妹妹首先打破了沉默，冲大哥问：小米的工作有着落了吗？

大哥摇摇头道：接收单位的人让等消息。

说完叹了口气。

大嫂说：我们家小米不怕，找不到合适的工作就读研究生。

这话似乎在安慰张小米，也似乎在安慰自己。

二嫂显然是哭过了，情绪不高地想着心事。大哥走到二嫂面前，回头又望了眼母亲的卧室，小声地说：我托人打听了，二弟的事是和他们那个副局长有牵连，现在只是调查阶段，不会有大事的，调查完二弟就没事了。

二嫂冲大哥说：现在人都不让见，比蹲监狱还严，我真放心不下。

大哥把手往下压了压道：估计问题不大，大事都是那个副局长做的，弟弟才是个副处长，他能有什么大事，是不是？

话说到这个份上，就不能再往下说了，他们担心被母亲听到。

这时电话终于响了起来。

电话是大哥接的，是派出所打来的，警官告诉大哥，海淀香山派出所，在香山附近发现了一具男性尸体，年龄衣着上判断，疑似他们失踪的父亲，让他们去辨认。派出所的人说，十分钟后会有警车来接他们。

大哥放下电话，听说有了父亲的消息，母亲从卧室里走了出来。大哥就把派出所电话的意思跟母亲说了，并强调道：妈，你就别去了，我和妹妹去吧。

母亲这时似乎很冷静，把孩子们都环顾了一遍，她拢了拢头发道：老大，你和我去，其他人在家等着。

母亲这么说完，大家惊诧地看着冷静的母亲，他们没想到，母亲这时会这么镇静。

母亲执意要去，没有人能强迫她。妹妹到柜子里找了件外套给母亲披上了，又到药盒里找出一瓶速效救心丸塞给大哥，大哥把速效救心丸揣到兜里，又用手按了按。

这时，警车已经开到了楼下，并按响了两声喇叭。

大哥搀着母亲出门，一家人把母亲和大哥一直送到楼下，警官把车门打开，让大哥和母亲坐到了后座上。

车就开动了，一家人目送着警车驶出小区。

一家人回身往楼门走时，才发现邻居早已打开了窗子，探着头往外看着他们一家。警车很少进入小区，邻居们看着新鲜，也好奇。

车里的母亲出奇地镇定，大哥为了安慰母亲，一直攥着母亲的手。

母亲说：你爸怎么到香山去了？

大哥说：妈，你别急，到那儿咱们认了再说。

母亲就不再说话了，目光透过车窗，死死地盯着前方。

车先是到了香山派出所，一个姓韩的警官接待了他们。到办公室后，韩警官拿出几张照片让母亲和大哥辨认，这是一个七十多岁的男性老人，躺在山上的一块石头下，表情很平静，身边有一个喝水的乐扣杯子，还有一个塑料袋，里面装着面包还有黄瓜，似乎是位登山者，突然发病，就躺到了那里。

照片拍摄得很全面，有正面有侧面，乍一看似乎有些像父亲，但母亲只看了一眼照片，便说：这不是我老伴，我老伴失踪那天，穿的是黑布鞋。

这位老人穿的是双灰色旅游鞋。

母亲放下照片，指着死者的面部说：我老伴脸上没有这颗痣。

大哥把照片研究了，也觉得不是自己的父亲。

母亲的言之凿凿让警官无话可说，韩姓警官就搓搓手说：既然不是，就没必要看尸体了。

大哥冲香山派出所的警官道了谢，又坐着大兴派出所的警车回来了。路上母亲一言没发，闭上眼睛，似乎睡着了，大哥知道母亲并没有睡着，他手就死死握着母亲的手。大哥通过母亲的手，感受到了母亲传递给他的力量。

母亲和大哥回到家，已经是五一这一天的傍晚了。母亲一进门，似乎换了一个人，坐在沙发上，把屋内每个人都看过了，最后把目光定在二嫂的脸上，二嫂躲开母亲的目光。

母亲就清晰地说：老二媳妇。

母亲一直这么称呼二嫂。

二嫂见母亲叫她，叫了声“妈”，便走到母亲面前。

母亲说：老二到底怎么了，现在被关在哪儿了？

母亲这句话，让所有的人都大吃了一惊。齐齐地望着母亲，几个孩子一直瞒着母亲二哥的事，都以为母亲并不知道。

二嫂不知如何回答，看看这个望望那个，一时竟不知如何回答。

母亲就说：我知道，老二出事了，因为他们副局长前些日子被“双规”了，平时老二和这位领导关系走得近，组织要调查这很正常，我生的儿子我知道，老二不会干出格的事的，这点你们放心。

所有的孩子都没有料到，母亲竟然这么劝慰起他们来了。从香山派出所回来，母亲一下子就变了一个人，这也是所有人没有料到的。

母亲拢了下头发，站了起来：今天是五一节，过节的东西几天前我和你们父亲都买好了，为的就是一家人团团圆圆地过这个节，今天你们父亲不在了，但这个节还得过，咱们今天吃牛肉馅包子，是你爸平时最爱吃的。

说完母亲向厨房走去。

大嫂和妹妹跟母亲进了厨房，二嫂怔了一下，看了眼目瞪口呆的大哥也去了厨房。

人多好干活，没多大工夫，牛肉馅包子就蒸了出来，在母亲的指挥下，大嫂还做了白菜豆腐汤，上面撒了香菜，油绿油绿的浮在汤上面。

母亲一口气吃了两个牛肉馅包子，还喝了一碗汤，在吃饭的过程中，母亲一直在催促孩子们：快吃，多吃几个。

吃完晚饭，天已经黑了。

母亲坐在沙发上，看着眼前的孩子们说：除了你们的爸，还有老二，一家人都齐了，看来，你爸一时半会儿是找不到了，好不容易过个节，大家伙也别耗着了，我没事，你们放心，都各回各家吧，咱们大家团聚了，你们小家也要团聚。家里有老三陪我，你们都放心回去吧。

母亲说完，又走到厨房里，把剩下的包子分两个塑料袋装了，又回到卧室里拿出两摞父亲手工做成的作业本，上面分别写着老大和老二的名字。这两摞作业本也分别用塑料袋装好了，把包子和作业本递到老大和二嫂手中说：包子你们拿回去吃了，这些本子你们也用不上了，就当你们爸给你们留下的念想吧。

母亲说到这，孩子们都红了眼睛，低下头，又有了哭的意思。

母亲大声地道：哭什么，你爸还没有最后消息，哭还早了点，都抬起头，马上回家，趁着过节，歇几天，你们都好好的。

孩子们在母亲的鼓励声中，慢慢抬起头，陆续走出家门。

母亲拉过二嫂，盯着二嫂的眼睛道：相信老二，他不会有事的。

二嫂郑重地冲母亲点了头，拉着女儿出门，孙女在门外冲母亲喊：奶奶再见！

母亲微笑着冲孩子们挥着手，一直看着孩子们坐上电梯，才把门关上。

母亲回过身时，看见了女儿张娜，母亲坐在沙发上，女儿也坐了过去。

母亲看了眼女儿：日子真过不下去了？

女儿低下头，点了点头道：妈，我想一个人回北京。

母亲看了眼女儿，在茶几上拿过遥控器，打开了电视，电视里正在热闹地播放着五一晚会，这是几天来，母亲第一次打开电视。

母亲看着电视里红红绿绿的画面道：闺女，你也三十多岁了，日子过得怎么样，别人代替不了你，你怎么决定妈都支持你。

女儿抱过母亲哭了，泪打湿了母亲的肩。

五一假期一过，女儿回了上海去处理杂事。家里只剩下了母亲一个人，在这期间，大哥和二嫂分别给母亲打来了电话，询问母亲的情况，都没敢提父亲。母亲冷静地在电话里冲他们说：妈没事，你们都好好的。

说完就放下了电话。

母亲在一个人的日子里，长久地伫立在窗前，久久地望着楼下那条通往小区外面的路。

母亲三天两头地还会去超市买东西，她走出超市门口时，会怔一怔，然后坚定地向家的方向走去。

老大老二贴在电线杆和显眼处的寻人启事，大都被风吹雨淋弄不见了，有的又被新的小广告压在了下面，偶尔留有几处，也在风中摇摇晃晃，随时都有可能飘落的样子。

母亲站在父亲的寻人启事跟前，伸出手似乎要让那寻人启事平整妥帖起来，放开手，纸张又在风中飘摇起来，母亲叹口气，还是走了。

老大在周末时，会和大嫂先坐地铁再坐公交来到大兴看看母亲，吃顿饭，说会话，就走了，和父亲在时没什么两样。

母亲精神很正常，和父亲在时，似乎也没什么两样，该干什么还干什么，老大和大嫂也就放心地离开，唯一的不同就是，都小心翼翼地不再谈论父亲。

二嫂来过两次电话，说二哥给家里打过电话，让全家放心，等协助组织调查完毕就该回来了。母亲听了二嫂的话，眉头就舒展了一些，然后在电话里冲二嫂说：我生的孩子，我心里有数，老二不会有事的。

没了父亲的日子，便成了母亲一个人的日子，一天又一天，静静地过着。

有一天夜里，母亲做了一个梦，梦见了牛街，梦见了以前的日子，那时，她和父亲都在牛街小学教书。父亲站在校门口，衣服前襟沾着粉笔末子，抚着眼镜在冲她笑着……

母亲就醒了，醒了就再也睡不着了，天亮了，母亲起了床，突然有回一趟牛街的强烈冲动，不可遏制的样子。

母亲洗了脸，穿好衣服，随便吃了几口面包，奶只喝了一半，她就匆匆出门了，她要回牛街，一定要回去一次，因为梦里的父亲。

自从搬到大兴后，母亲和父亲回过牛街几次，去看老同事老邻居。因路途太远，折腾一次得大半天，再加上父亲老年痴呆的病情越来越重，后来就不再回去了，只是偶尔给那些老邻居打上一会儿电话，时空让他们和老邻居渐渐疏远了，后来电话也少了。

回牛街的路，母亲是认得的，换了三次车，母亲在中午时分，终于来到了牛街。牛街和以前已经大不一样了，高楼林立，那条街也比以前宽阔了许多，门脸也阔绰亮堂了许多。

母亲不知不觉，又来到了牛街小学校门前，正是孩子们上课的时候，朗朗的读书声一如从前，母亲听着孩子们的读书声，似乎又回到了从前，这是她工作了大半辈子的学校。操场上那棵槐树还在，还有旗杆上升起的国旗，母亲慌怔，恍然，如同梦里一样。

母亲慢慢游走在大街上，一切让她熟悉又陌生。走进一条胡同口，马家包子铺引起了她的注意，牛街改造了，这家在胡同里的包子铺还没变，依旧是那个门脸。蓝色的幌子依旧在风中飘舞。

马家包子铺，承载了父母太多的记忆，三个孩子每天中午都要到这里吃包子，几个牛肉包子，一碗粉丝汤，这是孩子们的午饭，一直吃到他们上中学。

母亲看到马家包子铺，眼里突然湿润起来，她似乎看到三个孩子又回到了童年，脖子上系着红领巾，向她跑来。

母亲擦了下眼睛，她下定决心，中午要在这吃几个包子再回去。她向包子铺走去，就当她一只脚跨进包子铺时，她回了一次头，慢慢转回身，她看见一个熟悉的身影正站在不远处，也向包子铺里望着。母亲眼里突然涌出泪水，她擦了下眼睛，再定睛去看，那个人仍站在不远处。

母亲叫了一声：张伯祥。

母亲奔过去，眼前的老人，正是母亲牵肠挂肚了多日的老伴张伯祥。此时的张伯祥还是离家时那身衣服，白衬衣已经脏得不成样子了，但依旧扎在腰间，父亲的头发长了，胡子也长了，脸是黑灰的，只有那双痴怔的眼睛依旧。

母亲上前一把抓住父亲的胳膊，似乎怕一不留神又让他失踪了。母亲这时才发现，父亲手里提个塑料袋，袋子里装了几个露馅少皮的包子，袋子里还有半瓶没喝完的矿泉水，一副一次性的筷子。

母亲打量着父亲，带着哭音道：老头子，你怎么跑这来了。

父亲把手里装着包子的口袋藏在身后，喃喃道：包子，给孩子们留的。

母亲哭了，拽着父亲向前走去，因用力父亲踉跄了一下。

母亲走到街上，伸手叫了辆出租车。

母亲狠狠地把父亲拖到车里，冲司机说：师傅，去大兴。

然后死死抓住父亲的手。

当过兵的二叔

老子也是当过兵的人，啥阵势咱没见过。生啊死的，不就是那回事！

——二叔语录

一

二叔当兵那会儿，正是国共两党第二次合作的蜜月期。红军长征胜利地到达了陕北，队伍也开始不断地壮大。日本人长驱直入，上海、南京、武汉等大城市相继失守，在这种国家危亡的时候，国共两党经过谈判，决定第二次合作，一致对外。于是，昔日的红军被改编成八路军。

八路军为了抗日，派出小股部队深入到敌后去建立抗日革命根据地。一路路人马，便开到了山东、河北的腹地，展开了轰轰烈烈的抗日运动。当时的国民党部队也犬牙交错地布置在这些地界的周边，也就是说，有三股武装力量同时并存着——日本人、国民党部队，以及八路军的队伍。形势就有些乱，八路军就趁着这股乱，开辟了根据地。

父亲和二叔就是这时一同当的兵。

八路军来了，把队伍轰轰烈烈地开到了庄上，并在庄上的土墙上，用白石灰刷上了著名的口号——将抗日进行到底！

接下来，八路军就动员庄里的青年后生报名参军。

那一年，父亲十七岁，二叔十五岁。十六七岁的半大小子，也算是青年后生了。他们便成了八路军的工作对象，先是妇救会的人找到了哥俩儿。

妇救会主任就是庄上刘二的媳妇赵小花。刘二在八路军县大队当上了排长，赵小花也不闲着，她热情革命，是拥军的积极分子，后来就当上了妇救会主任。动员青年参军是妇救会的主要工作。

那天，赵小花领着一个八路军女战士找到了父亲和二叔。

父亲和二叔当时正斜歪在墙根下晒太阳。

初春的天气，一切都懒洋洋的，太阳很好地照着。父亲和二叔一边晒太阳，一边伸手在衣服里捉虱子。捉住一个，扔一下，像玩一种游戏。

赵小花和那个女战士一阵风似的刮到了父亲和二叔的眼前。

父亲和二叔是相依为命的两兄弟，爷爷死得早，二叔生下不久，爷爷就死于一场风寒。奶奶靠给大户人家打零工，拖扯着父亲和二叔，苦巴巴地过生活。

父亲十岁那年，二叔八岁，奶奶也不行了。那场风寒病，让奶奶病歪歪了大半年，最后油干灯尽，一头栽倒在院子里。起初，十岁的父亲和八岁的二叔只能靠讨饭过日子。那时候日本人还没有来，日子还算太平，东游西转一天，讨口吃的还不是件难事。几年后，他们能干活了，就扔下讨饭碗，给人家打起了短工。日子还能维持下去。

初春时节，播种的日子就要到了。父亲和二叔在太阳下养精蓄锐，准备在开春的季节里大干一场。

赵小花和八路军女战士站到两个人面前，赵小花就抿着嘴，笑着对父亲和二叔说：两个石头，晒太阳呢。

父亲没有大名，二叔也没有，从打生下来，奶奶就叫父亲大石头，管二叔喊小石头。

当着生人的面，父亲和二叔都有些不好意思，目光虚虚实实地把赵小花身后的八路军女战士望了眼，父亲和二叔的脸就红了。

赵小花看着两个人，继续说：这是八路军的同志，团里的文书，叫淑琴。

女战士淑琴看了两个石头一眼，不知为什么脸也微微地红了。她的年纪和父亲、二叔不相上下，也就是十五六岁的样子。

赵小花蹲下身子，唱歌儿似的说：两个石头啊，抗日参军吧，参军光荣。俺家刘二就在队伍上，把日本鬼子赶出去，咱们就过上太平日子了。

二叔这时不知深浅地问了句：八路军管饭不？

赵小花忙说：当然管饭，不吃饭怎么抗日。

二叔又说：那管穿吗？

赵小花看了一眼身后的女战士淑琴，说：你看人家八路军，衣服不是穿得好好的嘛。多精神。

二叔就狠狠地咽了口唾沫，心里就跃跃欲试了。

还是父亲沉稳、老练一些，他用胳膊捅了捅一旁的二叔，虚虚实实地把赵小花和女战士看了，然后咬了咬嘴唇道：这样啊，你让俺俩好好想想。

赵小花就说了：那行。你们两个石头就想一想，一个人参军也行。两个人参军，八路军是双手欢迎。

说到这儿，就领着女战士笑嘻嘻地走了。

父亲望着淑琴年轻的身影消失在自己的视线里，心里的什么地方就轻轻地动了一下，又动了一下，心便乱了，理不清个头绪。

二叔喊了一声：哥，咱去还是不去呀？

父亲的两眼仍虚着。他的精气神已经被女战士淑琴带走了。

半晌，父亲才回过神来，干着嗓子冲着二叔说：去，咋不去哩。

二叔就犹犹豫豫道：要是能吃上馍，俺就认了。

父亲和二叔已经许久没有吃上馍了。想起馍，牙根子就有些痒。

又过了两天，赵小花带着女战士淑琴再一次出现在父亲和二叔的面前。

赵小花唱歌儿似的问：两个石头，想好了没？

父亲背着手，绕着二叔转了两圈，以一个家长的身份举起了右手：俺们想好了，当兵，参加八路军。

他说这话时，目光坚定不移地望着赵小花身后的女战士淑琴。

十几年后，南征北战的父亲，当上了解放军的团长。

部队进城时，他终于如愿以偿地娶了淑琴。这一切都是后话了。

二

父亲是为了八路军女战士淑琴当的兵，二叔则是为了吃上馍去参军。虽然两个人都当上了兵，但由于二人的目的不一样，也就有了不同的结果。

刚当上兵的二叔并没有如愿地吃上馍。那时候八路军的日子比老百姓还要苦，虽说是建立了根据地，可日本鬼子三天两头地从据点里出来扫荡，有秋季扫荡，也有春季扫荡。春季扫荡是不让百姓种上庄稼，秋天自然就没了收成。没有了粮食，八路军就搞不成根据地；没有了根据地，八路军就得滚蛋。即便是种上庄稼了，日本人还有秋季扫荡在等着呢。日本人把成熟的庄稼抢到城里去，实在带不走，一把火烧了，也不给八路军留下。因此，那时的八路军是吃了上顿没下顿的。

父亲和二叔当兵之后，吃的第一顿饭就是清水煮野菜。一口架在野外的大锅，热气蒸腾地煮着野菜。开饭的时间到了，八路军官兵不论职务高低，一律排着队，在锅前盛一碗连汤带水的野菜，蹲在地上，吸溜吸溜地吃菜，喝汤。

二叔端着一碗野菜，脸就绿了。他愁苦地望着父亲说：哥，咋没有馍哪？

父亲就说：你就将就着吃吧，在家也没馍吃呀。

父亲虽然也不满意吃野菜，可他还有着精神支柱。他的精神支柱就是团部的文书淑琴。那一阵子，父亲的脑袋被淑琴的身影牵引得跟个拨浪鼓似的。

二叔的心里没有精神支柱，他的日子就苦不堪言。

二叔因为入伍时年纪小，再加上从小到大营养严重不良，虽然十五了，看上去却和十二三岁的孩子没有太大的区别。他一入伍，就被派到团部养马去了。

团部有好几匹马，有团长的，也有政委的，当然副团长、参谋长也是有马的，加起来有四五匹。二叔就成了一个马倌。刚当兵时军装也没有，只是每个人发了顶八路军的帽子，戴在头上，就有了军人标志。帽子大，二叔的头小，样子就有些滑稽。

二叔吃野菜，喂马，整日里愁眉不展的。没事的时候，他就去找父亲。父亲那会儿分在战斗班里当战士，手里有一杆枪，是火枪，不知是在哪个农户家里征来的，破损得厉害，枪面上还生了锈。父亲有事没事就拿一块看不清颜色的布去擦那杆老枪。

二叔一找到父亲，就指着肚子说：哥，俺受不了了，一天到晚就是撒尿，走路都没劲儿。这兵俺是当不下去了。

父亲就翻着眼皮说：小石头，你想干啥？想当逃兵？

二叔就不吭气了，长长短短地叹气，一张脸绿绿地愁苦着。

不久，八路军和国民党的部队搞了一次会晤。

国共两党既然是合作，八路军和国民党的部队就被称为友军，都在同一个营地驻扎着，时不时地就会通通气，在一起研究一下眼前的战局和形势。

就这样，二叔随同八路军团里的领导，当然还有警卫班的人，就去了一趟国民党的营地。因为他要照看那些马，也就跟着去会晤了。

这是二叔第一次走进国民党的营地。他一走进去，两只眼睛就不够用了，看人家穿的、用的，都是那么整齐，他在心里羡慕得不行。自己在心里就对自己说：你看看人家，这才像支部队。

因为会晤，国民党招待了八路军一行一顿晚饭。八路军的领导陪着国民党的军官坐在屋子里吃，有酒有肉。二叔和几个警卫在院子里也被招待了一回。一个大铁盆里盛着菜，还有一筐馍。那馍雪白雪白的，吃得二叔差点把眼珠子撑出来，肚子鼓胀得都快横着走路了。

就因为这一顿饭，便改变了二叔的命运。

回到八路军驻地的二叔，魂就丢了。他跟父亲千遍万遍地讲那顿有馍有菜的招待，他一边流着口水，一边冲父亲说：哎呀，你看看人家那吃的、那用的，你再看看咱们。

二叔端着盛满野菜的碗简直是没法咽下去了。

他回味着那顿让他魂牵梦绕的美食，真是欲罢不能。

他终于下决心，要离开八路军了。他是这么想的，都是抗日的队伍，在哪儿不都是抗日呢？能吃上馍，能穿上好衣服，抗日的劲儿头不就更大了吗？

于是，在一天深夜，趁父亲上岗的机会，他找到了父亲。

他说：哥，还站岗呢？

父亲回答：半夜三更你不睡觉，跑这儿来干啥？

二叔就支支吾吾半晌，最后才说：哥，你把枪放这儿，你跟俺去投奔国民党吧。

父亲就瞪大了眼睛，在暗夜里咄咄逼人地望着二叔。

二叔说：你看俺干啥，怪吓人的。你不去，俺可去了。

不许你去。

二叔刚开始还在弯着腰说话，此时见父亲这么说，他干脆把腰板挺直了，把想好的话说了出来：哥，你听俺说，八路军抗日，国民党也抗日，反正就是抗日，在哪儿不都是抗日呢。你不走，俺自己走。

说完，二叔躬着腰向暗夜里走去。

父亲就喊：小石头，你给俺回来。

二叔头也不回地答：哥，俺不回。你要不放心俺，就跟俺一起走。

父亲不走，这里还有他的精神支柱淑琴呢。他铁了心了，哪里也不去。

父亲说：小石头，再不回来俺就开枪了。

二叔听见父亲的话，把腰弯得更低了。他猫着腰，快步地向前飞奔。他知道父亲是不会开枪的，爹娘死得早，兄弟俩跟头把式地长这么大，彼此都把对方当成唯一的亲人。

父亲望着渐渐远去的二叔，眼泪模糊了他的视线。

第二天一早，八路军团部就知道喂马的石头开了小差。八路军有个原则，当兵抗日全凭自愿，走就走了，来就来了，不强求。

二叔在经历了短暂的八路军生涯后，一头扎进了国民党的部队，成了国民党冀中五师严师长的马夫。

三

生得瘦小的二叔，似乎只配做马夫。参加八路军的时候，给八路军当马夫，来到了国民党部队，又给严师长做起了马夫。

国民党五师驻扎在一个大户家里，房子很多，前后两个院子，严师长办公和住宿都在这个院子里。严师长是个家庭观念很重的人，不论行军打仗，总是把家眷带在身边。此时的严师长也不例外。他有原配和偏房两个老婆，原配自然老一些，似乎是从老家农村带出来的，穿着、说话有些土气。偏房年轻美貌自不必说，举止打扮就显得很洋化。严师长对偏房很好，有事没事的总爱到偏房的屋子里坐一坐，说会儿话。但二叔发现，严师长对自己的女儿小婉、那个患有小儿麻痹症的孩子感情上也很亲。小婉说不上漂亮，也不说上难看，样子看上去也就是个普通的小姑娘。小婉有十五六岁的样子，因为她得小儿麻痹，走路有些不便，她就长时间地待在屋子里，或站在窗前往外望。二叔就是透过窗子看见小婉的。

严师长每天都要来看小婉，牵着手把小婉从屋里带出来。

小婉就拐着腿，一摇一晃地随着严师长身后，在院子里走一走。这可能是严师长和小婉在一天中最快乐的时候。

自从参加了国民党队伍后，二叔终于如愿以偿地吃到了馍，尽管馍也不是天天能吃上的，但比起八路军的伙食，已经是天上地下了。每顿都是有菜有饭的，菜里还带着油腥，这就足以让二叔高兴上一阵子了。

二叔是严师长的马夫，自然是严师长身边工作的人。严师长身边有许多工作人员，比如厨师、警卫、司机，等等。

严师长平时是坐汽车的，四个轮子的汽车，开起来嗡嗡地响，跑得比马还快。但汽车毕竟是汽车，没有路就寸步难行。因此，严师长不仅有汽车，还有马。一匹高大壮实的枣红马，随时等着严师长来骑。

二叔虽然在严师长身边工作，但地位还是最低的一个，那些厨师、警卫和司机根本不把二叔放在眼里。不仅因为他生得瘦小，主要是他的身份——马夫。马夫就是马夫，无论如何是不能和司机相比的。每次吃饭，别人都是坐着，他只能蹲着，端着一碗饭，在饭里倒点菜汤，呼噜呼噜吃了。吃完了，端着空碗的二叔并不急着走，滴溜着一双小眼睛，看看这个、望望那个。他是等着别人吃剩下的饭菜。等人家放下碗，都走了，他冲过去，把剩汤剩饭菜都划拉到自己的碗里。一阵风卷残云后，他打着饱嗝把空碗放下了。

二叔自打有记忆，就没有吃过几次饱饭。二叔饿怕了，他要吃饱、吃好，因此他投奔到了国民党的部队。在这里虽然受气，但毕竟偶尔能吃上馍。可以说，二叔是幸福的。

二叔的工作主要是喂马、遛马。马是战马，吃饱喝足了，不遛一遛是要废了脚力的。二叔遛马时，马在后，瘦小的二叔跑起来的样子就像一只被猫追赶的老鼠，样子非常可笑。二叔有时候也骑在马背上，打马扬鞭的。二叔从小到大对马呀牛的并不陌生，对它们有一种天然的亲近感。严师长的马毕竟是一匹战马，跑起来带着风声，样子很气派。

二叔从来没见过跑得这么快的马。他搂住马的脖子，脸贴在马的鬃毛上，任凭着马往前飞奔。战马跑来奔去的，脚力就一天天在长进着。

遛完马的二叔，就在院子里转一转。这里扫一扫，那里拾掇拾掇，二叔天性就是个干活的命，闲是闲不住的。有时候他就路过小婉凭窗而立的窗前。他望一眼脸色苍白的小婉，立马收了目光，心一阵子怦怦乱跳，就又去忙自己的事了。

一天，小婉突然把窗子推开了，还喊了他一声：嗨，喂马的。

起初二叔没有反应过来，抬起眼，疑惑地望着小婉。

小婉就说：不叫你叫谁呀，你看这院子里还有别人吗？

二叔就歪着头，左右前后地望了，果然没有别人。

小婉问他：喂马的，你是哪儿的人啊？

二叔颤着声回答：赵、赵庄的。

小婉就抿着嘴，上上下下地把二叔打量着。她自然不知道赵庄，她也就是那么一问，寂寞的小婉需要有人陪伴，她就把陪伴的对象锁定在二叔身上。她又看了眼二叔，嘴角闪过一缕讥笑，然后说：你站在那儿别动，等着我。

小婉一拐一拐地从屋走出来。

外面的阳光很好，小婉甚至眯上了眼睛。二叔见小婉这么一眯眼，还是很好看的。二叔的心情就有些愉快了，他睁大眼睛望着小婉，不知她要干什么。

小婉命令道：带我出去走一走。

小婉是严师长的女儿，小婉说的话就是命令。

二叔不敢怠慢，就陪着小婉出去走一走。

他们出了师部的院子，就到了镇上。镇上的军人比百姓还多，有巡逻的，也有闲逛的，小婉让二叔直接把她带到镇子外面。

镇外有一条小河，河岸上杨柳低垂，景致还是有一些的。

小婉很高兴的样子。她让二叔下河去给她摸鱼，二叔就真真假假地在河里摸。果然，二叔真摸到两条寸把长的小鱼。这一下小婉更高兴了，嗲着声音，欢呼了好一阵子。

直到太阳快落山时，小婉才让二叔把自己送回去。

他们又回到了师部的院子里，才发现严师长正在冲卫兵发火。原因是小婉没有了，卫兵也说不出小婉的去向。正在这时，二叔带着小婉回来了。

虚惊一场的严师长自然喜出望外，拉过小婉的手，上下打量了，没发现有任何损伤，悬着的心才放了下来。

看到女儿高兴的样子，严师长心里也美滋滋的。他就这么一个女儿，虽然走路有些拐，可毕竟是自己的亲生骨肉啊。

最后，严师长才意识到小婉的快乐是二叔给带来的，他第一次认真地把二叔看了。自从二叔走进这个院子，他还没有认真地看过二叔。

严师长的目光让二叔的每一根汗毛都竖了起来。他大气都不敢喘了。

严师长苛刻地把二叔望了，然后一挥手道：你以后照看完马，就过来陪小婉。

从此，二叔又多了一项任务。他遛完马，便来陪小婉。

二叔和小婉接触时间长了，发现小婉也挺可怜的。自从三岁得了小儿麻痹后，她就很少有机会从屋里走出来。最初是她和母亲住在乡下，直到父亲当上了团长才把娘儿俩接出来，然后就是南征北战、东躲西藏的。也可以说，小婉从小到大，也没过上几天好日子。

小婉还说，每一次父亲带着队伍去打仗，她和母亲就会没日没夜地给父亲烧香，求父亲能平安地回来。直到父亲又站在她们面前时，她和母亲才把一颗心放下。

小婉因此就养成了神经过敏、多疑的毛病。她让二叔带她出来玩，稍不顺心，就冲二叔发脾气。弄得二叔都不明白，小婉为什么冲他发火。

二叔面对小婉的发火，每一次都忍耐着，他别无选择，只能忍耐着。小婉一发火，二叔就想，她也不容易呢。忍一忍，也就过去了。

小婉虽然发火，但第二天，她还是让二叔把她带出去。

二叔有时把马和小婉一起带出来。他让小婉骑在马上，他牵着马，这里走一走，那里看一看。

小婉一骑上马，就看不出她有什么毛病了。二叔望着马上的小婉，心里就想：小丫头就是腿上有些毛病，除了腿，她还是挺不错的。

二叔这么想了，就狠狠地咽了口唾沫。

吃上了饱饭的二叔，已经不那么瘦小了，个子高了，人也壮了，脸上还带着一些红晕。以前的衣服穿在身上，已经明白地小了一号。

二叔已经出落成了一个标准的小伙子了。这一点，他在小婉的眼里已经看出来了。他发现小婉望着他时的目光总是在走神。

二叔就和小婉有了故事。

四

故事自然和战争有关。

冀中五师和日本的一个联队打了一阵儿，这场仗却打得并不成功。日本人包围了五师的师部，其实日本人并不知道五师的师部，完全是小股敌人的一种误打误撞，才导致了这样一场保卫战。

严师长率领队伍和日本人在镇外的后山上开战，只留了两个排的兵力保护师部，二叔也在被保护的范围之内，虽然二叔已经当满两年兵了，可他就是一个马夫，连枪都很少摸到。打仗这个活儿，根本就轮不上他。

两个排的兵力，和摸进镇子里的小股日本鬼子遭遇上了。枪声一阵紧似一阵，日本人的迫击炮弹落在师部的院外，炸了，很吓人的样子。

镇子里响起枪声之前，二叔正陪着小婉在院子里下棋。棋是象棋，是严师长经常和手下的军官下的那副象棋。小婉平时闲着没事就教会了二叔下棋，三天两头的，二叔就陪着小婉下棋，陪她打发寂寞。

严师长领兵打仗去了，小婉照例在屋里点了炷平安香，然后就叫二叔陪她下棋。听着远处隐约传来的枪声，两个人的棋就下得有一搭无一搭的。部队毕竟在打仗，小婉在为她的父亲担心，她一边下棋，一边说：部队快回来了，仗该结束了。

她这么说，二叔就去看天。此时，太阳已经西斜了，他现在已经学会顺着小婉的心思说话了。于是，他就说：是快了，天黑前严师长就该带着队伍回来了。

两个人正有一搭无一搭地说着，镇子里就响起了密急的枪声，还有两发炮弹在不远处炸响了。就在两人呆愣的过程中，大约有一个班的士兵就冲进了院子，他们是来招呼师长一家转移的。

一个班长模样的人冲二叔喊：马夫，还不快牵着师长的马走，日本人打进镇子了。

二叔就灵醒了。他立马跑到马厩，牵出了师长的坐骑。就在他茫然四顾时，就看到了惊慌失措的小婉。小婉在那一刻显得很是无助，起码二叔是这么认为的。

二叔牵着马是要逃跑的，可他一眼就看到了小婉，没有多想，便决定带着小婉一起跑。他冲小婉说：快上马，俺带你走。

小婉此时脑子一片空白。冲进来的一个班的士兵在师部里翻箱倒柜，撤退的样子颇显忙乱。小婉顾不上多想，趔趄着身子就奔向了二叔。

她轻车熟路地被二叔托到了马上。

起初是二叔牵着马在跑。刚跑出师部，他们就看到了鬼子，鬼子正从南街那边杀过来，十几个卫兵和二叔他们且战且退地往下撤去。

马上的小婉着急了。小婉毕竟是严师长的女儿，见多识广，她冷静地冲二叔喊：石头，快上马。

二叔也反应过来，翻身上马，搂紧小婉，打马扬鞭地向北面跑去。

日本人显然也发现了他们，一边冲他们射击，一边追了过来。

二叔把身子伏下，用自己的身体护卫着小婉。两个人几乎趴在了马背上。

鬼子的子弹“嗖嗖”地在他们身边飞过，打到前面的土里，蹿起一片烟尘。

师长的战马果然是经过风雨，临危不乱地载着二叔和小婉一口气把日本人甩在了身后。

战马最后跑进了一片树林里，才放慢了脚步。清醒过来的二叔让马立住了，自己先从马上跳下来，又回身把小婉从马上接下来。这一惊一吓，小婉的脸上早就没了血色。

她从马上下来，就瘫软在二叔的怀里。二叔只能被动地搂抱着她，过了半晌，小婉才吁口长气，抓住二叔的手说：你看把我吓的。

她的手抓住二叔的手，按在自己的胸口上。二叔感觉到她的胸膛小鼓般地擂着。转瞬，二叔的胸口也如鼓般地响了起来。这是他第一次如此近距离地接触异性，而且又是严师长的宝贝女儿。一时间，他云里雾里的不知如何是好了。

二叔和小婉的爱情就是在这个时候悄然诞生了。

当两个人平静下来，看到彼此的姿态时，两人都红了脸，同时放开了手。

直到第二天早晨，镇子里的枪声平静下来，后山的方向也没有了枪声，师长的战马驮着两个人，小心翼翼地回到了镇子里。

严师长在这之前已经率领人马回到了镇子里，警卫排经过顽强的抵抗，以阵亡十几人的代价，保住了师部。可小婉和马夫却不见了踪影，严师长已经急坏了，正准备派人去寻找小婉。

就在这时，小婉和二叔回来了。

小婉扑到父亲的怀里，眼泪就不可遏止地流了下来。

身经百战的严师长，不怕死、不怕流血，他最见不得的就是女儿的眼泪。

小婉和父亲唏嘘了好一阵子。

严师长在知道救小婉的人就是二叔时，严师长又是感慨了一番。

第二天，严师长就下了一道命令，提拔二叔为少尉排长。

二叔被提拔为排长，就意味着他不可能再当马夫了。他将离开师部，被派到团里去。二叔不知这是好事还是坏事，但作为军人，他只能服从命令。

二叔从作战参谋手里接过委任状，然后就去与小婉告别。

小婉听说二叔要走时，脸都白了。她怔怔地望着二叔：石头，你不能走。

二叔扬了扬手里的委任状：俺有命令，是师长让俺走。

我找爹去。小婉说完，拐着一双腿去了师部。

严师长没想到小婉为了二叔的任命会来找他。

严师长意识到了什么，他背着手在屋里踱了几圈。他疼小婉，小婉的病也是他的心病，她眼看就十八岁了，想起她的终身大事，严师长就心急如焚。想不到小婉竟然为会一个马夫说情，看来小婉对这个马夫的感情不一般了。

严师长已经开始留意二叔了。现在的二叔英俊谈不上，但也仪表堂堂，五官周正。这时的严师长就想，要是这个叫小石头的马夫能和小婉有什么，也许是个不错的结果。

严师长没有往深处再想，于是又为二叔下了新的命令，任命二叔为师部警卫排少尉排长，同时兼管照料战马。

这样一来，二叔就是少尉级的马官了。

从那以后，他和小婉的爱情就名正言顺了起来。

五

人配衣服马配鞍，二叔穿上国军的军官制服，人一下子就不一样了，他是师部警卫排的少尉排长，举手投足间也有了风范。

小婉面对着焕然一新的二叔，心里也是山花烂漫。被爱情滋润着的小婉娇美可人，黑黑的眸子闪闪发光，由里到外，整个人就像打了一针兴奋剂。

她有理由、也有更多的时间去纠缠二叔，让二叔带着她出去游玩。

二叔牵着师长的战马，小婉坐在马背上。两个人一个马上，一个马下，傍着夕阳缓缓地向前走去，留下了一双抒情的剪影。

众人看到了，就对二叔议论纷纷。议论二叔的都是那些年轻的下级军官。

一个连长就说了：这小石头，艳福不浅，居然泡上了师长的女儿。

另一个中尉说：大家看吧，用不了多久，这小子就会弄个连长、营长的干干，真他妈的。

……

二叔听不到这些议论。那些青年军官表面上对他都很尊敬，但说起来话来还是酸酸的。人们见了二叔就说：大排长，啥时候请我们吃喜糖啊？

二叔愣了愣，他不是一个特别聪明的人，但也谈不上愚钝。小婉对他好，他一清二楚，小婉对他有那个意思，他也心如明镜，可小婉从来没说过要嫁给他。从二叔内心来讲，要是有天能娶小婉为妻，那是他家祖坟冒青烟了。虽说小婉腿有残疾，可她毕竟是师长的女儿；没有师长的女儿，又怎么能有他的今天。二叔这个账还是算得比谁都清楚的。

二叔是个看眼前，也看中实惠的人。以前当马夫时，两个月的军饷加起来才一块大洋，现在他是少尉排长了，一个月的军饷就是三块大洋。怪不得那么多人都想当官呢？能当官，才能发财，二叔现在终于知道升官和发财是联系在一起的。

二叔和小婉的爱情，严师长早就看在了眼里。这兵荒马乱、动荡不安的日子，严师长过得特别的揪心，小婉的腿疾让他牵肠挂肚了十几年。随着小婉一天天长大，他这种牵挂更是与日俱增，小婉毕竟是他唯一的女儿；而女儿能有个好的归宿，就是父亲的最大心愿。身为军人的严师长，知道自己的性命是系在枪柄上的，好汉难免阵前亡，这就是军人的归宿。小婉真有了幸福的归宿，父亲悬着的一颗心也就放下了。

严师长于是找到小婉，这是父亲第一次严肃地和女儿谈话。

父亲说：闺女，你今年十八了，也老大不小的了，那个小石头到底咋样，你让我心里有个数。

一提起二叔的名字，小婉就脸红心跳，头也低了，怀里像揣了一头小鹿。

父亲看看女儿，顿时心明眼亮了：闺女，你要是觉得小石头那小子行，你们就把事办了吧。日后小石头由我来栽培，弄个团副干干，没啥问题。怎么也不能让我闺女嫁个大头兵吧。

小婉突然仰起头，已是泪流满面了。

父亲见女儿这样，心里一热，就把女儿拥在胸前，喃喃道：闺女啊，谁让咱有病呢。

父亲虽然心有不甘，但他看重的更是现实。

严师长不久又单独约见了二叔。

这是二叔有生以来第一次走进师长的办公室，也是第一次单独面对师长。他的腿有些软，眼睛也有些花。

二叔战战兢兢地面对着严师长。

严师长没有马上说话，他背着手在屋里走了两趟，然后停在二叔跟前，盯着二叔的眼睛说：小子，你看着我的眼睛。

二叔就惶惑地看了眼师长，但马上又把目光躲开了。

师长就说：小子，我把闺女交给你了，你要对她好，要是日后你小子有啥花花肠子，你就是跑到天边，我也会把你拿下！

二叔在严师长面前一下子惊住了。虽然师长的话说得很严重，但透露出一个信息，也就是说师长接受他这个未来女婿了。这是二叔做梦都想的一桩大好事啊。二叔头昏脑涨，分不清东南西北了，腿一软，“扑通”一声，就给师长跪下了。二叔嗓子眼里湿乎乎地说了声：爹，你放心吧。

这一声“爹”，叫得严师长的眼睛也湿润起来。

接下来，一切都变得顺理成章了。

在一个风和日丽的天气里，二叔和小婉隆重地结婚了。

师长的闺女结婚，那场面便可想而知了，全师放了一天假，杀猪宰羊地大吃了一天。

折腾了一天，走进新房的二叔，仍迷迷瞪瞪的，不敢相信眼前的一切。他面对着已经成了新娘的小婉，眼泪哗啦啦地流着。他哽着声音说：小婉啊，俺这辈子只对你好，你就放心吧。

二叔想跪倒给小婉磕个响头，想想不妥，就忍住了。他抱起小婉的一双腿，尽管那两条腿，一长一短、一粗一细，但这一切都不算什么。

新婚之夜的二叔想了许多。他想起了讨饭的日子，想起了为了吃上馍参加八路军，最后他就想起了父亲。自从离开八路军，他就再没有见过自己的兄长。从小到大，两兄弟就从来没有分开过，这次是他们分别时间最长的一次。

二叔婚后不久，就成了中尉连副了，工作仍然没有变，还是为师长喂马，但他对外的身份是师警卫排的中尉副连长。军饷已经涨到了每月四块大洋。

二叔在幸福的日子里，异常思念父亲。

日本鬼子在那一年的秋天搞了一次秋季大扫荡。

八路军和鬼子打了几场遭遇战，二叔所在的国民党冀中五师也和鬼子打了一仗。原因是面对着就要秋收的庄稼，谁也不想拱手送给日本人，粮食是队伍的生存之本。为了粮食，五师狠狠地和日本人打了一仗，双方都有些损失，队伍撤出阵地后，在北山上二叔和父亲见了一面。

五师和日本人狠狠打的时候，八路军也来参战了，最后两支队伍就同时撤了下去。

二叔就是在八路军的营地里见到了父亲。

父亲已经是八路军的排长了。二叔先是向父亲通报了自己结婚的消息，父亲就惊异地睁大了眼睛。反应过来的父亲着实替二叔高兴了，他握着二叔的手兴奋地说着：小石头，你行啊。

父亲接下来又看到了扛在二叔肩上的中尉徽章，父亲就有些羡慕了。

二叔知道父亲的这份羡慕，便趁机说：哥，到俺们这边来干吧，俺现在一个月有四块大洋哩。

父亲听了二叔的话，就慢慢地把二叔的手放下了。

父亲义正词严地说：现在咱们虽然是友军，但是各为其主。你在八路军当了逃兵，哥可不能这么做。

二叔眼里点亮的希望就暗了下去，他真心希望自己的兄弟能弃暗投明。他没有更高的觉悟，但他知道在国民党的队伍里，吃得好，穿得好，挣得还多，这足以让人幸福万分了。想不到，他的原意却被父亲的一句话击得粉碎。

二叔又说：哥，你可想好啊。

父亲就冲二叔挥挥手：你走你的阳关道，俺走俺的独木桥。

父亲说完，就朝着自己的营地走去。

二叔咽了口吃唾沫，看着父亲的背影，眼睛就潮湿了，他在心里喊了一声：哥呀——

六

父亲和二叔的第二次见面是在日本鬼子投降之后。地点是河北的保定。

保定是日本人在冀中的大本营。日本人投降前，在这里驻扎了大批的部队，并囤积了大批军火等军用物资。

日本人投降后，国民党部队和八路军都在争抢接收日本人遗留下来的物资。当时关于二战受降问题，中、苏、美等三国签署了一项协议，代表中国签署协议的是国民党的蒋介石。因此，日本人在受降书上签字后，他们只认国民党的部队，这样一来，就给八路军接管受降的日本人带来了不小的困难。

在日本人宣布投降后，八路军抢在第一时间进城，去接管日本人的营地。但他们还是比先行的国民党部队来晚了一步。

国民党部队已先一步接管了日本人的物资库。他们脱掉脚上的老布鞋，换上日本人的翻毛皮鞋，有的人还把日本人的军大衣穿在了身上。日本鬼子的军装都是呢子做的，穿在身上，人就显得很精神。当然，他们同时也把自己手里不顺手的武器也扔了，换上了日本人的枪炮。

二叔此时已经晋升为少校营长了，他带着一个营的部队，接管了日本人的一家仓库。仓库里有军火，也有被装等物资。二叔的这个营已经把日本人的穿的用的武装到每一个人的身上，此时，仓库里仍然存有大批的物资。

此时的二叔披了一件日本军官的大衣，怀里还抱了一件，他想把这件给妻子小婉穿。二叔自从结婚以后，尝到了家庭的温暖，也感受到了美好的爱情。因为部队经常打仗，他不得不三天两头地和小婉分开。小婉随严师长的师部转移，二叔是放心的，但忍不住内心的牵挂。只要一有时间，他就会想起妻子小婉。

二叔以火箭升空的方式，在很短的时间内就从排长升到了营长的位置上，二叔知道这一切都源于小婉。没有小婉，没有严师长，也就没有他的今天。二叔不是忘恩负义之人，他一想起小婉，心里就暖洋洋的，还有一股丝丝缕缕、扯不断理还乱的东西在心里滋生着。二叔统统把这些东西归结为爱情。

二叔送给小婉日本人的军大衣，是想让小婉也感受到日本人投降后的喜悦，这种喜欢不仅是精神上的，当然也有物质上的。他已经命人装了满满两箱日本的军用罐头，并差人送到了师部的家里。

二叔正心满意足地在大街闲逛时，就看见父亲正带着一队人马，向城里开了进来。

父亲此时已经是八路军的连长了，他带着自己的连队急三火四地赶到了保定，但还是比国民党的部队晚到了一步。父亲看到许多日本人的营地和仓库都被国民党的部队接管，正大箱小箱地往城外运。父亲急得不行，父亲此时已经急红眼了，像一只没头的苍蝇在大街小巷里乱窜。就在这时，他和二叔不期而遇。

二叔在保定看见父亲也大吃了一惊。此时的两个人都已经是男人了，和几年前相比，人不仅高了，结实了，脸上也生出了胡茬儿。但他们还是很快就认出了对方。

二叔抢先喊了声：哥，你咋来了？

父亲看了眼二叔的打扮，腮帮子顿时直冒酸水，父亲骂骂咧咧地说：妈的国民党，好东西都让你们抢去了，我们八路军这日算是白抗了，到现在还喝西北风哪。

二叔就问：哥，咋的？还没拾到洋货？

父亲不想和二叔在这里耽误时间，他想催促部队继续向前搜寻，看还能不能找到一些日本人的东西。

二叔一把扯住父亲：哥，别忙活了。该接收的都让俺们部队接收完了，没有了。

二叔看到父亲失望的眼神，又看一眼父亲此时的打扮，心里就有些不好受了。父亲的军服一副千疮百孔的样子，尤其是脚上那双鞋都露出了脚趾头了。二叔再看一眼父亲手下那些兵，个个穿得还不如父亲，他的心里就一凛，声音就有些抖：哥，你们八路军咋弄成这个样子？

说完，二叔冲身后的卫兵挥了一下手：把仓库门打开。

二叔冲父亲说：哥，你带着人去搬吧。能搬走多少就搬走多少，这里俺说了算。

父亲睁大眼睛看着二叔，一副不相信的样子。

二叔就又说了句：让你去，你就去。一会儿上边来检查，就搬不成了。

父亲很快地看了二叔一眼，来不及多想，冲身后的战士一摆手：那就给我搬。

一个连的八路军战士，像饥饿的狼群，冲进二叔把守的仓库，很快就肩扛手提地退了出来。

父亲是最后一个出来的，肩上扛了一门炮。二叔看见了，就说：哥，你咋弄这个？

父亲冲二叔咧嘴一笑：弟，谢谢了。这东西比啥都管用。

二叔看着父亲有些心疼，忙把怀里的军大衣塞到父亲怀里。父亲看了眼那件呢子大衣，反手又塞到二叔的怀里：日本人的衣服我不穿，还是你留着吧。

父亲高兴地咧着嘴，扛着一门炮走出了仓库大门。

二叔叫了声：哥——

父亲停下来，又看了眼二叔。

二叔就说：哥，八路军就那么好？要不你来俺这儿吧，俺带你去见严师长。

父亲白了一眼二叔：严师长是你爹，又不是我爹，我见他干吗？

父亲说完，头也不回地走了。

走了几步，他高兴地回过头喊：我替八路军谢谢你了。

二叔张了张嘴，似乎有一肚子的话要对父亲说，可父亲就这么走了。

二叔看着洞开的仓库大门，愣愣地立在那里。

那些国民党士兵也愣愣地望着二叔，他们不明白，这些东西咋就让八路军给搬走了呢?

七

接下来的形势就发生了变化，还被称为友军的国共两支部队，随着日本人的投降，一山容不下二虎，蒋介石终于撕下了伪装的面具，同室操戈。

昔日的八路军此时被改编成了解放军。

父亲和二叔也就成了水火不相容的敌我两方。

父亲和二叔并没有机会在战场上兵戎相见。父亲所在的部队被调往了东北，组成了第四野战军，打响了解放东北的战斗。

直到平津战役前夕，父亲才和二叔又有了一次见面的机会。此时的父亲已经是四野部队的一名营长了，而二叔也是上校团座了。他的岳父、昔日的严师长已经荣升为中将军长。

二叔随着职务的晋升，他和小婉的孩子也出生了，此时的小婉就住在天津城内。二叔的孩子是个儿子，一岁多了。

小婉仍和严师长一家住在一起。兵荒马乱的岁月里，二叔虽然当上了上校团座，但还不能给小婉和孩子带来安全感，她仍然把自己的父亲当成了最大的保护伞。二叔也乐得清静，便让小婉和孩子一心一意地和她父母住在一起。二叔抽空回到家里，偶尔和小婉与儿子团聚一下，日子也算有滋有味。

带着部队驻扎在天津外围的二叔，在平津战役打响前，被父亲率领的队伍包围了。被包围二叔部队的队伍有好几支，父亲的部队恰恰是先头部队。

战斗打响时，二叔的队伍也是拼死抵抗的，当时的二叔只有一个信念，就是拼死抵抗，保住天津。只有保住天津，小婉和儿子才是安全的。有了如此想法的二叔甚至走出团部，手里挥着枪，走到最前沿亲自督战。但这仍没有挽回部队失败的命运。四野部队挟辽沈战役大胜的势头，一举把二叔这个团给攻克了。

当父亲率着先头营突进二叔的团部时，二叔带着身边的几个警卫正准备逃跑。就在这个时候，父亲端着枪，拦住了二叔的去路。

两个人就在这种情景中相见了。

二叔把自己的手慢慢举起来，“当啷”一声，他手里的枪也掉在了地上。

二叔成了父亲的俘虏。

当人群散去，剩下二叔和父亲时，二叔一下子抱住了父亲，他顿时泪流满面，喊了一声：哥——

父亲这时心里是很得意的，他一直想找机会把二叔收编过来。当年二叔动员父亲去参加国军，父亲没有同意，当时父亲想得也很单纯，那时国共两党还在第二次合作，提出的口号是一致对外，共同抗日。不管是共产党的八路军还是国民党的部队，都在进行着抗日活动，父亲当时也就没有去想太多。想不到，国共合作很快再次破裂，父亲便有了收编二叔的想法，可一直苦于没有和二叔碰面的机会。这次，父亲带着部队，端了二叔的团部，兄弟俩在这种情形下不期而遇了。父亲觉得这是上天赐给他的机会，于是，他让部队把别的俘虏押下去，留下了二叔。父亲的本意是要和二叔好好谈一谈。

父亲就说：小石头，三十年河东，三十年河西，你觉得是国民党的部队好，还是解放军好啊？

二叔此时已经是泪流满面了。这眼泪一不是为自己流下的，当然也不是为父亲流下的，他想起了天津城内的小婉和他的儿子。自己就这么被俘了，再也没有机会见到老婆孩子了。他满脑子都是小婉和儿子，父亲说的话，他根本就没有听进去。

二叔终于又叫了声：哥呀——

父亲就望着二叔。

二叔又说：哥，你说俺是不是你兄弟？

父亲不解，二叔为什么会问出这样的话，他以为二叔被吓傻了，便说：小石头，你啥时候都是哥的兄弟。

二叔就“扑通”一声，给父亲跪下了，他颤着声音说：哥，你今天放俺一马，俺回城里看一眼小婉和孩子，俺就这一个要求，是剐是杀都随你。

父亲这才醒悟过来，二叔已经是有家室的人了。父亲马上就想到了淑琴，淑琴此时就在师部的文艺宣传队里。早晨出发时，他还见过淑琴，眼下虽然还没和淑琴有什么，但两个人已经开始眉目传情了。父亲一想起淑琴，心里就麻酥酥的，甜蜜得不知怎么办才好。

想起了淑琴，父亲就感受到了二叔此时的心境。父亲把二叔拉了起来，他拧着眉头，冲二叔说：你真的想回去看一眼老婆、孩子？

二叔就鸡啄米似的点着头说：真的。哥，你有大侄子了，长得又白又胖，都快两岁了。

父亲听了，心里一下子就热了，眼睛也有些发潮。他毕竟是二叔的亲哥，此时二叔的儿女情长、婆婆妈妈，他能理解。

父亲就说：小石头，革命不分早晚，哥在城外等你。你带着老婆孩子一起投诚过来，解放军欢迎。

二叔匆匆扔下一句：哥，俺忘不了你。

说完，二叔转过身，匆匆地向远处跑去。

二叔这一走，父亲又是两年后才见到二叔。那又是另一番情景了。

父亲原本以为二叔能够幡然醒悟，去看一眼老婆孩子，然后投入到革命队伍的怀抱。可直到解放军解放天津，他在所有俘虏队伍里寻了个遍，也没有见到二叔的身影。

原来，二叔回到城里不久，严军长也觉得大势不妙，在征得蒋介石同意后，严师长带着家眷和军部的一些高官，乘飞机撤到了南京。撤退的人员中自然也包括二叔。

二叔一见到小婉和孩子，便把自己说过的话都忘记了。他抱着小婉和儿子痛哭了一场。

严军长丢下部队撤到南京，尽管元气大伤，但蒋介石还是委以重任，严师长马上被任命为江防司令员。身为军人，必须服从命令，这时的严司令找到了二叔。

严司令当着女儿小婉的面，对二叔做出了如下的决定。

严司令说：你别在部队干了。你现在的任务就是和小婉在一起。

二叔就恭敬地回答：是！

严司令还说：部队打仗不缺你一个，你要有个好歹，小婉以后的日子就没法过了。

二叔还是答：是！

虽然严司令是出于对女儿的爱，才做出如此决定，但即便这样，仍感动得二叔又一次泪流不止。

二叔和小婉以严司令家属的身份在南京城里，过上了一段短暂而甜蜜的幸福生活。

可随着南京日后的解放，二叔的幸福生活从此就结束了。

八

国民党的重庆撤退成了二叔命运的转折点。

南京，国民党最终也没有保住。许多国民党委员以及家眷就逃往了重庆。二叔随着小婉一家也辗转到了重庆。

蒋介石知道日子长不了了，他开始为自己安排后事，把能带走的东西通过水路和飞机运往台湾。国民党那些遗老遗少们，也坐着飞机投奔了台湾。

那一阵子，重庆最忙碌的地方一个是朝天门码头，另一个就是重庆机场。

解放大军分几路纵队，向西南压将过来。解放大军里自然也包括父亲的尖刀营。

自从在天津父亲和二叔见一面之后，父亲一直忘不了二叔。父亲每解放一个地方，就要在俘虏的队伍里寻找二叔的身影。可惜的是，却再也没有见到二叔，父亲的心里就沉甸甸的。父亲知道目前的局势大势已定，解放大军从北向南，一马平川，国民党的部队连抵抗的力气都没有了。可越是这样，父亲越是为二叔担心。但正是这份担忧，也就更加速了父亲率领尖刀营向前冲锋的脚步。父亲恨不能一口气把全中国都解放了，那时，也许就能找到二叔了。

父亲有时也恨二叔，当年就是为了吃上馍，在八路军的队伍里当了逃兵，二叔的命运也就成了另一番模样。

当父亲率领尖刀营兵临重庆城外时，城里的国民党已经乱成一锅粥了。

国民党那些遗老遗少们蜂拥着挤向机场，此时的水路已经被解放军控制了，他们只能通过飞机逃往台湾。

要逃的人很多，飞机却很少，有时一天才能起飞两趟。每一次飞机来时，所有的人都拥向飞机，场面混乱得有些可笑。

二叔随小婉一家也挣扎在这群混乱里，周围哭喊一片。二叔抱着三岁的儿子，儿子早被眼前的场面吓坏了，小脑袋抵在二叔的怀里，一迭声地说：爹，我怕。

此时的二叔心里百感交集，他望眼天空，又看一眼周围的人群，他在心里呼天抢地喊了一声：老天爷呀——

二叔这时就想到了父亲，想到了自己眼下的命运，如果自己不投奔国民党，也就不会有今天。也许自己此时正在重庆城外向城里进攻着。

城外的枪炮声已经隐约可闻了，空气中飘浮的都是火药味。

最后一架飞机终于降落了。严长官此时已经顾不上风度了，他像个叫花子似的挥舞着双手，催促着一家老小向飞机上爬去。

二叔看着小婉爬上飞机，就把儿子递到了小婉的手里。三岁的儿子拼命地朝飞机下大喊：爹，快上来，你上来呀。

二叔何尝不想忙爬上飞机，可他已经被挤离了机舱口。他伸着手向前挣扎着，嘴里仍不停地喊着：小婉，小婉——

这时，一发炮弹落在机场，惊天动地地爆炸了。人群开始更加没命地向飞机舱门扑过去。

飞机启动了。飞机拖拽着人群，也拖拽着歇斯底里的二叔。二叔在嘈杂的引擎声里，听着儿子断断续续地喊着：爹，快跑！

二叔无论如何快跑，也追不上落荒而逃的飞机了。

飞机鸣叫一声，一下子冲上了天际。

二叔仰着头，看着那个大肚子飞机，在空中盘旋了半圈，向远方飞去。

二叔的头仍那么仰着，遥远的天边有着他的幸福和他的亲人。

孤单的二叔站在那里，一下子什么都没有了。从心里往外空荡荡的二叔，最后瘫坐在草坪上。他已经没有气力喊叫了，他抱着头，突然压抑着呜呜地哭了起来。他一边哭，一边喊：俺什么都没有了，没有了……

枪炮声越来越近了。

二叔坐在被枪炮声包围的机场跑道上，周围所有的一切都与自己无关了，一切都变得模糊而遥远。二叔恍然进入了梦境中，一切都极其不真实。

后来，二叔又看到了三两发炮弹落在机场的跑道上，优美地爆炸了。

接着，他就看见了蜂拥过来的解放大军，把整个机场都占满了。

九

重庆机场，塔台上的青天白日旗被解放大军连根拔掉，换上了一面鲜红的旗子，迎风飘扬。

此时二叔的身份是复杂的，自从到了南京，二叔就已经不是军人了。确切地说，他是国民党严司令的家属，从南京到重庆，他的身份就没有再变过。

二叔和小婉在最后的爱情岁月里，二叔体会到了幸福和天伦之乐。

解放前夕的重庆，到处都是兵荒马乱的景象，逃的逃，躲的躲，没人相信国民党守着陪都重庆能东山再起。城里城外乱成一片。

二叔和小婉躲在一栋小楼里，却过起了一段平静、幸福的日子。

三岁的儿子已经会说话了，每日里二叔牵着儿子的小手从楼上走下来，折一截柳条，做成口哨吹。儿子高兴，二叔就高兴。当团长时的二叔，经常随军打仗，很少有机会回家。二叔虽然当上团长了，可他的心思一点也不在团长身上，他知道自己能当上团长凭的是什么。有许多军官也心知肚明，表面上对二叔谦恭有加，实际上没人把二叔放在眼里。背地里，人们都喊二叔是草包团长。这一点，二叔也是心知肚明。

二叔活得很真实，也很清醒，他一个马夫出身，是遇到了小婉，他的生活才发生了戏剧性的转变。这种变化太快了，快得让二叔有些云里雾里的。

岳父严长官不断地提携自己的女婿，当然是为了自己的女儿小婉。在岳父眼里，二叔也并不是一个当官的料。官当得越大，战斗打响后的安全性也就越大，他可以躲在后方，遥控指挥自己的部队。

当了团长的二叔还是被活捉了一次。捉他的要不是父亲，二叔无论如何也回不到小婉和儿子身边。严长官对二叔已经不抱任何希望了，严长官毕竟是小婉的父亲，他爱小婉如同爱自己。于是，下令让二叔脱掉了那身军装，让二叔一心一意地当起了女婿。

二叔没有任何野心，更谈不上胸有斗志，只要他能看到老婆孩子，他就是满足的，幸福的。现在的他正全身心地享受着天伦之乐。当太阳照在头顶上的时候，二叔牵着儿子的手，回到了小楼里。此时的小婉已经把饭菜做好了。

二叔的心里满足而又踏实。他刚当兵时，为了吃上饱饭，现在他不仅吃上了饱饭，还有了老婆孩子，想到这儿，二叔的心里热热的，眼睛也有些湿润了。

二叔就起劲儿地冲儿子说：儿子，吃吧，多吃点儿。

在最后的幸福时光里，二叔每一分、每一秒都在感动着。

现在，二叔的幸福戛然而止。他的幸福被飞机给驮走了。二叔的心空了。他能干的唯一的事情就是仰头，望着天。

天空很干净，有浮云一朵朵地游荡。二叔的脖子酸疼了，望得眼睛都流泪了，他仍然举头长久地望着。

解放后的重庆，一天一个样地变化着。二叔对这一切熟视无睹，他的目光只留在了天空。

那一阵子，二叔想到最多的一个地名就是台湾。

二叔知道，那架飞机载着他的亲人飞到台湾去了。

后来，二叔就从地图上找到了台湾。

接下来，二叔就出发了。没有地理概念的二叔，心里却装满了一个地名——台湾。

刚刚解放的西南，一切都是百废待兴，交通并不顺畅，二叔只能用步伐去丈量脚下的路。出发时，他身上带了那本印有台湾的地图，又装了几双鞋子。很快，身上的钱就花完了，二叔就靠着讨饭，一路走下去。

小时候吃苦的经历拯救了二叔。毕竟眼下的苦在二叔的眼里并不算什么，他唯一的愿望就是这么一直走下去，一直走到台湾。

五个月后，历尽艰辛的二叔终于走到了福建的厦门。

此时，他脚下的路已经没有了，他被一片大海挡住了。人们告诉他，海的对面就是台湾。

与台湾一水之隔的二叔终于停下了脚步。

台湾在二叔的心里是那么远、又是那么近。每当听到孩子的哭声时，他都以为那是儿子在海的那一面呼喊他。

二叔的心软了，也碎了。

十

二叔面对着大海，一双目光望得痴痴呆呆，走火入魔。

天之涯，海之角，二叔寻找亲人的路走到了尽头，心却漂洋过海，再也扯不回来了。

二叔跪在海边的沙滩上，一声声呼唤着小婉和儿子，邈远的声音被滔天的海浪撕扯得一缕一缕，晾在了沙滩上。

台湾岛似乎近在咫尺，可二叔却觉得遥远得没有尽头。他喊破了喉咙，心在流血。二叔梦游似的走在沙滩上，天还是那个天，二叔却觉得把自己弄丢了，再也找不回来了。

二叔记不清是何时离开大海的。

不知走了多久，也不知走到了哪里，当他出现在老屯时，二叔怔住了，眼前的老屯既熟悉又陌生。老屯是生他养他的地方，十五岁那年，他随父亲参加了队伍，从此便再也没有回来过。他在外面风风雨雨地走了一遭，然后又梦游似的回来了。不知是天意还是心意？总之，二叔走回了老屯。

老屯的人们在惊愕之后，还是很快认出了二叔。老屯的人都知道父亲和二叔当年去参加八路军了，以后就一直没有了消息，是死是活没人知道。此时的二叔梦一样地出现在老屯，人们在惊呼、愕然之后，就接纳了二叔。

二叔毕竟是从外面回来的，是当过兵的人，这一点屯里的人确信无疑。人们纷纷把二叔围了，七嘴八舌地打探着外面的消息。二叔痴着一双眼睛，瞪着似曾熟悉又陌生的乡亲们：俺是当过兵的人，怕啥？俺现在啥也不怕了。

在人们的心里，二叔就是当过兵的人，走南闯北，大难不死，如今又回来了。这在屯人面前，已经是了不得的一件大事了。虽然解放了，新中国在毛主席的湖南普通话里已经诞生了，但老屯毕竟是老屯，外面的许多事情，老屯的人并不清楚，和以前相比，不过是多了一份土地。现在是自己在养活自己了，余下的，天还是那个天，地还是个那个地。日子还是一天天地过着。

老屯的人是善良的，也是宽容的。他们齐心协力，把父亲和二叔原来居住过的老房子重新收拾了，千疮百孔的老屋就又可以住人了。二叔便住了进去。

面对二叔，人们的新鲜和好奇过去之后，就都想起了父亲。大家围着那间老屋和二叔便打探起了父亲。

一提起父亲，二叔的思路就从天上回到了人间。在平津战役之前，天津城外，二叔最后见了父亲，再以后，父亲就像在空气中消失了一样。二叔也曾想过父亲，但只是一瞬间的事，那时他的心思都放在了小婉和儿子的身上。似乎他早已经意识到了，幸福的日子过一天会少一天。他在幸福中逃难，先是南京失守，然后是重庆，幸福始终在飘忽不定中。终于，他的幸福彻底地夭折了。

想到父亲，二叔就怔了怔，望着众人：他要是不死，俺想也该当大官了。

二叔和众乡亲在念叨父亲时，父亲虽然没当上什么大官，但也是团长了。他的部队就驻扎在沈阳城内。父亲随解放大军，从东北出发，一直到海南岛，后来又从南方回来了。

部队终于进城了，经过了一轮又一轮艰苦的爱情追逐后，父亲终于和他暗恋的淑琴结婚了。

新婚的父亲在幸福生活中就想到了二叔。父亲想二叔的心情远比二叔想父亲时的心情要复杂得多。

天津城外见过二叔之后，父亲曾天真地认为，二叔会带着一家老小，从天津城里出来，回到他的身边。结果，二叔这一去便石沉大海。

从那时开始，父亲就在每一次的战斗后，开始留意那些长长的俘虏队伍，也会找来俘虏的花名册，期望从中能看到二叔的名字。这是最好的一种结果了。在俘虏中找不到二叔，父亲就在阵地上查看那些阵亡的国民党军官，每次摸到那些发凉的尸体时，心里都会揪紧一阵子。结果，二叔似乎从这个世界消失了。父亲的心便一直悬着。

父亲对二叔的猜测大致有三种结果：第一种是阵亡了，在某次战役中了流弹的二叔，倒在了大批的国民党士兵当中。第二种结果就是逃到了台湾，那将是二叔的另一番世界。最后一种结果是，二叔被解放军俘虏后，发了回家的路费，又回到了老屯。

父亲想起第三种结果，便想起了老屯。此时的老屯在父亲的心中，变得既朦胧又清晰。

父亲就想：该回一次老家了。

十一

父亲回到老屯，是在他新婚不久之后。

父亲在阔别老屯十几年之后，骑着他那匹跟随他南征北战的战马，带着警卫员，出现在了老屯的村口。

父亲还没有进屯，就从马上下来了，把马缰绳交给了身后的警卫员。

父亲踩在家乡的土地上，一双脚变得轻飘飘的，仿佛喝醉了酒。望着眼前熟悉的屯子，想起十七岁那一年的秋天，他和二叔带着饥肠辘辘的肚子，参加八路军时的情景。十几年后，身为解放军团长的父亲，望着眼前熟悉的山山水水，已是热泪盈眶了。

父亲回来的消息，很快在屯子里传开了。父亲在乡亲们的眼里，已经是了不得的大官了，人们见过八路军，也见过日本人，当然也见过国民党，但他们从来没有见过团长这样的大官，况且又是从他们眼皮底下走出去的父亲。十几年之后的父亲，已不是那个半大小子了，他现在高大而结实，嘴上的胡茬儿又黑又密。

父亲回来的消息自然也传到了二叔的耳朵里。二叔得到消息时，正坐在土炕上发呆。刚才他睡了一会儿，就梦见了小婉和儿子。那个梦似乎出现在一片林子里，他和小婉走丢了，他大声地喊小婉和儿子的名字。结果，就醒了。空荡荡的梦境，让二叔的心在午后的时光里，悠悠忽忽的无法平静下来。

父亲的名字传进他的耳朵时，他仍怀疑自己是在做梦。他用手掏了掏耳朵，又摇摇头，瞪着眼前来送信的人。那人说：真的，你哥回来了，俺不骗你。骑着白马，还挂着枪哩。

二叔一时没有反应过来，父亲回来对自己意味着什么，仍呆呆地坐在炕上。

自从二叔回来后，就经常这么发痴，年老的一些人是看着二叔长大的，见到十几年后回来的二叔变成了这样，就武断地得出结论：这孩子是打仗打傻了。

回来的二叔觉得自己这十几年，是在外面走了一圈，如今，又走回到了十几年前的起点。所不同的是，当年走时，是他和父亲两个人，现在则变成了他一个。他两手空空地出发，又两手空空地回来了，在外面十几年的经历，仿佛是一场冗长的梦，留给他的只是一堆不堪回首的记忆。于是，二叔的脑子像如同睡了一觉之后，梦去了，便空了。

父亲在乡亲们的嘴里也知道了二叔回来的消息。这对父亲来说是意料之中、也是意料之外的。父亲这么快回到老屯，完全是因为对二叔的牵挂，如果没有二叔，他不会这么快地回到老屯。

当父亲得知二叔仍住在老屋，就撇下众人，急匆匆地向老屋走去。

父亲急如风雨地走进老屋时，一眼就看到了站在门口的二叔。

在这个世界上，他们是对方唯一的亲人。二人在相距两步开外时，都怔在了那里。他们用目光探寻着对方，还是父亲先反应过来，向前一步，叫了一声：小石头。

二叔也向前跌撞着，迎上来，颤抖着声音，叫了声：哥啊——

两个兄弟就拥抱在了一起。

不知过了多久，二叔终于控制不住自己，孩子似的哭了。自重庆与小婉、儿子分别之后，二叔只在夜里想起那令人肝肠寸断的情景，会默默地流泪。但还从没有这么号啕着、彻底地痛哭出声。

父亲在二叔断断续续的哭诉中，知道了二叔的经历。

父亲一边听着二叔的哭诉，一边背着手转来转去。父亲的心情也不能平静。父亲为二叔难过。

最后，父亲扶住哭软了身子的二叔，红着眼圈道：小石头啊，你放心，台湾早晚有一天会解放的。到那一天，就是你们一家团聚的日子。

二叔在父亲的鼓励下，似乎看到了眼前的希望。他瞪大眼睛说：那啥时候才能解放台湾啊？

父亲用力地拍一拍二叔的肩膀道：快了，现在全国从南到北都解放了，就剩下一个台湾了，毛主席正在做决策哪。

父亲的话犹如一剂良药，一下子让二叔正常了起来。他不再痴迷了，目光也恢复了神采。

那天晚上，兄弟俩就躺在老屋的炕上，仿佛又回到了十几年参军前的日子。两个人东一句、西一句的，说着自己这些年的经历。那些经历如同生命的片断，连缀在一起后，就形成了两条鲜活生命线，尽管在一个源头出发，却是经历了不同的地界，最后，又交汇在了一起。

父亲就叹口气道：小石头，要是你当年不投到国民党，也就不会有今天了。

二叔不同意父亲的说法，他扯着嗓门说：要是没有当初，那就不是俺了，哪还有小婉和俺儿子哩。

二叔说到这儿，就又哭上了。

父亲就在心里感叹：这就是命，啥人啥命啊。

第二天一早，父亲就走了。二叔找到了，他悬着的心也就放下了。

父亲在村头骑上战马，二叔在马下仰着头冲父亲说：哥，啥时候解放台湾，你告诉俺一声啊。

父亲坚定地点点头，冲二叔说：小石头，你放心吧。哥抽空会回来看你。

踏实的父亲跃马扬鞭地走了。他和警卫员的两匹马留下了一溜烟尘。

父亲的背影在二叔的眼里渐渐模糊了起来。

从此，二叔就多了份希望，那就是等着解放台湾的那一天。

解放台湾成了二叔心里唯一的一份念想。

十二

父亲对二叔承诺的解放台湾还没有实现，抗美援朝战争爆发了。部队从天南海北被调往了东北的丹东。丹东一时间成了人们提到最多的一个地名。

解放新中国的战斗刚刚结束，抗美援朝就爆发了，鸭绿江的东面烽火又燃。

身在老屯的人们，又把目光投向了陌生的朝鲜。在乡亲们的眼里，二叔是经过风雨、见过世面的人，就拥到二叔的老屋前，向二叔请教关于战争、关于抗美援朝这场战争的开始和结束。

二叔自然也知道抗美援朝这场战争爆发的消息，他的心一下子就凉了半截。父亲走后，二叔真的看到了解放台湾的希望和曙光——全国大部分地区都解放了，就剩下一个孤岛台湾，难道新中国连解放台湾的力量都没有吗？这是父亲对二叔说过的话。二叔觉得父亲说的话也是千真万确。

在抗美援朝爆发前，解放大军曾发动了两次攻击金门的战斗。由于海战经验不足，又没有足够的火力作为支撑，两次都是无果而终。

但这两次失败并没有影响我军解放孤岛台湾的信心，共和国正准备向福建前线调兵遣将，准备一举拿下台湾。可就在这时，美国大兵在仁川登陆，一场更为迫切的保家卫国的战争爆发了。

二叔的心就凉了。他面对老屯的乡亲，顿时就哭丧了脸。二叔坐在自家的门槛上，袖着手，带着哭腔道：你们问俺，俺又问谁去呀？不是抗美援朝，说不定台湾就解放了，俺就会看到小婉和儿子了。

从那时开始，老屯的人才从二叔的嘴里知道了小婉和儿子的事。也是从那一刻起，他们知道了二叔的故事。人们在转瞬间知道了二叔当的是国民党的兵，而且还当过国民党的少校团座，娶了长官的女儿。

老屯的人们对待二叔的态度马上就发生了转变，无论从哪个角度看二叔他们都觉得新鲜。以后，二叔的院子里总是聚集了更多的人，怀着好奇，向二叔打听着。

二叔像一位演讲者似的站在人们中间，一遍遍地讲述着自己的经历和爱情。二叔讲的时候，心里装满了巨大的温情。在一次次的叙述中，二叔完成了对小婉和独生子的怀恋。

二叔每讲一遍，就似乎又回到了从前。

在那一段时间里，二叔变成了祥林嫂，不厌其烦地跟别人讲着自己的故事。

老屯的乡亲在二叔颠三倒四的讲述中，明晰了二叔这十几年的经历。听二叔讲到国民党在重庆大溃退，他和妻儿生离死别的情景时，二叔呜咽起来，众人也红了眼圈。老屯的人们是善良的，也是人性的，他们的情感立场此刻完全站到了二叔这一边，替二叔唏嘘不已。

老屯的乡亲开始随二叔一起关注着何时解放台湾这件事了。他们关注解放台湾，更多的心思是想早日看到二叔的媳妇小婉。在二叔的描绘中，小婉几乎成了一朵花，况且那又是国民党高官的女儿。

这里的人们连国民党的部队都没有见过几次，更别说国民党的大官了。他们对国民党说不上爱，也谈不上不恨。内战开始的时候，只知道解放军和国民党开战了。战争结束后，解放军胜利了，成立了新中国，人们理所当然地分到了土地，成了土地的主人。这一切已经足够了，在这些事情上，他们看到了共产党的好，理解了解放军为穷人打天下的理由。

解放军是好的，那国民党就一定是坏的，现在又逃到了台湾，乡亲们是怀着迫切的心情，希望解放军一举冲上台湾岛，把那里仍吃苦受难的穷人解放了，过上好日子。当然，二叔的小婉不在解放之列，大家只是怀着新奇想看到小婉。二叔是老屯的人，小婉无疑就是老屯的媳妇了。如花似玉的小婉，在老屯人的心里就像一团谜似的盛开着。

老屯的人们和二叔一起期待着，抗美援朝胜利的那一天。按照他们的思维，抗美援朝胜利了，伟大的志愿军班师回朝后，就是解放台湾孤岛的那一天。

二叔终于忍不住了，他要给父亲写信。他要问一问，抗美援朝什么时候才能结束，啥时候大军才能去解放台湾。二叔甚至把自己想参加队伍去解放台湾的心思也写在了信里。二叔最后在信里说：哥，你放心，只要让俺参加解放台湾的队伍，俺再也不会当逃兵了。俺要和你一起冲上台湾岛，把小婉和你侄子解放出来……

二叔给父亲写完信，就开始了漫长的等待。

十三

二叔一直没有收到父亲的回信，许是父亲忙于打仗，回二叔的信是小事一桩，不足挂齿，或者父亲根本就没有收到二叔的信。

在漫长的等待中，抗美援朝结束了。

二叔在报纸上和广播里得到了抗美援朝结束的消息。二叔渐渐熄灭的希望，又重新被点燃了。可日子一天天地过去了，解放台湾的战斗仍然没有打响。

二叔坐不住了，他要找父亲问一问，究竟什么时候才能去解放台湾。

部队不断地有喜报送到父亲的家乡。此时的二叔作为父亲的家人已经被各级认可了，“军属光荣”的牌子就挂在二叔的老屋前。二叔已经是父亲的军属了，享受着军属应有的待遇。

二叔在父亲的喜报中得知，父亲立功了，父亲荣升为师长了。二叔终于耐不住等待的煎熬，他要找父亲打探解放台湾的消息。

二叔以一个军属的身份上路了。父亲是老屯走出来的，人们都知道父亲当了师长的消息。二叔要去看父亲，老屯的乡亲拿出家里最好的东西，让二叔给父亲捎去，还有人捎话，让父亲抽空再回老屯看看，老屯的人都惦记着当了师长的父亲。

二叔没费多大周折就见到了父亲。

当了师长的父亲比以前老成了许多。他让警卫员把二叔带到了自己的家里。

二叔见到了他的嫂子淑琴。淑琴还像当年那么漂亮，不同的是，她已经是两个孩子的妈妈了。父亲和淑琴已经勤奋地生了两个孩子，老大四岁，老二才一岁多。

二叔一看见父亲的孩子，就想到了自己的儿子。他把老大石权抱在怀里，哽着声音说：二叔来看你了。

话还没有说完，二叔的眼泪就流了下来。

淑琴现在是师医院的副院长，整日里早出晚归，带孩子的活就交给保姆了。在二叔来后的日子里，二叔就成了带孩子的兼职保姆。

白天没事，二叔就带着石权在师部的院子里走一走，看一看。二叔弯着腰，牵着石权的手，他没说几句话，就把话题绕到了自己的儿子身上。他对石权说：侄儿啊，你还有个哥哥，叫石林，今年也该七岁了。

石权就歪着头：那我哥在哪儿啊？

二叔就说：在台湾。

石权又问：叔，那你咋不带哥来玩儿？

二叔沉默了，抬起头望天，冲着他大致所认为的台湾的方向。

石权又问：台湾远吗？

二叔飘飘忽忽地说：远，远得很哩，在海的那一边。

石权不依不饶地问：叔，你把石林哥接来吧，让他和我一起玩儿。

二叔一把抱起了石权，一边哭，一边说：台湾还没解放哩。

台湾解放不解放，石权是不懂的，但他知道台湾很远，那里住着哥哥石林。这对他来说已经足够了。从那以后，石权碰到院子里同样大小的孩子就骄傲地说：我有个哥哥叫石林，他在台湾。台湾在大海的那一边……

父亲一回到家，二叔就像看到了救星，目光里充满了希望。

饭桌上，二叔和父亲喝酒。刚开始两个人都是沉默着，喝了几杯酒之后，二叔就又旧话重提。

二叔说：哥，部队咋还不去解放台湾呢？

对于这个问题，这段时间里父亲已经无数次地回答二叔了。

父亲有些不耐烦地挥挥手说：毛主席和党中央会考虑的，只要主席一声令下，部队说走就走。

父亲还说：弟呀，你放心吧，全国都解放了，抗美援朝也胜利了，一个小小的台湾还能跑了它不成？你放心，只要毛主席下令，解放个台湾就是抽支烟的工夫。

二叔在父亲家里住的日子里，一直没有等到毛主席解放台湾那一声命令。

二叔看着其乐融融的父亲一家，触景生情的二叔就会把头蒙在被子里，泪流到天明。

后来，二叔就告别父亲一家，准备回家了。

二叔离开父亲家时，他抱住了石权。经过这一段时间的相处，石权和二叔已经感情很深了。

石权说：叔，你快点带石林哥哥来陪我玩。

二叔把石权抱在怀里，在他的小脸上亲了亲，仿佛是在亲着石林。在重庆和石林分别时，石林似乎也就这么大。那肝肠寸断的场景又一次浮现在二叔的眼前。

二叔的心一阵剧痛，疼得他眼泪哗哗地流。他冲父亲挥了挥手，又冲淑琴挥了手。最后，他又一次把石权抱在怀里：侄儿啊，二叔真舍不得你。过些日子，二叔还会来看你。

石权不知深浅地说：别忘了带哥哥来。

二叔已经不敢回头了，他背过身，流着泪，走了。

回到老屯的二叔，天天在等待着毛主席解放台湾的命令。可他一直没有等到，却等来了那场轰轰烈烈的“文化大革命”。

十四

整个乡村在最初的日子里是平静的，人们依然过着日出而作、日落而息的生活。

土改之后，分到每个人名下的土地，又归为集体所有了。人们在村支书老奎的带领下，集体在田间地头劳作着。

二叔也是他们中的一员。此时的二叔回到家乡又已经十几个年头过去了。

二叔劳作在乡亲们中间，从来不多话。他的外表看上去已经和这里土生土长的人没有什么区别了。唯一的区别就是二叔总在那里发呆。乡亲们不发呆，顶多走会儿神，马上就回来了，该干什么还干什么。二叔的发呆和乡亲们相比与众不同，他像军人似的立在某一个角落里，挺胸抬头，向天边的一角遥望着，表情凝重而苍凉。人们看着二叔发呆，不得不想点儿什么。总在发呆的二叔，让人看了想哭。

老奎叔是村支部书记，老奎叔可以说是资历很老的党员了，抗联的时候就是地下交通员。如今做了村支书，在乡亲们的眼里，老奎叔、二叔是村里两个比较高级的人，是见过世面、也经历过生死的人。只有他们两个人才有资格平起平坐。

老奎叔经常找二叔聊一聊。老奎叔看见二叔发呆，就凑过来，站在二叔身边，冲二叔的视线望了眼，说：小石头啊，又望台湾哪。

听老奎叔这么说，二叔就缓缓地把目光移过来，悠长地吐口气：俺那小子，今年都二十岁了，昨天是他二十岁的生日。

老奎叔就把身子蹲下去了，叹了口气，掏出烟来吸，深一口、浅一口的。

二叔也蹲下了，用个树棍去抠地上的土，一下，一下的。

老奎叔就咒一声：狗日的台湾，咋还不解放哩。

二叔的目光又望着了头顶那方天空，他坚信那方天空下就是孤岛台湾。于是，二叔每天都无数次地站那个方向呆望着。

二叔在乡亲们的眼里是个与众不同的人，二叔的做派决定了二叔的与众不同。

风平浪静的乡亲，在“文化大革命”的时候还是受到了冲击。人们要寻找批斗对象、“革命”的对象，于是老屯的地主、富农什么的便首当其冲，定期、不定期地被胸前挂个牌子，低头站在众人面前。

乡亲们都是些老实巴交的人，肚子里没有那么多弯弯绕绕的东西，解放前，这些地主、富农是有些家产和田地，但那也是人家祖上挣下的产业，想开了，乡亲们也没啥可嫉恨的，有的只是羡慕而已，谁让咱八辈上没这份祖业呢。如今，看着这些已被改造过的地主、富农，战战抖抖地缩在那里，大家也就喊两声口号，挥挥无力的拳头，做做样子罢了。然后，就又该干啥干啥了。

一天，公社的胡主任来到了老屯，身后还带着民兵和乡助理等人。

胡主任背着手，脸色阴沉地找到了老奎叔。

胡主任声音沉重地冲老奎说：老奎呀，你这个老党员的党性不高啊。

老奎叔迷瞪着眼睛望着胡主任。

胡主任又说：你们屯的小石头可是有大问题的人哩。

老奎叔不解，一脸疑惑地问：他有啥问题呢？

胡主任就帮老奎叔分析道：他当过国民党的团长吧？！

老奎叔点点头：这俺听他说过。

胡主任又说：他娶过国民党大官的女儿做过老婆，还生过孩子吧？

老奎叔又点头，这些他以前都听二叔亲口说过。

胡主任还说：听人家说他一直在想着台湾，念着台湾。

老奎叔说：他那是想台湾的老婆孩子呢。

胡主任拍手道：这就对了嘛，种种迹象表明他是特务，是有海外关系的特务。

老奎叔立马就变声变色地说：怎么可能，不会吧？小石头回家这么多年，大门不出，二门不迈的，没事就是发呆，他也没干啥呀？

胡主任已经没时间听老奎叔解释那么多了，他挥挥手，冲身后的民兵助理喊：去搜一下，看他的电台藏到了什么地方？

胡主任带着民兵走进二叔的老屋时，人们都望见了门上那块“光荣军属”的牌子，人们愣了愣，甚至停了脚步。看到这块牌子，人们就想到了父亲，此时的父亲已经是一位军长了。

很快，人们在牌子前怔了一下，就长驱直入了。

一干人齐心协力，翻箱倒柜地寻找着。

二叔不看他们，躲在院子里，望着头上的天空。

胡主任带领着众人找了一气，又找了一气。老屋从里到外就那么大一块地方，寻来找去的，也没有找出有价值的东西。最后，胡主任就停在了二叔跟前，背着手，微笑着冲二叔说：

团座啊，想啥哪？

胡主任当过解放军的营长，当年和国民党的队伍厮杀过，他天生的对国民党有着不共戴天的仇恨。

当过国民党团长的二叔，便成了他眼里最大的敌人，是天然的敌人。不用其他的证据，就凭二叔当过国民党这一点就足够了。

微笑的胡主任立马就不笑了，他冲民兵挥了一下手，呵斥道：给我绑上。

马上就有两个民兵冲上来，不由分说把二叔捆上了。二叔不推不拒的，有些困惑地望着胡主任。

老奎叔眼见着眼前的局势发展成了这样，便想上来解劝。他拉着胡主任的衣角说：不看僧面看佛面，小石头可是军属哩。

胡主任马上把脸拉了下来，他推开老奎叔：你别掺和，他哥是他哥，他是他。中央领导的亲人还有叛变的呢。

胡主任挥着手，强行把二叔推搡着带走了。

二叔走得很平静，他的目光一直没有离开头顶的那片天空。

老奎叔觉得事情重大，赶紧派人去城里找父亲了。

十五

父亲为二叔的事情回了一次老家。

他在县上住了一个晚上，县上知道父亲是为了二叔的事情回来的。上上下下都很重视，他们亲自把公社的胡主任叫到了县上。

县上的人那晚陪父亲喝了许多酒，酒后的父亲显得很激动。胡主任从见到父亲的那一刻起，就一直站在那里。胡主任也是当过兵的人，懂得下级在上级面前应该如何保持军人的站姿。父亲让他坐，他也不坐，笔直地立在那里。

喝了酒的父亲就说：俺这个弟呀，是当过国民党的兵，那会儿国共两党还合作着，他是为了吃饱饭才去当的国民党的兵。他没干过啥坏事，日本人投降后，是俺这个弟打开日本人的仓库，给咱解放军装备了一个连队，一个连哪。后来，这个连成了俺手里的尖刀连，就是因为有了好装备，俺弟按理说是对革命有过贡献的。国民党还没撤到台湾，俺弟就脱了军装，成了老百姓。他老婆孩子是逃到台湾了，可这账不能算在他的头上啊……

父亲刚开始还想着为二叔辩解，后来说到动情处，父亲潸然泪下。父亲一边说，一边理清了思路，那就是自己这些年对二叔关心得太少了。他在城里有吃有喝，享受着天伦之乐，却把亲弟弟扔在了老家，吃苦受罪。父亲想到这儿，不能不流泪了。

父亲的态度是明确的，二叔是个好人。由解放军的军长亲自担保一个好人，作用是明显的。

胡主任虽然还有些想不通，但在父亲面前还是承认自己抓错了二叔，并保证立即放人。

二叔是被父亲亲自送回了家里。

父亲和二叔肩并肩地坐在车里，两人谁也没有说话。

由于汽车的颠簸，两个人的肩膀不时地碰到了一起。后来，父亲试探着用手捉住了二叔的手，心里顿时阴晴雨雪的很不是个滋味。二叔的表情仍然那么淡定，目光透过车窗，望着那片熟悉得不能再熟悉的天空。

父亲一直把二叔送到了老屋。

父亲随着二叔走进了老屋，炕上放着一床被子，一切都是那么简单。因为这两天二叔不在家，屋里的炉火都灭了。清冷的老屋让父亲的心里更不好过了。

安顿好二叔，父亲临走时，找到了村支书老奎。

父亲冲老奎说：奎叔啊，小石头的日子不能这么过啊。你帮他张罗个烧火做饭的人吧，他一个人怪不容易的。

老奎就吸溜着鼻子说：大侄儿啊，俺以前也想过，可小石头他不愿哩。

父亲又说：你再试试，小石头一个人真不易啊。

老奎就“哎哎”地应了。

在父亲走后的日子里，老奎成了不折不扣的媒人，从南屯张罗到了北屯，又从西屯忙活到东屯，他给二叔张罗了一个又一个。

二叔铁了心，一个也不见，他对老奎只有一句话：俺有老婆，她是小婉。

老奎也就没辙了。

二叔一有时间就仰头望天，望那片他熟悉得不能再熟悉的天空。不论阴晴雨雪，那方天空在二叔的心里永远是晴朗的。在那片晴空下，生活着他的爱人和可爱的儿子。

孤单的二叔却守在老屋里，过着清冷的日子。

十六

时间转眼就到了二十世纪八十年代。二叔在无限的仰望和等待中，老了。头发慢慢地变成了灰色，最后就是一头苍白了。

在这期盼、等待中，二叔真的就等来了希望。二十世纪八十年代，改革的大潮滚滚而来，很多的港商、台商辗转着回到了大陆，隔绝了三十多年后，关于台湾的消息像三月的春风，吹向大江南北。

那一阵子，是二叔最忙碌的日子，他天天忙着写信，寻找着小婉和儿子。二叔怕自己写得不清楚，还把屯里识字的人叫到了家里。一张炕桌放在炕上，写信的人盘腿坐在炕上，二叔蹲在地上，仰着头，一腔的期望都汇集到了那双混浊的目光里。

一封封信写好了，却不知投向何方。二叔只能在信皮上写下“台湾”两个字。寄往台湾的信，像一只只鸽子从二叔的手上飞走了，剩下的只是甜蜜地等待。

在幸福的期待中，二叔一闭上眼睛就会做梦，梦里，他依稀地看到小婉牵着儿子的手，款款地向他走来，却永远也走不近他。二叔一着急就醒了，他睁开眼睛，仍没走出梦境。他苍凉着声音高喊：小婉，你们可想死俺了。

二叔都不知道自己是在梦里还是梦外了。

二叔没有等来小婉和儿子，却等来了市台办的人。

市台办来了两个人，一个戴着眼镜，另一个不戴。两个人找到二叔，就把二叔搀到了有阳光的院子里。

二叔的老屋原来是有窗子的，后来被二叔给封死了，屋里就昼夜不分了。二叔喜欢在黑暗中等待，黑暗中的二叔才会有梦。

此时二叔坐在院子里，明晃晃的阳光刺得他睁不开眼睛。

两个市台办的工作人员很有耐心的样子，一左一右挨着二叔坐下了。然后，他们开始给二叔讲了一个古老而又冗长的故事。故事从当年的重庆讲起，讲到了最后飞离重庆的那架飞机。飞机起飞了，飞到了天上，一直飞到了福建，飞过了厦门的天空。在飞到海峡上空时，飞机就掉了下来。后来，就坠到了海里。人们分析飞机出事的原因是严重超载，又遇上了气流，飞机只能是掉到了海里。

刚开始，二叔还迷迷糊糊地听着，仿佛在听别人的故事，他甚至不停地冲两个台办的人点着头，表示自己听懂了。

过了一会儿，又过了一会儿，二叔就直愣愣地望着台办的两个人。他用劲儿地想，用尽浑身力气地想。后来，二叔“咕咚”一声，就倒下了。

在二叔那片熟悉的天空里，小婉和儿子在那里永远地定格了。

又过了一阵子，人们才知道二叔出家了。

二叔出家的寺庙在一座山上。那里的香火很盛，善男信女排着队去寺庙上香。香雾整日在寺庙的上空缭绕着。人们走到这里，像是走进了另一个世界。

父亲终于离休了。离休的父亲享受着军区副职的待遇，住二层小楼，有专车，还有秘书。

离休后的父亲，又看望了一次二叔。

父亲的车开到山上，便开不动了。

父亲在秘书的陪伴下开始爬山。父亲一边爬山，一边看地形。父亲停下来喘息的时候，冲身边的秘书说：你看这地形，很适合打伏击。给我一个团，敌人一个军也休想冲破我的阵地。

秘书听了，笑一笑，擦一把脸上的汗。秘书很年轻，还没有打过仗。

在寺庙的大殿里，父亲终于见到了二叔。二叔也看到了父亲。

父亲不说话，二叔也没有说话。二叔出家之后，似乎换了一个人，浑浊的目光开始变得清澈，苍白的头也有些泛黑了，脸色也红润了许多。

二叔突然拿出一炷香，递给父亲：上炷香吧。

父亲把那炷香接过来，又扔掉了。

父亲带着秘书走了，下山的父亲没有说一句话。

二叔望着父亲的背影，一直到父亲在台阶下消失。二叔把父亲扔在地上的香捡起来，端端正正地供在香炉里。

寺庙里又多了炷香火，飘飘袅袅，一直飞到了天上。

上海往事

一

1937 年秋，上海，著名的淞沪保卫战，已激战两个月。日军调集众兵，对国军实施了反包围，国军接到了全线大撤退的命令。

国军三排阵地，经过一夜激战，晨光微露时，枪炮声喊杀声，一切都安静下来，整个阵地似乎都死了。

晨光中，双方士兵横陈在阵地上，胳膊和腿挂在树杈上，大刀把上的红布，挂在一条纤细的树枝上，晨风中，似一面飘扬的旗帜。硝烟静静地散着，木质枪托因燃烧未尽，发出毕剥之声。

日军阵地上，一个简易掩体内，电台的天线微微抖颤着，一个身体蠕动着，推开压在身上的一只脚，又推开半截身子，一张士兵的脸露出来，这是一张少年的脸，眼神惊惧迷乱，他打量着阵地，目光渐渐收回，看到了身边横七竖八、血肉模糊的尸体，他咿呀叫了一声，这一声在死寂的早晨把自己吓得一抖，他忙用手捂住了嘴，手上的伤口已经凝了，乌紫的血痕在晨光中透着亮光。

少顷，又过了少顷，少年士兵推开周围乱七八糟士兵的尸体，弯着腰疯跑起来，几步之后，他被一具尸体绊倒了，他几乎趴在了这具尸体上，尸体还流着血，他认出这是电报组成员佐佐木的尸体，佐佐木的眼睛仍睁着，死不瞑目的样子。少年士兵爬起来，滚到一边干呕着。

少年士兵是几个月前来到中国上海参战的，他叫健三一郎，今年刚满十六岁。两年前在国内富士山下学的报务员，四个月前来到了中国，又来到了上海，参加了这次后来被永远载入史册的淞沪会战。

健三一郎停止了呕吐，扶住一棵树，树冠已被炮弹炸飞了，光秃秃地立着，健三一郎一时不知何去何从，惶惑迷离，他望着阵地，死尸遍地的阵地，他呀地叫一声，开始漫无目的地跑去。一件肥大的士兵衣服，包裹着他瘦小的身躯，他身上挎着一把手枪，还有一个牛皮文件盒，文件盒里装着他们联队的密码本，还有两份有关淞沪战役的尚未执行的作战文件，枪和牛皮文件盒因他的跑动，毫无节奏地拍打着健三一郎的腰和屁股，像一面鼓，又像一面锣，催促着他没命地向前跑去。

天光大亮了，上海郊区破烂的景象呈现在他面前，虽然破烂，却是一个城镇的模样，健三一郎似乎清醒了一些，他先是把帽子摘下去，犹豫一下扔到地上，他向前走去，看到了一队百姓，背包驮罐地匆匆跑路，这是中国百姓，男人和女人，拖家带口地跑路。

健三一郎把自己小小的身子藏在一处隐秘角落里，他看着这一队逃难的百姓走过去，他走出来，脚有些站立不稳的样子，他先是看见了逃难百姓丢落在地上的一件花衬衫，他走过去，拿起花衬衫看了看，似乎有所醒悟，他左右看了看，先把自己背在身上的枪和文件盒卸下来，又把自己上衣脱下去，露出他细瘦的身子，这还是一个没长大的孩子。

他把花衬衫穿在自己身上，不大不小，还算合身，健三一郎此时就很可笑的样子，下身穿着军裤，军鞋是翻毛的那种，上身是一件女孩子的衬衫，手里提着文件盒和一支装在枪套里的枪。他又向前走去，先是发现了一只鞋，不远处又是一只，他甩开自己原来的军鞋，把鞋穿上，又向前走，又发现地上掉落的一只包裹，他上前打开，里面是一些衣物，他胡乱地翻拣着，找出一条裤子，躺在一个墙角里把裤子换上，这次，健三一郎变成了一个跑路少年。

他看着脱下的衣物，拎起文件盒，还有那把手枪，一时无所适从，他的脑子里马上跳出三天前电报组长佐佐木交给他任务的情形，佐佐木把密码本和机密文件交给他，恶狠狠地说：这是联队所有的军事机密，你要保护好它们，这比你命都重要。

他接过文件盒，挎在自己身上，觉得自己半边身子都快被压垮了，他还是立住脚冲佐佐木说了一声：是！并向佐佐木敬了个军礼。

此时健三一郎提着文件盒还有一支手枪，仍觉得这两样东西重如千斤。他把牛皮文件盒打开，拿出里面的密码本和文件，想了想，胡乱地装在腰间，就剩下那把枪了，枪不大，此时提在他手里却触目惊心的样子。他先是把枪拿出来，把枪套扔掉，提在手里仍沉甸甸的。索性他又把枪插在裤腰上，整理好衣裤。

一发冷炮打过来，带着啸叫，在不远处炸了。健三一郎下意识地趴下，炸响过后，他爬起来，没命地向前跑去，下意识让他跑，何处是落脚之地，他并不清楚，只是奔跑。

弄堂里一个普通的人家，林嫂奶着出生不久的孩子，她坐在屋里几乎一夜没有合眼，枪炮声在郊外响了一夜，她就不合眼睛地抱着孩子坐了一夜。

林嫂的丈夫是名军人，职务是副连长，在上海已经战斗两个月了，前几天部队换房，曾经回来过一次，看了一眼他们娘俩，留下两块银圆，没说几句话，只是用眼睛狠狠地看了一眼他们娘俩，说了一句：我走了，你们保重。

林连副说走就走了，他是个军人，帅气而又阳刚，卡宾枪背在他身上，子弹袋鼓鼓的，林连副告别林嫂，就又融入到了郊外的枪炮声之中了。

丈夫在外面浴血战斗，林嫂片刻不得安宁，丈夫的安危，她只能靠想象了。林嫂心里装着上帝，她不停地为丈夫祷告，在胸前画着十字。

孩子睡着了，她把孩子放下，外面的枪炮声又隐约地传来。

林嫂把孩子放下，拿出一朵棉花，撕开，塞在孩子耳朵里，又在孩子身上盖了一床小被子，林嫂轻手轻脚地走出去。

林嫂站在院子里向远处眺望，她并看不到什么，弄堂里的人大都跑路了，拖儿带女，拉家带口的。林嫂一直没走，她在等她的丈夫，那个林连副，林嫂知道，林连副不会不管她们娘俩的，丈夫是军人，他会安排她们后路的，即便丈夫本人回不来，他也会托人告知她们娘俩的，这就是她在这里等下去的理由。

健三一郎昏头晕脑地跑进弄堂，外面枪声响着，还有奔跑的脚步声，不知是中国军人在追杀日本军人，还是日本军人已经打进了城内。

健三一郎很怕，他怕中国军人，也怕日本人，他怕的不是人，是战争。枪炮声就是战争。

健三一郎来到中国几个月了，他没开过一枪，他只会发报，接收电报，把电文译出来交给他的长官。昨天的一战是短兵相接，仗打了一夜，他抱着电台蹲在掩体里一夜，一发炮弹落下来，他便什么也不知道了，醒来的时候，阵地已经死寂了。

健三一郎糊里糊涂地跑进中国弄堂，他下意识地要躲起来，他怕人，也怕枪声，此时，他只想躲起来。

他跑进弄堂，试图去推开一扇又一扇门，门都被关死了，他没推开，也没敢驻足，他像一只没头苍蝇，稀里糊涂地撞开了林嫂的门。林嫂的门没插，那是留给丈夫的门。

门被推开，或者被撞开，林嫂吃了一惊，欣喜的神情马上被惊愕所代替，期盼中的开门不是丈夫，却是一个惊慌失措的少年。

少年惊怔地打量着林嫂，林嫂也如此这般望着少年。两人相视着。

林嫂颤颤地喊了一声：你是谁，为什么到这来。

他听不懂她的话，眼神里有些犹豫，更多的是慌乱。

林嫂看到了门后的顶门的木棍，林嫂过去，抓过木棍指向他，仍颤着声：你不是打劫吧，除了屋里的孩子，家里什么也没有。

林嫂拿着木棍，像拿了一杆枪一样地对着少年。

少年想转身跑掉，少年很饿，他原本进门找点吃的，他已经几天没有吃东西了，自从进入阵地开始。他被眼前女人的敌视吓着了，还没转过身，少年摇晃一下，最后跌倒了，直挺挺地摔在了林嫂面前。

少年倒下了，林嫂握着木棍，样子有些手足无措，她提着木棍，绕着少年走了两圈，蹲下身，又用手试了试少年的鼻息，鼻息微弱。她扔掉木棍，抓起少年的肩，摇晃着：醒醒，醒醒，你从哪里来，你醒醒……

少年仍昏迷着，身子随林嫂摇晃东倒西歪的样子。

林嫂放下少年，一筹莫展的样子，她想起了什么，奔回屋内，少顷出来，拿过一个盛水的缸子，她又蹲下身给少年喂水，水流进了少年嘴里，少年下意识地吮吸着水，胸部剧烈起伏着，呼吸声急促有力起来。

林嫂放下水缸子，复又进门，拿出一个菜团子去喂少年，少年因没苏醒，无法去吃，林嫂几次尝试，少年都无法吃到菜团子。林嫂叹口气，茫然四顾，她低头看见奶水浸湿了衣襟，她又望眼少年。拿起喝水的缸子，走回屋内，林嫂站在一角，撩起衣襟，往缸子里挤奶，奶水恣意地冲在缸壁上，她挤完这只奶子，回头看了眼熟睡的孩子，又去挤下一只奶子，奶水很冲，很旺，哗哗地冲进缸子里。

林嫂站到少年面前时，缸子里已有了小半奶水，林嫂蹲下身，把少年的头放到自己的腿上，用奶水喂着少年，少年喝了一口，又喝了一口，然后大口地喝了起来，一直到缸子里再也没了奶水。林嫂把最后一滴奶倒进了少年的嘴里。

少年哼了一声，眼皮动了动，慢慢睁开眼睛，他抬头的第一眼看见了林嫂俯视他的那张女人的脸。

少年一惊，闭上了眼睛。

林嫂：小弟，别怕，你这是要去哪呀？你的家人呢？

少年睁开眼，挣扎一下坐起来。

林嫂站起来：你不是本地人。

少年惊恐的样子，看着女人的衣襟，又用指头碰了一下嘴角里的一滴奶，闻了一下，他眼圈一下子红了。突然他跪下了，冲林嫂磕了一次头。

林嫂：小弟弟，用不着这样，快起来，你是和家人走散了，还是迷路了，你从哪里来？

少年不语，跪在地上往后退。

林嫂：你等一下。

林嫂复又走进屋内，出来时，手里拿了一个菜团子，递给少年，少年先是后退了一下，又马上抓过菜团子，吃得狼吞虎咽，恨不能一口把菜团子吞到肚子里。

林嫂笑一笑：别急，看把孩子饿的。

少年咽得直伸脖子，眼泪流了出来。林嫂似乎还想说点什么，突然孩子在屋内啼哭起来，是一声巨大的爆炸声惊醒了孩子。有枪声传了过来。

林嫂冲进屋内，抱起孩子，拍着受惊的孩子。

枪声由远而近，林嫂把孩子抱在怀里，又把两块布条揉成一个团塞在孩子的耳朵里，做完这些，她抱着孩子来到院内。

枪炮声惊着了少年，他已经躲进院内一堆杂物堆里，一只脚还露在外面。

林嫂看见那只脚便说：看把孩子吓的。

说话间弄堂里响起了杂乱的脚步声，是皮鞋蹬踏着石板路发出的声音。还有砸门声，一间间门似乎开了，翻找的声音也传了过来。还有日本人的喊叫声。

林嫂惊诧了，她以为丈夫带人接她来了，没想到却等来了日本兵，林嫂想用门杠顶住那扇单薄的门，她刚拿起杠子，门突然被踢开了，四五个日本兵荷枪实弹地冲了进来，林嫂一惊后，她下意识向杂物堆靠过去。一个日本军官模样的人，冲她叽里咕噜说了几句什么，林嫂听不懂日本话，抱紧孩子，惶恐地摇着头。

两个日本兵冲进屋内，砰砰地翻砸着，另外两个日本兵，打量着小院。

一个日本兵端着上了刺刀的枪向林嫂走来，林嫂回了一下头，透过杂物，她看见少年从杂物缝隙里露出的一只惊恐的眼睛，那个日本兵越来越近，林嫂哎哟叫了一声，半真半假地跌坐在杂物堆上，林嫂很怕，她这是第一次见到日本兵，还有枪，以及枪上明晃晃的刺刀。林嫂跌坐的位置，正是少年隐身的地方。她似乎听到少年深吸了一口气。

日本兵在杂物堆上胡乱用枪刺乱扎了一气，两个进屋搜查的士兵自然一无所获，只拿出了几个菜团子，递给院内站立的军官。军官把菜团子分了，每人一个，他们立即狼吞虎咽地大吃起来。

林嫂看着菜团子有些心疼，那是她为丈夫准备的。

毫无收获的日本人，嚼着菜团子，离开了林嫂小院，于是弄堂内又传出了砸门声和脚步声。

林嫂奔到门前，快速地把门关上，并用门杠把门死死地顶住了。她回过身来时，少年已经爬了出来，头上沾了一些草屑。少年怯怯地看着林嫂。

林嫂上前拉住少年的一只胳膊，急切地说：孩子，你这是要去哪呀？你家里人呢？

少年突然冒出一句日本话，他说了一句：谢谢！

这句普通的日本话，犹如一颗炸弹在林嫂身体里炸开了，她抱着孩子的手一紧，下意识地又问：你是日本人？

少年看出了林嫂的惊惧，忙跪在地上，他跪在地上时，掖在腰间的那把手枪掉在了地上，少年一把按住枪，似乎想用自己的手掌把枪盖上。

林嫂一下子跌坐在地上，脸色惨白，孩子因受到了惊吓，大哭起来。

少年惶惑不安，他把枪拿起来，又去往怀里藏，林嫂惊惧，厌恶地望着少年，少年读懂了林嫂的眼神。他把枪捧在手里，递给林嫂，林嫂躲闪着，像躲一只毒蜂。

少顷，少年清醒过来，他又说了几句什么，爬起来，向屋内望去，灶间内，炉火正燃着，他跌跌撞撞地向屋内走去。他站在炉火旁，回头看了眼林嫂，林嫂也在看他。少年把枪扔到炉火里，熊旺的炉火很快吞噬了那把小小的手枪。

林嫂松了一口气，从地上站起来。少年想了想又从腰里掏出密码本还有那些往来的机密文件，少年一股脑把这些东西扔到了炉火里，火燃了一下，冒出一缕青烟，瞬间就灰飞烟灭了。

少年在身上摸索着，他又掏出了那只荷包，打开来，只有一张照片，那是母亲的照片，一个三十多岁的妇女，穿着和服正冲镜头慈祥地微笑着。

少年拿着母亲的照片，手有些抖，眼里瞬间噙了泪。他犹豫着。

林嫂过来，一把夺过那张照片，林嫂看清了那张照片，又去看少年，母子眉眼间竟有许多相似之处。她下意识地看眼怀里的孩子，孩子正睁眼望着她。

林嫂子把少年手里的荷包拿过来，认真地把照片放回到荷包里，又还给少年，在他手里用力按了按。林嫂说：你妈的照片，你该留着。

少年似乎在林嫂的眼神里读懂了林嫂的意思，把荷包挂在脖子上，又用手按了按。

林嫂望着少年，她似乎有许多疑问和不解，她说：你是日本人，为什么来这里，刚才有你们的人来，为什么不走。

少年不懂，但似乎明白林嫂的意思，他站在弄堂里，又一次给林嫂跪下了，不停地给林嫂磕头，头磕在地上，认真而又执着。

少年磕了头，起了身后，又冲林嫂深深地鞠了一躬，他倒退着走出灶间，回到院子里，他走向门口，伸手要拉开院门。

这时外面又传来拍门声，一声紧似一声，少年似乎被吓到了，他退后两步，又看到了那堆杂物，他快速地又钻了进去。

拍门的人在外面喊着：是我，快开门，快开门。

林嫂听清了，那是丈夫的声音，她日思夜盼，担惊受怕，就是等着丈夫回来找她，她抱着孩子，三步并作两步地奔到院内，一脚踢开顶门杠，拉开院门，丈夫立在他面前，衣衫不整，一副枪林弹雨的样子。丈夫的身后，站了几个士兵，有七八个的样子。

丈夫一把抓住林嫂的手，只说了一句：快走，日本人进城了。

丈夫拉着林嫂就走。

林嫂哎了一声，她回头望了一眼院内的杂物堆。

丈夫：来不及了，再晚就走不出去了。

丈夫接过林嫂手里的孩子，拉着林嫂，在几名战士的护卫下，匆匆地向弄堂外走去。

没有多余的话，更没有时间交流，只有匆匆地跑路。

院门开着，院内又静了下来。

少年试探着动了动身子，他从杂物堆里站了出来，院内瞬间空了，少年心里也空了。他在院内立了少顷，便撒开腿向弄堂里跑去。

远远近近的枪声，喊声不时地传来，笼了弄堂，笼了世界。

少年跑出弄堂，来到了街上，街上的一切豁然开朗。少年一时不知如何是好，东南西北他辨不清，他只能跑，似乎只有跑才是安全的。刚才他在杂物堆里已经看清了几个国军把林嫂接走了。他庆幸自己没有落到国军手里，他感谢那个素素昧平生的女人，像照片里的妈妈。一想起妈妈，他身上就有了力气，他要跑，跑到海边离家就不远了，他要越过海回到神户的家乡去找妈妈。

迎面一队日本士兵跑过来，他们打着旗帜一副胜利者的样子，不可一世，耀武扬威，一队牛哄哄的日本士兵就横在了少年的面前。

少年错愕，转瞬间，他就下定决心逃离，他不想再回到队伍中去了，那最后的结果只有死路一条。

日本兵发现了奔跑的少年，似乎猎人发现了猎物，士兵们振作起来，大步追过来，一边追一边喊叫着：站住，站住……

少年没有停下的意思，他奔跑着，满耳的风声。

一个日本士兵举起了枪，简单地瞄了瞄，枪声响过，少年像一只断了翅膀的鸟，突然栽倒在地上。他在倒地的瞬间，手握住了胸前的荷包，他仰过脸时，满世界都是红色了，那是血的颜色。

几个日本士兵拥过来，一个士兵用脚踢了一下少年。

一个士兵冲另一个士兵说：竹内，你又多了一个猎物，可以邀功了。

竹内笑着：这一定是个中国兵，你看他跑得很快。

说完从腰下掏出刀，日本上司有规定，杀死中国兵，要把中国兵的手剁下来，回去才能邀功请赏。

竹内手起刀落，一只手剁了下来，另一只手在少年胸前，这也没有影响到竹内的刀法，又是一剁一挑，少年的手飞了出去。少年断掉的手里仍死死捏着那只荷包。

竹内惊奇，弯下腰从少年手里拿过荷包，一张照片掉在地上。

一个日本女人慈祥地微笑着。

几个士兵一惊，从照片上收回目光，虚虚实实地望着竹内。

竹内捏起照片，惊叫一声：他是日本人?!

二

沈老板站在工厂院内，焦急地等待着卡车早点回来。

淞沪保卫战打响的时候，那时战场离城区还很远，几乎听不到枪炮声，国军大部队开赴战场时，人气很旺，声势也很浩大，拉着炮的卡车一辆接着一辆，头上还有飞机掠过，军人们更是一队一列地，源源不断在街上过了三天，后来保安团，警察都上了前线，这一仗，一打就是两个多月。

起初的日子里，就有许多工厂在大搬家，那是一些国家的工厂，有兵工厂，造币厂，还有生产黄金的工厂，随着战事的吃紧，不少私人工厂也开始搬离了，他们花高价雇了卡车还有船，源源不断地把工厂搬走。

沈老板一直期望，这战争早点结束，最好的结果是国军大胜，把日本人赶出上海地界，他的工厂就可安矣，一家老小也可安矣。沈老板已经五十多岁了，五十多岁的人，已经不喜欢动荡了，折腾不起了。

最近一些日子，枪炮声在城里已经清晰地听到了，有钱有势的人家都开始在搬家了，不仅搬走一家老小，还有自己在上海建立起来的企业。上海是做生意的宝地，有铁路有码头，交通四通八达，外国各领事馆林立，外滩在和平盛世时，更是国旗飘飘，一副万国大会的场景。

沈老板这个产业说不上大，也说不上小，是专门做服装和旗袍的工厂，尤其是旗袍那是沈老板的专利。沈老板在上海已经三代人在经营这个服装厂了，他这个服装厂叫大龙服装厂，在上海，提起大龙服装厂，无人不知，无人不晓。

大龙服装厂生产出的衣服和旗袍不是一般人能消受得起的，那是上等人的品牌，老板，阔太太，甚至一些外国使节享受消费的品牌，也就是说，大龙服装走的是高端品牌，从清朝到民国，一百多年的时间里，大龙服装见证了上海的兴旺。

枪炮声已经由远及近了，上海许多有头有脸，家大业大的各种豪绅们，举家带厂地迁徙了，到最后许多平头百姓也开始逃离了。那些日子，上海的大街小巷窜动着逃离的人群，上海要陷落了。

沈老板有父母，还有三个太太，大太太是原配，年纪和自己相仿，那是父母之命定的亲，后来顺理成章地结了婚，生了两个儿子，两个儿子已经到英国留学去了，一走几年再也没有回来，只是不时地有些家信，汇报学习和工作情况，沈老板不时地差账房先生去银行汇款，供给这两个公子在英国的花销。

二姨太四十出头，以前是服装厂专门设计旗袍的，自己也穿旗袍，一年四季都穿旗袍，旗袍是她的最爱，二姨太生了个千金，已经十八了，叫晓婉，晓婉念了女子国立高中，也准备去英国留学的，后来因战事暂时放弃了去英国的计划。

三姨太三十出头，也为沈老板哺育一子，叫小龙，小龙五六岁的样子，虎头虎脑的，五六岁的孩子，正是天真可爱的时候。

一直跟随沈老板的，除了沈老板父母，三任太太外，还有就是几个老妈子，管账的吴先生，跑腿打杂的小李子。账房吴先生五十多岁，和沈老板年龄相仿，两人是同学，发小，沈老板接管工厂后，吴先生便也跟着进了工厂。小李子是跑腿的，跑腿的人需要年轻麻利，于是小李子才二十岁出头，很精明很懂事的一个孩子。

淞沪战役打响的时候，沈老板就动过搬家的念头，把自己的想法和父亲说了，沈老先生是这个服装厂第二代传人，也是守业的人，创业容易，守业难，大龙服装的品牌就是经过沈老先生这代人创建起来的，他把服装厂看得比自己的老命还金贵。沈老先生当然不想走，他的话是：大龙服装离开上海，还算个什么？

大龙服装是贵人的服装，只有上海人认，也只有上海的绅士、太太穿大龙服装才相得益彰，离开上海，大龙服装连条蛇都不是。沈老先生坚定地要和服装厂共存亡。

有了父亲的建议，沈老板只能等待着，期待这场战役国军能够胜利，保住大上海，自然也就保住了大龙服装厂。

期待永远是期待，可结果是几十万国军战败了，乌泱乌泱地往下撤，城里的人又乌泱乌泱地往外地跑，有的去了南京，有的去了苏州和苏北。

眼见着战火都烧到城内了，在沈老板的再三劝慰下，沈老先生只能仰天长叹：小日本要灭我大龙啊！

沈老先生这一声感叹，等于默认了沈老板的提议，于是在三天前，沈老板雇来几辆卡车，当然是花高价雇来的，比平时翻了近十倍的价钱，几辆卡车拉着大龙的服装，还有一些生产服装的机器和衣服、旗袍的模板，兴师动众地开向了苏北。

苏北是沈老板的家乡，一百多年前，他们闯上海就是从苏北来的。他们人虽到了上海，但仍和苏北有着千丝万缕的联系，远房亲戚平时也时有走动，沈家的血脉连着苏北。大难临头了，他们又想起了故乡，于是故乡成了避难场。

沈老板第一批运走的都是一些家当，沈老板已经交代好了，等车到了苏北，回来就接他们一家老小。依据车程，下午某个时分车就该回来了。

沈老板站在服装厂院子里，身后是沈家的家业，一幢楼是生产服装的车间，现在车间一片狼藉，散乱着布匹和大小不一的模板，另一幢小楼是他们一家生活起居的地方，已经乱了，衣柜的大门开着，金银细软都装在了太太们各自的包里。一家老小聚集在一楼的厅堂里，大包小裹的值钱家当就放在他们身边，随时要走的样子。

东西已经收拾几天了，没什么可收拾的了，一大早，他们一家老小就等在厅堂里，等着去苏北的卡车回来，一车拉走他们，让他们远离这战乱的上海。

两天前他们就能听到远处的炮声了，越来越近的炮声震得房屋一抖一抖的，一家老小的心也随之战栗着。从昨天开始，不仅能听到炮声，还能听到枪声，枪声不是一个一个的，是一团，像放鞭炮一样，有时又像一阵风，他们知道，上海终于守不住了。于是众人就开始焦急，他们焦急地等待着离开这个战乱之地。

唯一不焦急离开的就是晓婉，她住在自己的闺房里，没有收拾东西，甚至都没有做好离开的准备。她不想离开这里，是因为还没有完成她的约定。

她的约定是和肖立下的，国立高中毕业了，她和肖约定要一起去英国留学，他们的决定得到了沈老板一家人的支持，这是没有异议的，三个月前在英国领事馆都办好了护照，船票两个月前就定下了。两天后就是她和肖登船去英国的日子。船票就放在她的手袋里，已经两个多月了，不仅有她的船票，还有肖的，两人说好，她要在家里等肖，然后两人去大不列颠。晓婉似乎听见了码头上客船的鸣笛声，一想起客船的笛声，晓婉就兴奋不已。

晓婉不是因为大不列颠有多么好而兴奋，是因为能和肖在一起她就抑制不住地高兴，浑身上下每个细胞都是战栗活跃的。肖比她大一岁，是一个长发男孩，脸很白，戴着眼镜，晓婉喜欢这个男孩已经有两三年了，那时只是喜欢而已。国立高中毕业时，两人才各自说出爱慕对方的想法，可以说两人一拍即合。两人恋爱了，同窗的生活已经铺垫过了，初恋就是暗恋，打开心门，便是热恋了，情感的闸门一打开，感情这个东西就乌泱乌泱地喷薄而出了。

两人没有咬牙切齿地发誓生死在一起，他们只有一个约定，共同登上赴英国的客船，去追求他们的爱情和前途。英国是陌生的，也是熟悉的，晓婉在两个哥哥的来信中，似乎对英国已经很熟悉了，但想象的英国还是陌生的。

别人都要走了，她不想走，因为和肖的约定，船票还在她的手袋里，肖还没有来找她，她不能走，为了自己的爱情和约定。

沈老板站在院子里，看了眼表，估摸着去苏北的卡车快到了，他似乎已经隐约听到卡车由远而近的轰鸣声了。

他朝厅堂走去，父母坐在沙发上，父母在上海生活了差不多一辈子了，父母两人都很上海的样子，精致而不油腻，衣衫永远是整洁着的，头发不乱，打了发胶，很讲究地阔绰着。

大太太和二姨太长年如一日地穿着旗袍，外襟配着披肩，只有三姨太喜欢西化，穿裙子西服，牵着小龙的手，小龙并没有意识到事态的紧迫性和严重性，他牵着母亲的手望着大人们齐聚在这里，他显得很兴奋，一家人齐聚在一起的时候并不多。小龙就人来疯似的表演起来，他的表演是背唐诗，这是爷爷教他的唐诗：远上寒山石径斜，白云生处有人家……

就在这时，沈老板进门了，随着开门声，又有几声枪声传进门来，一家人就焦急地看着他。

大太太上前道：车来了吗？

沈老板又看了眼腕上的表，低下声音说：还没有，不过快了，顶多一个钟头。

二姨太就冲沈老板说：快看看你的宝贝闺女去吧，她说什么也不走。

沈老板又低说了一句：我去看看。

说完他提起长衫向二楼而去，沈老板虽然做西装做旗袍，他却爱穿长衫，他十几岁站过门市，那时就穿长衫，到现在了，他一直穿着长衫，觉得只有长衫才适合自己，他提着长衫的衣襟走到二楼，来到女儿的房前敲门。

晓婉拉开门，看见了父亲，她有些失望，又转身倚窗而立，她在等肖。说不定某个瞬间，肖就会出现在她的面前。

沈老板望着女儿背影说：晓婉，一会儿接咱们的车就要来了，咱们马上就走。

晓婉头也不回地说：我不走，我要等肖。

沈老板叹口气：外面的仗都打成这样了，英国的客船不会来了，就是来你也走不成。

晓婉：我一定要等，肖还没来，他的船票还在我这里。

沈老板来到晓婉身边，一起向外看了一眼：肖早走了，他家是开车行的，要走很方便。

晓婉：肖不会走的，即便走，也会告诉我的。

沈老板：日本人马上就要打进城内了，也许他顾不上了。

晓婉淡淡却坚定地说道：不可能。

沈老板此时心急如焚，外面的枪炮声越来越近了，他担心接他们的卡车还没到，日本人却先来。他没心情和女儿说这些了，他坚定信念，只要车一来，他就是拖也要把女儿拖到车上去。

他转身走出去，他要站在院子里等接他们的卡车。他从楼上下来，小李子不失时机地站在他的面前。小李子很有眼力，他知道沈老板什么时候需要他，又什么时候不需要他。需要他时，他总是不失时机地出现，不需要时又见不到他的人影，这就是小李子存在的意义。

小李子站在沈老板面前。

沈老板冲小李子：看着大小姐，等车一来，你帮我把大小姐弄到车上。

小李子脆脆地答道：是！

小李子望着沈老板又走进院内。

小李子十几岁就来到了沈家，他是看着大小姐长大的，从小女孩，变成了如花似玉的大姑娘。小李子知道大小姐的命不是自己的命，两人活着也是两个世界，但他就是爱看大小姐，大小姐的一举一动他都留意着，大小姐在他眼里就是一朵花，五月的鲜花。

林连副带着林嫂和孩子，在几名士兵的护卫下，一路向北而来。

林连副所在的团本来就是最后撤出的一支部队，他们负责阻击日军，他们部队一撤，便一马平川了。在他们没撤之前，已经有日本小股部队，先他们一步进了城，他们一撤，大批日军部队便像潮水一样涌进城里。

林连副走了不远，便与一小股鬼子相遇了，狭路相逢，两股士兵对射着，利用楼房作为掩体，林连副带着士兵和林嫂穿弄堂，走小路，一路向北而来。

当他们来到大龙服装厂附近时，看见了敌人一队士兵正在向一辆卡车射击，司机中了枪，歪倒在方向盘上，卡车的油箱也已中弹，随即大火燃烧起来。

鬼子兵四散开来，他们挨门逐户地开始搜查。也就在这时，林连副被日本兵发现了，十几个日本兵，朝林连副几个人开始射击，一个身背步话机的鬼子，向上级汇报着。

突然而至的鬼子让林连副暂时中断了撤退的打算，他们已经无路可退了，面对包围而至的鬼子，他们只能应战。

在两三个士兵的掩护下，且战且退到大龙服装厂，林连副让一个士兵上去敲门，门从里面反锁着，没人开门，林连副蹲到墙下，招手让一个士兵踩在自己的肩上，士兵在林连副的托举之下，翻墙而入。从里面打开了门闩，林连副带着林嫂和两个士兵进入到了大龙服装厂。外面掩护的三个士兵，被鬼子的火力压制在空地上。

林连副一挥手，几个士兵向厂房的楼门跑去，他们抢占了地形，在楼上窗内向日军射击，掩护另外三个士兵撤进大龙服装厂。马班长在跨进大门那一刻，腿上中了一枪，马班长是翻滚着滚进大门的。随后，大门就被另外两个士兵关上了。门是铁门，用电焊焊接过了，子弹打在铁门上，发出砰砰的回音。

沈老板站在院内，先是看见来接他们的卡车朝大龙服装厂驶来，车像一个醉汉开得呼呼喘喘的，那一刻沈老板内心是欣喜的，但马上他就失望了。

他看见弄堂里冲出一队日本士兵，先是冲着车喊叫着什么，车没有停下，鬼子便开始射击了，那个姓陈的司机，先是中弹了，车一头撞在一个墙角上，接着燃起了大火，再接着一队中国士兵冲出来，两伙人在相互射击。在中国士兵接近院门时，他跑进了楼内。他死死地，又狠命地把身后的门关上了。

外面枪声大作。

沈老板，望着一家老小，一家老小也望着沈老板。他们明白，日本人来了，他们出不去了。

沈老板低低地说：日本人来了，我们走不成了。

先是三个太太一下子围了过来，大太太是原配，又为沈家生了两个儿子，他在沈家太太们中地位最高，不论事情大小，都是她先发声，她拉住沈老板的胳膊，颤抖着声音：那我们该怎么办？

沈老板面对着突然的变故，知道自己无力回天了，他亲眼看到开卡车的陈师傅被日本兵打死，日本兵包围了大龙服装厂，此时的一家老小已无路可退了。

他去看坐在桌前的父母，外面的枪声一阵紧似一阵，父亲从八仙桌旁站了起来，接着是母亲，母亲搀着父亲，颤颤抖抖地上楼梯，他们这是要回到自己的房间里去。

沈老板绕开太太们上前叫了一声：爸，妈……

父亲回了一下头，脸上波澜不惊的样子：儿呀，这都是命，命让我们守着大龙！

父亲和母亲上楼了。

沈老板知道，不走，也许是父母期许已久的，父亲生在大龙服装厂，长在大龙，又老在大龙，他真的是不想离开自己的家业，也许这份天意成全了父母。

想到这儿的沈老板心安了一些，回过身来，看着三个太太：回自己的房间吧。

三姨太把孩子抱在怀里，孩子似乎明白，又似乎不明白地望着沈老板。沈老板过来摸了一下儿子的脸，在心里叹了一口气。

三姨太就问：这孩子怎么办？大人也就这样了，你就忍心看孩子落在日本人手里。

沈老板瞪了眼三姨太，三姨太年轻，正得着沈老板的宠，三姨太说话就很冲。

沈老板望着三个太太：让你们回房间，照料好你们自己。

三位太太相互看了一眼，平日里她们虽然不断地勾心斗角，争风吃醋，现在她们要一致对外了，因为鬼子就在门外，外面的枪声正紧。她们不再说什么了，蹑着手脚上了楼，几个老妈子提着大包小裹也上了楼。

小李子从楼上下来，他是去看大小姐了。他一直希望把大小姐带到苏北去，离开上海，离开肖，他在楼上晓婉的房间里看到了卡车，也看到了日本人，卡车被鬼子兵烧了，他的心就凉了。

大小姐晓婉和他的心情却不一样，在屋里蹦跳着喊：快看，卡车着火了，真好玩。

晓婉不想走，她心里装着肖，所有的一切似乎都和自己无关。她一点也不理解此时小李子的心。

二姨太上楼时，他就离开了房间。他寻找沈老板，沈老板才是他的主心骨。

小李子从楼上噔噔跑下来，账房吴先生扎撒着手，正一副不知如何是好的样子，此时沈老板望着小李子和账房吴，表情就多了一份悲壮和激昂。

沈老板说：卡车被鬼子烧了，我们走不成了！

账房吴看看自己的大褂，他除了会打算盘，记账，别的他想不出自己还会什么了，他只能听沈老板的吩咐。

小李子望着沈老板，眼睛如铁，十几岁就到了沈家，沈老板就像他的父亲，沈老板说啥是啥。

小李子就说：老板，你说咋办？

沈老板就一副鱼死网破的神情了：把家伙拿出来吧。

沈老板所说的家伙是前些年从德国人手里买的几支枪，枪自然是德国造的，封了油一直放着，沈老板的用意是看家护院用的，一直没用上，就放在一楼的角柜里，小李子平时喜欢枪，有事没事地拿出来，擦拭养护一下，没事就又放回去。

沈老板一说家伙，小李子自然知道指的是什么东西，忙跑到柜子旁，把头探进去，抱出了一捆用油布包裹的三支枪，又跑到厅堂内打开。

三支枪被油封过了，崭新的样子，还有一盒子弹锃亮地摆在地上。

沈老板拿起了枪，往枪里一边压着子弹一边说：鬼子来了，咱们走不成了，一家老小就看咱们几个男人的了。

账房吴拿过枪就小声地说：外面不是还有一队国军吗？

沈老板向外看了一眼，外面正打得火热。他没有说话，咬着牙说：是这几个当兵的，把日本人招来了。

沈老板说完，已经把柜里的子弹装满了，他又在往大褂口袋里装子弹，抓了一把又抓了一包，直到沉甸甸的，子弹已经下坠了，他才住了手。

沈老板扛着枪冲出门去，小李子端着枪随后，接着是账房吴，账房吴拿枪的样子有些可笑，但还是像男人一样出去了。

外面枪声大乱。

有两个士兵扒着墙头在向外射击，日本兵的子弹嗖嗖地从头上飞过，账房吴刚迈出门槛，一颗子弹飞过来，打在后面的墙上，他腿一软就跌倒了。

小李子回头看了账房吴一眼，着急地喊：吴先生，把腰弯下来。

说完小李子弯腰揣枪，像一个战士一样随沈老板向前跑，账房吴得到要领，学着小李子的样子，也向前跑去，兜里的子弹哗哗啦啦地响着，硬邦邦的声音像一堆银圆。

沈老板跑到厂房，上了楼，那里地势高，可以清楚地看到外面。

他上到二楼的时候，看到林连副正带着几个士兵躲在窗子后，正在朝外面射击。马班长受伤的腿被纱布缠上了，白花花地缠了半截腿。此时的马班长，正拼命地往外射击。

沈老板上楼的时候，林连副回头望了沈老板一眼，一眼便看中了他手里拿着的德国造卡宾枪，林连副不看沈老板，却看着他手里的枪，他赞叹了一声：好家伙。

沈老板冲林连副：你是领头的?

林连副就说：十九路军五团七连，林大可。林连副说到这儿，从窗子里往外射击。

沈老板一下子用枪抵住了林连副的头，林连副没动，枪就僵在那里。

沈老板说：是你们把日本人引到了这里。

林嫂抱着孩子躲在墙角里，看到了这一幕，惊惧地睁大了眼睛。

马班长过来，用手推开沈老板的枪，自己的枪抵在了沈老板的胸前，咆哮着说：整个上海都沦陷了，日本人是自己找上门来的。

随后赶来的小李子和账房吴站在楼梯口，看到这一幕有些发傻。

林连副起身，把马班长的枪挡开，低声说了句：你是这的老板。

沈老板没有说话，算是默认了。

林连副道：日本人包围了这里，你们怎么还不走。

沈老板一指院外：卡车被日本人烧了。

院外不远处，卡车还在燃烧着，冒着不大不小的青烟。

林连副就又说：你们早该走。

沈老板看见了躲在墙角的林嫂，林嫂抱着孩子，一脸镇定，丈夫就在身边，她有足够的理由让自己镇定。

沈老板说：这里不安全，让这位太太去后院吧。

林连副看了眼林嫂。

沈老板就冲小李子说：快带这位太太去后院。

小李子过去，拉过林嫂就向外走。路过林连副身边时，她看了一眼林连副，叫了一声：大可……

林连副冲林嫂笑了一下道：看好孩子。

林嫂被小李子带了出去。

院外，一群日本人又向院内攻来，林连副和马班长躲在窗后向外射击。几个日本兵蜂拥着倒下，几个鬼子抬了一挺重机枪，掩在一个街角，向院内射击，子弹打得窗子乱飞。

一发炮弹落在院墙内，两个士兵瞬间被炸飞了，墙上也炸出了一个豁口。

楼上除林连副外，还有负伤的马班长，还有另外两个士兵，他们占据窗口，齐心协力地向外射击着。

沈老板站在楼上，他就看得很远，日本人已经把这里当成了阵地，一队队日本兵，从不同角度向这里拼命射击。身后就是他的家小，还有他的大龙服装厂，这里是他的一切，他只想把日本人挡在大龙服装厂院外。

沈老板也开始向外射击，虽然不专业，毕竟他打响了第一枪，账房吴，也学着他的样子，向外射击，弹壳从枪膛里蹦出的那一瞬间，让账房吴热血沸腾。

小李子已经又从后院赶了回来，他占据一个窗口，一边向外射击，一边喊叫着。

这一场战斗，从下午打到傍晚，日本人仍没能前进一步，不是日本人无能，是林连副抢占了有利地形，楼房成了他们最好的掩体，此时的日本人已占据了大半个上海，散落的国军各自为战地抵抗着。整个上海，都被枪声淹没了。

后来被历史记载的八百壮士坚守四行仓库的故事，也就是在这时发生的。

此时，林连副还有他的几个幸存的士兵，包括沈老板一家，仍然坚守在大龙服装厂的院内。他们没有那么坚实的掩体，也没有那么多士兵和弹药，他们的楼房差不多快被日本人炸塌了，已经没有一扇完整的窗子了。他们抵抗的枪声已经开始稀落了，因为没有多少子弹了，但日本人仍不能向前，准确的子弹让日本人无法前进。

这时，天已经黑了，枪炮声稀疏下去。日本人围而不攻了，日本人在院外的空地上生起了几堆火，他们担心国军会趁夜突围。他们不知道这间院内包围了多少国军。

林连副已经无力突围了，账房吴被日军的子弹击中，穿着大褂的账房吴，趴在窗子上，那样子像是在打算盘，小李子的胳膊也被击中了，沈老板撕了自己的长衫，给小李子包扎上了伤口，此时，他满手是血地握着枪，张大嘴巴，气喘着，他似乎已经很累了，精疲力竭的样子。

林连副还有马班长，还有另外一名士兵，这是他们坚守最后的力量了。

林连副数着子弹，一粒粒压到枪膛里，只剩下五发了。

马班长拖着一条腿，倚在墙上，他在用衣襟擦着两粒子弹，那是他最后的弹药了。

林连副用眼睛去寻找另一侧的那个士兵，士兵向林连副伸出了三个指头，林连副明白，他们的弹药加在一起已经不足十发了，这是他们最后的本钱了。

入夜时分，日本士兵暂时停止了进攻，把大龙服装厂围了，几挺机枪架在角落里，他们是担心中国士兵趁夜突围。

林连副何尝不想突围，现在把林连副加在一起，只有三个人了，马班长只能算是半个人，一条伤腿，拖累了马班长。

沈老板和小李子来到了后楼，一家老小躲在楼上父母的房间里，他们从来没有如此团结过，以前他们都各自待在自己房间里，三个太太彼此也很少说话，关起门来，打发自己的日子。而眼下，她们需要对方，似乎，她们从对方身上才能找到力量和希望。

父母坐在太师椅子上，从下午到现在一直就那么端坐着。三个太太，有的坐在床上，有的蹲在地上。她们谛听着外面的枪炮声。刚开始小龙在大喊大叫，嚷着要去外面看炮仗，他把枪炮声当成了春节的炮仗。直到三姨太把他领到窗前，抱起小龙，看到了院外的鬼子，小龙一下子吓傻了，一直伏在母亲的怀里，大气也不敢出了。

沈老板和小李子出现在大家伙面前时，像个战士一样端着枪，沈老板的礼帽上，被鬼子的子弹射穿了两个洞，长袍又撕了半截包扎在小李子的胳膊上。小李子也像个战士一样，满脸烟色，他的脸在灯下有些白，因失血，白得有些虚假。

沈父一直闭着眼睛，沈老板进来时，他睁开了眼睛，问询地望着儿子。

沈老板望了眼父母，又望了眼三个太太，最后目光盯在小龙的身上，小龙见到了父亲，胆子大了一些，扑过来，抱住了父亲的腿，沈老板弯腰把小龙抱起来。哑着声音说：日本兵还在外面围着。

大太太立起来：这么说，我们出不去了。

沈老板抬眼看父亲。

父亲又把眼睛闭上了。

三姨太过来，从沈老板手里接过小龙，深深地望一眼沈老板，哽着声音：我们大人倒好说，孩子怎么办？

提起孩子，所有人都有些酸楚，他们所有人都清楚，日本人要攻打进来的后果。

三姨太哭了，一边哭一边说：绍更，你是男人，带着孩子走吧，只要把孩子带出去，我们留下。

沈老板叫沈绍更。

沈老板咽了口唾液，他挨个看看，先是看着三个太太，最后把目光落在父母身上。

父亲又睁开眼睛：绍更，你要是能走，就带着孩子走吧。我和你妈哪儿也不去，说完把手递给老伴，两位老人的手隔着茶几就握在了一起。

大太太先是跪下来，她抖着声音说：绍更，我们不想死，想活命呀。

接着就是二姨太，然后是三姨太，女人们跪下了，低下头，抽泣着，眼泪冲花了她们并不年轻的脸。

沈绍更从没经历过这种情景，她们没有走成，完全是因为自己一时疏忽，如果他先把一家老小撤离，也许就不会有现在这种情况发生了。现在后悔已经晚了，他眼里有了泪，便含泪说：都怪我糊涂，要财不要命，我对不起你们。

此时，沈绍更觉得无论说什么都那么苍白。

小李子见老板这么说，他把沈绍更拉到了门外，沈绍更不知他要说什么，怪怪地看着小李子。

小李子说：老板，我冲出去，引开鬼子，你带一家老小跑。

沈绍更望着这个伙计，在这以前他只把他当成一名伙计，从没把他另眼相看过，此时，他看了伙计一眼，又看了一眼。

小李子又说：我出门就跑，鬼子一定去追我，你和家小准备好，也冲出去。

沈绍更在万般无奈之际动心了，他问了句：你一个人能行?

小李子：死马当活马医吧，我一个人，你不用担心我。

沈绍更握住了小李子的手，用力捏了捏：要是成了，你是沈家的大恩人，我去准备一下。说完，沈绍更进了父母的房间。

小李子站在走廊里，看到大小姐晓婉的门是虚掩着的，他要向大小姐告别，他下决心引开鬼子，他下决心那一瞬间，他想到了大小姐。他心便动了一下，于是他的决心，瞬间变得坚定起来。

此时他来到大小姐门前，从虚掩的门里可以看到，大小姐和林嫂站在屋内，两人似乎已经把该说的话说完了。

小李子就喊：大小姐……大小姐……

晓婉看见了小李子，她把门打开，小李子便完全呈现在大小姐面前。

小李子在战火的锤炼中，已经像个战士了，左臂负了伤，已经被缠上了，脸是烟色的，头发也很乱，右手提着的枪，让小李子显得男人一样。

晓婉看着小李子，竟一时不知所措的样子。

小李子看了屋内林嫂一眼，林嫂也在看着小李子，小李子把目光定在大小姐姣好的脸上轻声道：大小姐，我走了……

晓婉问：你去哪？

小李子说：我去把鬼子引开，你们再冲出去，门外全是鬼子。

晓婉冲小李子笑了一下，她笑得唇红齿白，万紫千红，小李子受到了感染，也笑了笑。

沈绍更走进父母房间，所有人的目光又落到了他的身上，他颤着声音说：爹、娘，一会儿小李子把鬼子引开，我们就冲出去。

父亲盯着他：绍更，我们冲出去，要去哪呀。

沈绍更：回苏北，回老家避难呢。

父亲冲三个太太一指：你带她们走吧，我和你妈哪也不去。

三位太太一听说能冲出去，离开这个危险之地，马上行动起来，她们抓起大包小裹，甩在了身上，三姨太把小龙抱在怀里，第一个冲了过来，抓住沈绍更的一只胳膊，急促地说：绍更，那就快走吧，要是让你儿子落到日本人手里，就没有活路了。

沈绍更知道，已经没有多少时间了，围在外面的鬼子，说不定什么时候又要发动进攻了，他已经没有时间说服父母和他一起走了。他只能另想办法。

他冲父母道：爹、娘，等我们出去再来接你们。

说完带着三位太太走了出去。在走廊里，他看到小李子在向大小姐告别。

小李子冲大小姐鞠了一躬：大小姐，再见！

小李子走下楼去，沈绍更带着三个太太也向楼下走去。

沈绍更把三个太太安顿在一楼的厅堂里，和小李子走进院子里，院子已经被炮弹炸得稀烂了，两人深一脚浅一脚地走到铁门旁。

他望着小李子，小李子也望着他。沈绍更想了想从腕上把那块金表摘了下来，那是劳力士金表，沉甸甸地放到小李子手里。沈绍更动了真情，这个跟了沈家十几年的伙计小李子，平时就是一个伙计，悄无声息的，永远在你需要他的时候，他出现在你的眼前。此时小李子的出现，就是给沈绍更雪中送炭，让他在黑夜里看到一丝光亮。

小李子一笑，把劳力士又放到沈绍更的手上，道了一声：老板，这表我用不上，你带好，老板才佩戴金表。

沈绍更只能收了表，熟练地又戴在了手腕上。

小李子又说：老板，请开门吧。

沈绍更清醒过来，小李子这一去，不知能否活着，沈绍更用力地看了眼小李子，向大门走去，他拉开门闩，回头又望了眼小李子。小李子深吸一口气，回头望了眼大小姐亮着灯的房间，回过头说了一声：老板，开门吧。

沈绍更用了平生的力气一下子打开了门，小李子像一股风一样地向门外跑去。

小李子跑出了大龙服装厂，前面就是一片开阔地，再往前跑就是街道和纵横的弄堂。鬼子生起了几堆火，火噼啪地燃着，他看到暗影里鬼子的枪口，正黑洞洞地冲向大龙服装厂，在这一瞬间，世界死寂，只有满耳的风声，小李子突然大喊：我在这儿呢，你们来追我呀……

日本人的枪响了，是掩在暗处的一挺机枪，吐出火舌，小李子感到眼前一亮，只看到了那火光，甚至没来得及听见枪响，他便一头扑倒了，他在心里叫了一声：大小姐呀……

沈绍更眼见着小李子奔了出去，一百米，二百米，他似乎看到了小李子冲出去的希望，希望还没有点燃，鬼子的枪就响了，小李子像一片树叶似的从眼前飘了一下就落下来了。

沈绍更在心里喊了一声：完了！他下意识地又把大门关上。

二楼的林连副和马班长，刚才似乎打了个盹，他们已经几天没有睡觉了，先是打阻击，后来就是撤退，是四天还是五天没合眼，连他们也记不得了。一闲下来，眼皮就像山一样地压下来，头晕晕的，随时飘起来的感觉。

是沈绍更拉门闩的声音惊动了他们，他们睁开眼睛，接着看见小李子飞跑出去，林连副有些吃惊，他不明白小李子为什么要跑出去，接着鬼子的枪响了，一挺机枪的点射，敌人射击暴露了鬼子的射击点，他下意识地打了一枪，敌人的机枪哑火了，小李子像一个木偶似的扎倒在了地上。

接着他听到沈绍更上楼的声音。少顷，沈绍更就立在了他的面前，沈绍更有些气喘，沈绍更就说：完了，我们出不去了。

林连副站起来，立在沈绍更的面前，他只说了一句：不该让那伙计去送死。

沈绍更：不死，又有什么办法。

最沉重的话题被沈绍更抛了出来，他们自从进入大龙服装厂那一刻起，便只有死路一条了。他们只是顽抗，没有其他更好的办法了。林连副此时还不知道，在上海有个叫四行仓库的地方，那里有个叫谢晋元的副团长，带着八百壮士也在顽强抵抗着。这大上海的城中之战，惊动了中外若干记者。这一战，经典而又著名。

林连副看了眼马班长，还有另外一名战士，他明白，自己已经没有能力保护任何人了，三支枪，只剩下几发子弹，鬼子只要一个冲锋，他们就会垮下来的。

林连副说：沈老板，我们出不去了，明天一早，鬼子只要发起冲锋，这里就跟整个上海一样沦陷了，我们只是一个孤岛。要活命只有一条……

沈绍更望着林连副。

林连副别过头：你带着家人，举起白旗，从这里走出去。

沈绍更又看了眼林连副，没有说一句话，走了出去。

他回到后楼的厅堂，楼上的人都下来了，父母，包括大小姐和林嫂，都聚在厅堂里，刚才的枪响过了，他们都明白跑去出已毫无希望了。

沈绍更走回来，惨白的灯光下，他白惨惨地望着每个人。

父亲坐在太师椅里，一天的惊吓，让沈老爷子已经没有多少气力了。沈老爷子就说：绍更，别折腾了，这里没人能出去了。

沈绍更看了眼林嫂冲父亲说：那个军官说，我们打着白旗，从这里出去，也许能活命。

沈老爷子拍了一下茶几：那是狗，狗才那么活命。

大太太站起来：不活命，我们只有死路一条，男人被杀死，女人被送到妓院。

另外两个姨太太你看看我，我看看你，二姨太抱紧了双肩，三姨太抱紧了怀里的小龙。大小姐晓婉立在林嫂身旁，一脸淡然。

沈老爷子站起来，颤颤抖抖地走到一件柜子旁，又抖抖索索地从柜子里翻出一个纸包，走回来，把纸包打开，放在茶几上，人们去看那物件。

沈老爷子道：这是砒霜，是你爷爷留下来的，就是防备着有这一天。

沈老爷子又看了眼众人，冲王妈道：王妈，用火煮了吧。

王妈抖抖索索地近前，从沈老爷子手里接过一纸包砒霜，看看这个，望望那个，不知何去何从的样子。

沈老爷子生气了：快去呀……

王妈一惊，拿着砒霜走进了厨房，接着就是铁锅碰灶台的响声。

沈老爷子淡然地：今天大家伙就是选择个死法。

沈老爷子又冲沈绍更说：我和你妈活不动了，命不值钱，你们的命你们定。

沈绍更望望这个，望望那个，三个太太大眼瞪小眼，最后一起把目光定在沈绍更的脸上。沈绍更把眼睛闭上了，脸上流出两行泪。

林嫂抱着孩子出去了，晓婉见林嫂走了，经过众人向楼上走去。

沈绍更突然睁开眼睛冲晓婉喊了一声：去哪儿?

晓婉在楼梯上立住脚，回过头：我回我房间。

沈绍更望着女儿，女儿也望着他。

晓婉说：爸，我不想死，我还要等肖来接我，明天下午三点的船票，票还在我这儿!

晓婉说完又噔噔地头也不回地上楼了。

二姨太就嘶着声音喊了一句：晓婉，都这会儿了，哪儿还有船呢。

说完便哭了起来，二太太一哭，另外两个太太也哭了起来。

小龙在妈妈的怀里醒了，看看这个，望望那个，清醒地说了一句：妈，你们怎么还不睡觉?!

林嫂抱着孩子从这幢楼，上了另外一幢楼。她来到了林连副身边。林连副过去，从林嫂怀里接过孩子，暖暖地抱在胸前，林嫂仰起头望着林连副，两人似乎不知说什么。

林连副望着林嫂，弱弱地说：我接你们娘俩来晚了。

林嫂：我们不是还在一起吗?

林连副一笑。

林嫂：你说过，只要我们在一起，就是最幸福的。

林嫂有泪流出来，两滴，沉甸甸的。

林连副把枪放在一旁，伸出手抱住林嫂的头，把泪替林嫂擦了下去。

林嫂借势把头偎在丈夫的怀里，林连副把林嫂连同孩子抱在怀里。

外面响了一阵枪，林嫂在林连副怀里抖了一下，林连副更紧地把她和孩子抱在怀里。一会儿，又一会儿，林嫂抬起头：我不误你事，我回那面去。

林嫂从林连副怀里挣脱开身子，从林连副怀里接过孩子。林嫂说：我去喂孩子了。说完把孩子又一次递到林连副面前道：你再看一眼孩子。

林连副犹豫着伸出手，试探地摸了一下孩子睡梦中的脸，又轻轻地把手拿了回去。

林嫂抱过孩子：我该给孩子喂奶去了。

林嫂说完转身就走。

林连副望着林嫂消失的背影，雕像一样地立在那儿。

堂屋里，王妈已经把砒霜熬好了，一个很精致的不锈钢盆放在茶几上，冒着热气。

沈老先生望着热气蒸腾的盆，有些不高兴了：王妈，太热了，拿凉水来。

王妈正在厨房里抹眼泪，听沈老太爷这么喊，忙在碗里接了些凉水端到堂屋里，沈老太爷接过碗把凉水倒进盆里，一下下搅拌着，他似在做一次精密的实验。

就在这时，林嫂抱着孩子又走进门来，没人注意林嫂，所有人的目光都聚在沈老爷子的手上，碗碰着钢盆发出清脆的响动。

林嫂也望了眼那盆，躲在一角，撩开衣襟，侧过身去喂奶孩子。

沈老爷子的手停住了，舀起半碗砒霜水，先是放到唇边试了一下温度，才递给身边的太太，太太颤着手接过碗，看了眼沈老先生，笑了笑，把砒霜喝了，还掏出丝绢擦了擦嘴角。

沈老太爷又把碗放到盆里，舀了半碗，自己也喝下了，他把目光定在太太的脸上，两人同时伸出手，一双手就握在了一起，他们微笑着，很美好的样子，似乎完成了一个盛大的仪式。

沈绍更走过去，拿起父亲放下的碗，学着父亲的样子，一口气喝光了碗里的水，放下碗，看了一眼各位太太，走到三姨太身旁，用手摸了一下小龙的头，说了一句：天快亮了。他走到堂屋门口，把虚掩的门关上，自己靠在门上，拢了拢大褂，让自己坐得更舒服一点。

大太太端起碗，有泪滴在碗里，她闭上眼睛，连同泪水一同喝下了。

接着是二姨太。

三姨太走过来时，先是舀了一点，想了想把碗里的水又倒出一点，她揽过熟睡中的小龙，把碗放到孩子嘴边，她的手在抖，小龙迷糊着说了句：妈，我不喝。

三姨太哽咽着：听话，孩子，喝了再睡。

小龙听话地起身把碗接过来，一口气喝了碗中的水，把碗还给母亲，倒头又睡下了。这次三姨太没有犹豫，狠狠舀了一碗水，一口气喝下了。走到小龙身边，和衣躺下，揽过小龙的身子。

大太太和二姨太两人搂在一起，突然放声大哭起来。

林嫂奶完孩子，放下衣襟，走过来，看了看盆，又看了看碗，拿起碗，饥渴地也一口喝干了一碗水，默默地把碗放下。

王妈一直站在一角用衣襟抹泪，见众人都喝完了，她收起盆和碗向厨房走去。她在厨房里，把盆里的水倒在碗里，只剩下了小半碗砒霜水了，王妈倒得很仔细，又用清水洗了盆，放在橱柜里，又拿抹布擦了擦灶台上的水渍，把抹布放到原来的地方，做完这一切，她端起碗，一口喝光了水。她看了眼碗，又用水洗了，放到碗柜里。她忙完这一切，似乎该歇了，她解下围裙，把围裙叠好，从门后拉过一个小木凳，这是她平时择菜、歇脚常坐的小木凳。她安静地坐下来，似乎在等待着主人又一次召唤。

天微明，天边有什么东西抖了一下，就亮了。

一队日本士兵，似乎从地下冒出一样，向大龙服装厂靠近，有几挺机枪掩护着，向楼内射击，子弹打在墙上，窗户上，纷乱而又热闹。

一路没遇到抵抗，枪声停了。

一队鬼子接近了大龙服装厂的大门，一个鬼子试探地推了一下门，门开了，先是开了一条缝，几个鬼子合力上前，推开了门。

门正中，三个士兵立着，他们的腰上捆满了手榴弹。鬼子冲进来时，三个人就在那立着。

林连副下了最后一道命令：一、二、三。

他们几乎同时拉响了手中的引信。

一声巨响之后，一切回归平静。

太阳出来了，红彤彤地照在上海，照进大龙服装厂院内。

血肉横飞之后，一队鬼子冒着硝烟冲了进来。

一队鬼子直奔前楼，又一队鬼子直奔后楼。

当鬼子踹开堂屋门的时候，沈绍更的身体从门旁滑倒，一屋子的人，横七竖八地摆着。沈老太爷和自己的太太手拉着手，头歪在一旁。

林嫂仍搂着孩子，孩子在清晨，上海的这一天早晨在啼哭，他在母亲胸前寻找着，孩子到了喂奶的时间，他饿了。

一队鬼子就犹豫一下，奔向了二楼。

晓婉坐在桌上，手里拿着两张船票，她已经把自己打扮一新，随时准备出门的样子。当鬼子闯进她的房间时，晓婉手里的船票落到了地上。

一个鬼子喊：有一个活的。

一个军官过来，看了眼晓婉，挥了一下手：带走。

过来两个士兵，架起晓婉就往外走，晓婉突然挣脱开鬼子的手，疯了似的跑回来，拾起船票，放到了手袋里。

三

肖来到大龙服装厂时，这里的一切早已沉寂了。

肖很瘦，仍穿着一身学生制服，他跑进大龙服装厂，院内的硝烟刚刚散尽，他望着满目弹痕的大龙服装厂。

日本人攻打大龙服装厂时，引来了很多人的围观，有学生，也有一些没来得及撤离的百姓，还有两个媒体记者，他们躲在远处，看到大龙服装厂如何与日本人激战。

鬼子黎明的进攻，只换回了一声惊天动地的爆炸声，然后，一切都沉寂了。

肖是在爆炸之后，出现在观望的人群中的，他提着行李箱，他和晓婉约好了，下午就要去码头，踏上英国的客轮，共度他们的留学生活。

他看见几个日本人把晓婉从大龙服装厂带了出来，走到门口的时候，晓婉似乎朝远处的人群望了一眼。

肖挤出人群时，晓婉已被日本人带走了，肖扔掉行李箱，发疯似的跑进大龙服装厂，他先是看到了三个士兵躺在血泊中，肖倒退着走了几步，便发疯似的跑了出去，他要去找晓婉，去英国的船票还放在晓婉的身上。他呼喊着晓婉的名字，顺着晓婉被带走的方向，一路跑了过去。

围观的人们开始涌入大龙服装厂，善良的人们立在大龙服装厂门前，望着大龙服装厂如此的模样，人们唏嘘着。

有几个学生，举了一个横幅，横幅上写着：中国人的光荣。

几个学生神情肃然，横幅在风中抖颤着，最后那副横幅就插在了大龙服装厂门口。人们伫立在大龙服装厂门前，有几个过路的人，看了眼横幅，又看了眼千疮百孔的大龙服装厂，脱帽致敬，又匆匆地走去了。

散了一拨人，又来了一拨人，人们在报纸新闻中，看到了大龙服装厂发生的一切，许多人是怀着崇敬的心情来到了这里，瞻仰英雄。还有人偷偷地放了一束花，又悄悄地走了。大龙服装厂门口的地面上，已经有了许多花了，成了一座花山，菊花的幽香在小院弥漫着。

晓婉被日本人带到了慰安所，这是一排简易平房，每个房间里都摆放着一床一桌一椅，有点像士兵的兵营，门口有士兵站岗，很森严也很有规矩的样子。

窗户上挂着窗帘，每个人的门前都有几个士兵排着队，手里拿着慰安票，在门口经检验，收了慰安票，走进去。

晓婉一来到这里，便知道自己的处境了，她首先想到的是逃离开这里，她和肖的约定还没有实现，船票还在她的手中。

此时她又从手袋里拿出船票，船票上写着下午三点钟开船。此时已经是傍晚时分了，去英国的船已经开走了，她似乎已经听到了船离开码头时，发出低缓深沉的汽笛声。

晓婉知道，肖会来找她。一想起肖，她逃跑的欲望更加强烈了。她一定要出去。

肖找到日本人慰安所时，天已近傍晚了，他一边喊叫着晓婉的名字，一边要往慰安所里冲，警戒的士兵，自然不会让肖冲进去。先是架起枪，肖看到枪就有点怕，但仍不屈不挠的样子，他试图分开日本人的枪，日本士兵用枪托把肖砸倒在地。肖哭喊着，没完没了的样子，一个日本士兵就冲天放了一枪，然后把冒着烟的枪冲向了肖。

肖听到枪声，又看到了枪口，他只能退却了，但他并没有远离，蹲在一棵树下，歇斯底里地呼喊着晓婉的名字。

慰安所里的晓婉似乎听到了肖的呼喊，她拿起屋内的凳子向窗子砸去，玻璃碎了一地，晓婉踩着凳子，跳到了窗外，她没想到这么轻而易举地就跑了出来。她的脚踩到地面上，便撒开腿奔跑了起来。

也就是跑了几步，几个日本兵叫喊着追上了她，几把刺刀明晃晃地指向她，她向后退却着，日本人狞笑着，晓婉被什么东西绊了一下，跌坐在地上，两个日本兵便上前抓住了她。

日本兵这次没把她带到慰安所去，径直带进了兵营，一个军官的住处。

两个士兵喊了报告，里面的军官正在泡澡，坐在木桶里，木桶里漂浮着几片花瓣，留声机开着，放着日本歌曲。

日本军官长了一脸横肉，他泡得正舒服，他冲外面的士兵应了一声：进来。

两个士兵推开门，把晓婉推了进去，然后又关上门，立在门口。

晓婉先是看到了一张大床，然后就看到了散落在床边周围的日本军官的衣物，听见洗手间的流水声。

晓婉寻找着，看到了挂在椅背上的枪，枪装在枪套里，很悠闲的样子。晓婉冲过去，把枪从枪套里拿出来，背在了身后。

日本军官跑出浴桶，腰上裹了条浴巾走出来。他看到了如花似玉的晓婉，晓婉先是立在床旁，军官就一脸淫笑的样子，一步步紧逼着晓婉，他抓住了晓婉的肩，把晓婉推倒在床上，他动手去解晓婉的衣服，日本军官笑着说：小姐，你也应该去洗个澡。

晓婉在这个过程中，没有发出一丝声音，她突然把枪举了起来，她的手包还挂在手腕上。军官突然看到了枪，枪口正冷冰冰地指向自己。军官突然伸出手打落了晓婉手里的枪，枪掉到了地上，军官发疯似的撕扯着晓婉的衣服。衣服散落下来，军官狠狠地把晓婉扔在床上，人便扑了过去。

晓婉被两个士兵带回慰安所时，已经是午夜时分了，晓婉的衣服已经破碎，头发散乱。被两个士兵扔进屋后，士兵就关上了门。晓婉的门上多了一页纸，纸上写着明天慰安士兵的名字。两个士兵嬉笑着看到了自己的名字，又嬉笑着离去。

晓婉躺在床上，她很无力，她拿过手包，从里面拿出那两张船票，泪水流了出来。

上海又一个清冷的早晨，说来就来了。

慰安所又忙碌起来。

一队士兵走了过来，他们迈着整齐的步伐打乱了慰安所早晨的宁静，士兵们训练有素地自动在门前排成队。

昨天晚上押送晓婉的那两个士兵排在了晓婉门前，破烂的窗子已经被纸糊过了，窗上拉着窗帘。

士兵冲门里喊了一声：早晨好！还冲门鞠了一躬，士兵便推开了门。

突然，士兵大叫一声，从门里奔了出来，跌坐在门口。士兵的大叫，惊动了值班的军官，军官跑过来大喊着：出了什么事？

跌出门里的士兵用手指着屋内，说不出一句话来。

军官推开门，看到了眼前这一幕，晓婉把床单做成布条，挂在房梁上，身子悬在半空，脚下的凳子倒在地上。晓婉的手里仍死死抓着那两张船票。

军官也大叫一声：八格牙鲁……

晓婉的尸体是被两个士兵抬出慰安所的，就扔在不远处的一堆垃圾旁。

肖先是看见了两个士兵抬着一个人走出来，近了一些，他发现那个人就是晓婉。日本兵走了，肖奔跑过去，抱起了晓婉，他看见了晓婉那张安详的脸，接着他就看见了晓婉手里的船票，他从晓婉手里把船票拿过来。他叫了一声：晓婉……

肖背着晓婉一步步来到了码头，黄浦江的码头一片死寂，往日的喧闹早就不见了。

肖把晓婉放下，扶着晓婉坐好，自己也坐在晓婉身边。他展开那两张船票，望着空空荡荡的江水缓缓流过，远处江面上一艘船鸣着笛声。

肖看了眼身旁的晓婉：晓婉，去英国的船开走了！

关东第一镖局

一

名声在外的奉天镖师冯森的镖被人劫了。

劫镖的不是别人，正是镖师冯森磕头拜把子的好兄弟李广泰。这是所有人没有料到的，也是镖师冯森连想也没想过的。

冯森骑在马上，他的身后是镖局里的一帮兄弟，冯森脸色铁青，一双目光痴痴怔怔，他一句话也不说，他也无话可说。身后是同样蔫头耷脑的兄弟们，弟兄们和冯森出生入死这么多年，还从来没有这么不明不白地丢过镖。当马队稀稀落落、七七八八地来到镖局门前时，冯森仰起头，冲着雾蒙蒙的天空喊了一声：王八犊子李广泰，天理难容啊！便一头从马上栽了下来。

镖师冯森押的镖非同一般，他押的是张作霖的能装备一个营的军火，变卖他所有的家产也抵不上这批军火，冯森是和张作霖的队伍签了字、画了押的，他在用自己的性命抵押着这批军火。军火被劫了，也就意味着冯森将要被东北军的军法处执行枪决。

张作霖的军火按道理是不应该让镖局押运的，他手下那么多队伍，随便派出一支就是了。事情却远非这么简单，当时军阀混战，炮火连天，张作霖是关外最大一支队伍，盘踞在奉天城内。同时，还有若干股队伍，并不属张作霖，一直在深山老林里和他周旋。虽说张作霖成了气候，但局面仍然混乱，其他的队伍被打散后，有的占山为王成了胡子，有的仍在招兵买马准备东山再起。张作霖不惜血本地在收编着这些零星队伍，收编的这些小股队伍，大都是胡子出身，胡子只认钱认粮，否则亲娘老子都不认。张作霖差不多就是胡子出身，他懂得胡子们的心理，为了能让这些胡子死心塌地归顺自己，他舍得花钱。于是，隔三岔五的，他会差人把粮饷军火送过去，刚开始一切还算顺利，后来事情就有些麻烦，那些没有归顺张作霖的胡子们，见了这些钱粮和军火就分外眼红，不管这些钱粮运往何处，冒死都要把这些钱粮劫了。

胡子们凭借山高林密，熟门熟路，再加上舍生忘死，以一当十，十有八九都会成功。几次之后，东北军赔了夫人又折兵。张作霖被逼无奈，才想起城内的镖局。

镖局这个职业历史悠久，自从有了商人，镖局这份职业就应运而生了。开镖局的人第一讲的是信誉，第二讲的才是实力。没有信誉，就等于没有客户，生意自然寡淡。因此，凡是开镖局的人，万一丢了镖，就是卖儿卖女、倾家荡产也要还镖，这是行规，自古如此。所以说，开镖局的人，都是把身家性命系在裤带上了，容不得半点闪失。

最有名气的镖局，当数城内的“关东第一镖局”，在奉天城内，这“关东第一镖局”的声名差不多和故宫一样著名。“关东第一镖局”的牌匾就是努尔哈赤所题。想当年，“关东第一镖局”的冯老镖头，为努尔哈赤的队伍押运粮草立下过汗马功劳，为此，努尔哈赤为了表彰冯老镖头，才亲笔题写了“关东第一镖局”的牌匾，悬挂于冯老镖头的家门之上。这么多年风风雨雨打打杀杀，冯家镖局凭着他们仗义疏财的侠气和坚厚的实力，轰轰烈烈地开创了下来。到了冯森这一代，已是第八代掌门人了。

张作霖在无计可施的情况下，自然想到了“关东第一镖局”。“关东第一镖局”这杆大旗象征的是顺风顺水，万镖平安。不管大小胡子，只要看到“关东第一镖局”的镖旗，都会恭敬地放行，前途坦荡，车马浩荡。

东北军运送粮饷自从有了“关东第一镖局”的介入，再也没有出现过什么差错。在这一帆风顺的大好局面下，谁也不曾料到，冯森的镖却被人给劫了，劫得冯森心不甘情不愿，稀里糊涂不明不白。

有谁能想到，劫冯森镖的人会是好兄弟李广泰呢？

二

急火攻心的冯森，在夫人杨四小姐的怀里醒过神来。清醒过来的冯森一眼就看到了挂在墙上祖先的遗像，先祖们个个威风凛凛、不容侵犯的样子。冯森在先祖们的注视下，跪在了他们面前，悲悲切切地喊了一声：先人哪，冯森给你们丢脸了！泪流满面的冯森，觉得自己用命还镖并没有什么，让他心不甘情不愿的是“关东第一镖局”败落在他的手里。这一回“关东第一镖局”不但要在奉天城内消失了，还会给人留下一个笑柄。想着这些，他的心猛绞了一下，他望了眼身旁的杨四小姐。他在做这一切时，杨四小姐一直陪在他的身旁，他看到杨四小姐一双眼睛是清明冷静的，似乎她早就料到了这一天，此时杨四小姐一字一顿地冲冯森说：我知道李广泰为啥劫你的镖！

胡天胡地的关外，使镖局这个职业异常的兴旺发达，于是就有许多人吃起了押镖这碗饭。杨四小姐的父亲杨镖头就开起了镖局。

杨镖头没有开镖局之前，曾在“关东第一镖局”当镖师，那时掌柜的是冯森的父亲冯大刀。冯大刀为人仗义，宁折不弯，很受人尊敬，后来许多开镖局的人，都曾在他手下当过镖师。冯大刀从不小肚鸡肠，也不怕有人争吃押镖这碗饭，在冯大刀手下干上几年的镖师，手里多多少少有了些积蓄，冯大刀就鼓励这些镖师：自己开个镖局吧，当一回掌柜的，别委屈了自己。

有的人就被冯大刀说动了心思，一来有了些积蓄，二来在冯大刀那里学会了一些镖局的规矩，渐渐便有三三两两的镖师离开“关东第一镖局”另立了门户。每有一家新镖局开张，冯大刀总要亲自上门祝贺，让手下人提上两挂鞭炮，热热闹闹放上一阵，然后说上一些很客气的话。新镖局开张，生意总是不太好做，冯大刀还要给这些镖局介绍一些活路，渐渐地，这些镖局都有了威信，也有了一批固定的顾客，冯大刀就感到很欣慰。

谁都知道押镖这碗饭并不好吃，深山老林里掩藏着数不清的大小胡子，他们都在张着一张张饥饿的嘴，等着吃镖局这块肥肉，雁过拔毛早已成了惯例。

杨镖头刚开始时，一切都还算顺利，后来就遇到了许多麻烦。杨镖头第一次丢镖，他就犯了一回糊涂。杨镖头是个耿直得一点弯都不打的汉子，丢了镖，发誓拼上老命也要把丢掉的镖夺回来。那时他的手下有十几个镖师，其中就有李广泰的父亲李大鞭子。镖师们义无反顾地随杨镖头杀进山里，寻找劫镖的胡子，镖师们把镖局当成了自己的家，镖局的事就是自己的事，自从当上镖师那天起，他们早就把生死置之度外了。那时，杨镖头的大女儿十八岁，也随镖师们上山了。

就是那一次，十八岁的大女儿与胡子火并时，丢了性命，同时丢掉性命的还有镖师李大鞭子等人。那一次，镖是夺回来了，却给杨镖头的生活蒙上了一层浓重的阴影。女儿是自己的，死了也就死了，可那些赔上性命的镖师，都是他的好兄弟，扔下一家老小，哭天喊地，他看着眼前的情景，比死了自己一家老小还要难过。他曾跪倒在这些哭天抹泪的女人孩娃面前，掏心挖肺地说：都是我杨镖头连累了你们，我一辈子都要对得住你们，以后有我杨镖头吃干的，就不会让你们喝稀的。

杨镖头是这么说的，也是那么做的。李广泰就是那一次走进杨镖头家的。那一年李广泰十三岁，十三岁的李广泰从小就死了娘，和当镖师的父亲李大鞭子相依为命，父亲在和胡子火并中赔上了性命，他别无选择地来到了杨家。从那以后，杨镖头对李广泰就如亲生儿子一样，李广泰也把杨家当成自己的家了。

开镖局就是一个风险职业，没有不丢镖的镖局。天有不测风云，杨镖头又一次丢镖了。这回胡子们劫持的目的简单而又明了，他们不再为镖，而是为了杨镖头的女儿。胡子们捎来话，不要金不要银，就要杨镖头的二女儿。那一年，杨镖头的二女儿也满十八岁了，犹如一株正在开放的野芍药，光彩照人。

杨镖头这回理智了许多，他知道无论如何也不能和胡子们拼了，要是死了他一条性命也罢了，他无论如何也不能再让自己的镖师们牺牲性命了，那样的话，他也太不仁不义了。他别无选择地只能硬下心肠把如花似玉的闺女送到胡子窝去了，他哽着声音冲闺女说：嫁谁不是嫁呀，爹养你这么大，就算你救爹一回吧。闺女哭着哭着就明白了，这是用自己的身子去救爹的命呀，不仅救爹，还救了整个杨家镖局。命是爹娘给的，为爹娘去献身，啥说的就都没了。二小姐想起了大姐，大姐就是为爹为杨家镖局拼死了性命，一股烈性之火就燃着了，然后啥都没啥了，只让爹把自己送上山。杨镖头的夫人说什么也舍不得自己的女儿，老大死了之后，她本以为会换回一家人的平安，可没想到，只两三年的工夫，家里又发生了丢镖的祸端，于是就哭就闹，抱着女儿，死不松手，鼻涕眼泪地说：好端端的闺女咋能嫁给胡子呀，天杀的呀，让我死了吧。

闺女就给母亲跪下了，闺女只能硬下心肠说：娘呀，没啥，你就当家里少了只猪、少了只鸡吧。

事情到这已不可逆转了，闺女被送走了，送到山上那个胡子头手里，是生是死只能这样了。胡子们也是讲信誉的，见杨镖头把闺女送来，立马还了镖。胡子头此时已和杨镖头是一家人了，自然要说一些自家人才说的话，胡子头也跪下了，手里托着一个大海碗，碗里盛满了烈酒，胡子头说：你以后就是爹了，二小姐留在山上你放心，我不会亏待她，有我一口吃的就有她吃的。喝了这碗酒吧，下次你押镖路过这里，我再请你喝酒吃肉。

杨镖头啥也不说了，端起酒碗一饮而尽，就是毒药他也要喝，他不能让胡子小瞧了他。杨镖头就要下山了，女儿又一次给他跪下了，女儿含泪道：爹呀，闺女只能为你做这一次了，下次你千万千万别再丢镖了。

杨镖头扭过头，一步一步，踉跄地往山下走去，身后是女儿一声又一声地呼唤：爹呀，爹呀……

回到奉天城里的杨镖头，仿佛死了一回。夫人见只有杨镖头一人回来，便彻底绝望了，在这之前，她还在期待奇迹的发生。此时，她心如死灰，连续两个闺女就这么无端地去了，她无论如何也承受不住了，说服杨镖头就此收山，那是不可能的，她太了解杨镖头了，要是这么干下去，三闺女、四闺女的命运也不会好到哪里去，这是在一刀又一刀割她的心头肉，她疼得无法忍受。在一个月明风清的晚上，她用三尺白布把自己吊死在自家房梁上。她只留下一句话给杨镖头：好好待两个闺女。

杨镖头就醉了，他只能用醉酒的方法麻醉自己破碎的心。醉酒后的杨镖头才有了眼泪和话语，他一边流泪一边说：好闺女呀，爹对不住你们呀，爹下次就是舍出老命也要保住你们的清白……

杨镖头老大老二的壮举，惊动了整个奉天城，人们都知道，杨镖头的四个姑娘，一个比一个烈性，他们前呼后拥着来到杨家镖局，一睹杨家女儿的芳容，那时杨家只剩下三小姐和杨四小姐了。

奉天城外的胡子从此都知道，杨镖头的四个闺女是四朵花儿，一个比一个漂亮。自从杨二小姐自愿上山，成了胡子的压寨夫人后，所有的胡子都把目光集中在了杨镖头的身上，他们想尽办法要劫杨镖头的镖。

杨镖头自从有了两次丢镖的教训，他自然更是加倍小心，细心选择押镖路线，日行夜宿，就是到了晚上，也很少能睡个安稳觉。百密终有一疏，胡子串通好了客栈，在吃饭时，汤里下了蒙汗药，胡子又留下了话，让杨镖头送三女儿上山。

杨镖头肝肠寸断地又把三闺女送上了山。有了前面两个姐姐做榜样，她心里早有了准备，为了爹，为了这个镖局，杨三小姐悲悲壮壮地走上了山。她一滴眼泪也没有流，杨四小姐一直目送着三姐走出家门，她也没有眼泪，她浑身发冷地倚在门框上，她看着三姐的今天，仿佛也看到了自己的明天。

四个闺女走了三个，杨镖头的心气一落千丈，只几年的工夫，他就老了许多。他看着日渐长大成人的李广泰和杨四小姐，心想，再押几次镖，有了点积蓄，就热热闹闹地给李广泰和杨四小姐成亲，到那时，镖局就是李广泰和杨四小姐的了，他也用不着提心吊胆过日月了，也就一了百了了。

终于有一天，杨镖头把李广泰和杨四小姐叫到了身边，他冲两个孩子说：等过一阵你们就成亲吧，我老了，这个镖局就是你们的了。

李广泰就跪下了，他发誓般地说：爹，你就放心吧，这个家就是我的家。

杨四小姐也跪下了，她想到了三个姐姐，她哭着叫了声：爹——便再也说不下去了。

李广泰果然把杨家当成自己的家了，他看着杨四小姐一日日长大，他护卫着杨家，呵护着杨四小姐的理想正枝繁叶茂。

就在杨镖头即将收山之际，杨镖头又丢了一次镖。

三

杨镖头这回把镖丢在了小孤山。是一场暴风雪让杨镖头的镖队迷了路，三天三夜也没有走出小孤山。就在杨镖头穷途末路时，盘踞在小孤山的胡子头马大帮子带着一群小胡子冲将下来，没费啥事便把镖劫到了山上。

那时，杨镖头已抡不动砍山斧了，他骑在那匹毫无气力的马背上又饥又饿，眼冒金星，别说让他们舍死拼杀，就是喊上一声也没有气力了，李广泰和众镖师几乎被冻僵在马背上，他们只能眼睁睁地看着马大帮子把一车镖劫走。

马大帮子铁嘴钢牙地留下话，让杨镖头送三十两黄金，没有黄金把四闺女送上山也行，否则休想要回镖。

李广泰并没有灰心，在这过程中他一直在琢磨事，三十两黄金他们拿不出，让杨四小姐上山也是不可能的，只有一条，那就是用自己的命去换镖，他深知，在走投无路的情况下，只能和胡子硬碰硬。想到这，他抬起头，一字一顿地说：我去赎镖！

李广泰的话让杨镖头打了个冷战，谁都知道空手赎镖，九死一生。惹恼了胡子，他们可啥事都干得出来。

杨镖头不想说什么，当他看到李广泰那坚定的目光，他知道说什么也没用了。凡是吃押镖这碗饭的，没有一个是软骨头的，挥戈马上，性命就别在腰带上。死对他们来说眼皮都不会眨一下。

在一旁哭泣的杨四小姐此时也停止了哭泣，她一把抱住了李广泰，生生死死地说：哥呀，你不能去，留得青山在，不怕没柴烧，还是让我去吧，三个姐都去了，我这一去，以后胡子也不惦记了。

杨四小姐的话让李广泰的心碎了，他早就想过了，只要自己还有一口气，他就不能眼睁睁地看着杨四小姐被送给胡子，没有了杨四小姐，那他的生还不如死。

李广泰站起身把杨四小姐的眼泪擦去，轻轻淡淡地说：哭啥，哥一准能把镖要回来。

李广泰跪下了，跪在了杨镖头和杨四小姐面前，硬着声音说：李广泰只要还有一口气，谁也别打四妹的主意。爹呀，妹呀，我走了。

说完李广泰就走了，李广泰赤手空拳，只骑了匹老马。

清醒过来的杨镖头，追出门外，李广泰已消失在夜色中了，只剩下几声清冷的马蹄声残留在耳际，杨镖头冲着暗夜苍凉地喊一声：李广泰呀——

杨镖头几次丢镖，冯森都知道，论辈分杨镖头是他的师叔，他是杨镖头看着长大的。杨镖头和父亲的情义比山高比水长，杨镖头遇难他不能袖手旁观，哪怕倾家荡产也要帮助杨镖头渡过难关。

冯森找到杨镖头说：叔哇，我还有些积蓄，咱们两家凑一凑，咋的也能还上镖。

杨镖头听了冯森的话，心里极不是个味，他知道冯森这是为他着想，但他自己不能打自己的脸。开镖局的人信誉第一，靠别人资助过活，还有什么信誉可言呢？他死也不能接受冯森的援助，就是把女儿送上山，他也不能借别人一文钱。杨镖头就说：侄呀，你的好心我领了，叔还要把镖局开下去，就是卖儿卖女，叔也要自己还这笔账。

冯森了解杨镖头，这是个硬汉子，宁折不弯，牙掉了往肚子里吞，也不会吐出来让别人看到，他崇敬杨镖头就像敬仰父亲一样。杨镖头的三个女儿前赴后继地走上了山，冯森对杨家的女儿刮目相看，他同样敬重她们，他感叹杨镖头生了这些有血性的女儿。当冯森得知李广泰独自一人去赎镖时，他也同样在为李广泰揪着心。

小孤山的胡子马大帮子做梦也没想到李广泰会单枪匹马地来赎镖，把话说白了，李广泰要来浑的了，要用自己的命来赎镖。以前也曾有过这样的例子，用男人的豪气和置生命于不顾来征服胡子。这样成功的例子却很少，胡子就是胡子。

李广泰的举动让马大帮子感到吃惊。

马大帮子还是把李广泰让进了自己那间木格楞屋里，炕下的木棒子，噼啪有声地燃着，马大帮子把身上的光皮羊皮袄脱了，袒胸露背地坐在炕上，他的前胸和后背，深深浅浅的刀疤和枪伤历历在目。李广泰坐在马大帮子对面，这时他一句话也没说。有两个小胡子从炕上掏出一堆红红的炭火，装在盆里，那盆炭火最后就放在了李广泰和马大帮子中间。

马大帮子把一双手放在炭火上，翻来覆去地烤，一边烤一边说：小子，算你是条汉子，要不，我早就一枪把你崩了。

李广泰吸了口气说：还我镖！

马大帮子就又说：金条带来了吗？

李广泰说：我没有金条。

马大帮子还说，没有金条，四丫头能上山也行。

李广泰就笑一笑说：杨四小姐是我的女人，我的女人咋能给你呢？

马大帮子的脸就黑了，再也不说话，从裤腰里拔出烟袋，又从烟荷包里挖出一袋烟。李广泰这时不失时机地用手指从炭火盆里夹起一块燃着的炭火送到马大帮子面前。马大帮子看了眼李广泰，最后还是把烟袋凑过去，点着了烟。李广泰并没有把炭火丢到炭火盆里，而是撸起裤腿，把炭火放到大腿上，炭火正红，在皮肉上“嗞嗞”地响。做完这一切，他才把眼皮抬起来，看着马大帮子深一口重一口地吸。

马大帮子慢条斯理地磕掉烟锅里的烟灰，又挖一袋新烟。李广泰这才把那个炭火扔到炭火盆里，又用手抓出一个新炭火，再一次递过去，这次马大帮子没有犹豫，很快就把烟点着了，同上次一样，李广泰又把炭火放到腿上。

马大帮子一连抽了十三袋烟，李广泰就为马大帮子点了十三次火，满屋已是烧焦的人肉味了，汗珠子早就从他脑门子上落下来，可他连眼皮也没眨一下。

终于，马大帮子磕了烟袋说话了：没有四丫头，说啥也不行，我不能白白地让你把镖带回去，这话传出去，好说不好听，以后我还咋在小孤山混呀！

李广泰仍不说什么，就那么认真地看着马大帮子。

马大帮子咳了一声，他是被那焦煳的人肉味呛的。

这时，天已经黑了，一个小胡子给马大帮子送来一只刚逮住的山鸡。马大帮子动作麻利地几下就把毛拔了，然后把山鸡扔到气势汹汹的炭火上。不一会儿，山鸡就被烤熟了。马大帮子又从地上端出一坛子酒，一边喝一边吃肉，他把一只鸡腿递过来，冲李广泰说：吃吧，吃完你就下山，要是走不动，我就让人把你送回去。看你是条汉子，要不，你这么耍我，我早就把你剁成肉酱了。

李广泰没接马大帮子递过来的鸡腿，而是把自己的衣袖撸了，说道：我不吃你的肉，我的肉早就带来了。

李广泰说完就一口把自己的手臂咬了，吃鸡腿似的吃自己，一边吃一边说：真好吃，要不，你也尝一口？

说完把自己血淋淋的手臂递给了马大帮子。马大帮子的身体向后躲了躲，甩了鸡腿道：妈那个×，你别逼我。

李广泰就笑一笑道：我没逼你，不吃拉倒，我自己吃。妈的，没想到人肉这么好吃，要是早知道这么好吃，老子早就吃了。

马大帮子闭上眼睛，从李广泰上山那一刻起，他就有些喜欢上了李广泰，生死不怕，他就欣赏这样的爷们儿。

李广泰疯了似的吃自己，呱呱呱呱的，他一口又一口地吃着，仿佛在吃仇人，连眼皮都不抬一下，满屋子里都是一股血腥气。

马大帮子在心里说：操他祖奶奶，咋让我遇到这么个亡命徒呢。

马大帮子终于睁开了眼睛，他一睁眼睛就“哇——”的一声吐了，他一边吐一边说：小子，你有种，你比胡子还胡子，算我倒运，镖你带回去吧。

下山前，马大帮子叫来人把李广泰血肉模糊的手臂包了。临走，李广泰冲马大帮子深施一礼道：兄弟这次算欠你的，日后有机会一定还你。

马大帮子也动了真情，冲李广泰说：兄弟，日后在城里混不下去了，就来找我。

李广泰横下一条心终于从胡子手里要回了镖。李广泰把一车镖押回来时，惊动了许多人。他们尾随着镖车一直来到杨家门前。傻了似的杨镖头，做梦也没想到李广泰会把镖要回来，李广泰看到了杨四小姐，他脸色苍白地笑了笑，便一头栽倒在杨四小姐的怀里。

李广泰就是在那一刻一举成名的，也是从那一刻他走进了杨四小姐的心里。城外的大小绺胡子都知道有个李广泰。

也是从那天起，冯森对李广泰刮目相看，英雄惜英雄，也属常理。

李广泰伤好之后，冯森亲自上门，提出了两人结成磕头弟兄。李广泰也早就钦慕冯森，于是两人一拍即合，跪拜在一起，说了许多海誓山盟的话。

如果不发生后来的变故，什么都不会有，正是后来的变故，李广泰、杨四小姐、冯森三个人的命运，就纠纠缠缠地扯在了一起。

四

李广泰走进了杨四小姐的心里。生在镖局的杨四小姐，她从小就贪图了出生入死的生活，她是在行侠仗义的男人堆里长大的，同时她继承了父亲杨镖头的刚烈性情，三个姐姐为了镖局，舍生取义，深深地震撼了她的心。从三个姐姐相继离开家门的那一刻，她就随时做好了为父亲为镖局牺牲的准备。她觉得只有那样的轰轰烈烈活的才有价值。

杨四小姐崇尚三个姐姐的英武之气，她时刻梦想着自己也那么轰轰烈烈地活一次。李广泰就在这时走进了她的心里，也只有李广泰这样满身豪气的男人才能走进她的心里。她似乎看到了自己和李广泰的将来，她需要的就是李广泰这样能为自己遮风挡雨的男人。

李广泰在养伤期间，日日看着杨四小姐在自己的身边忙前跑后。甜蜜和幸福围绕在李广泰的身边，李广泰恨不能永远就这么病下去。

但命运似乎老跟他们过不去。

那时奉天城里城外已经很乱了，东北军尚没有稳定住局面，大小股队伍经常内讧，狼烟四起。老百姓永远也弄不清楚，到底谁是谁的敌人，谁是谁的朋友，总之，一切全部乱套了。百姓的日子难过，镖局的生意也难做，也就在这时，赵家大药房急需进一批药，掌柜的出了比平时高两倍的价钱请杨镖头押镖。经过几次的波折，杨镖头已元气大伤，早就没了心气，坐吃山空的日子已有些时候了。杨镖头想。这是最后一次了，有了这些钱，就可以很风光地为李广泰和杨四小姐举行婚礼，到那时也就是他圆满的收山之时，留一世清白，也对得起这一生了。

结果就在这次押镖中出了大事。这次劫镖的不是胡子，而是一支几百人的队伍，打仗就需要药医伤治病，他们就是冲着这批药来的。只一阵子排子枪，十几匹马便倒下了，杨镖头和李广泰等人还没有回过神来，一车药便被这伙人簇拥着劫跑了。这支队伍还算仁义，没有要了杨镖头等人的命，扔下了些散碎银两，给杨镖头他们做路费，便一路烟尘地消失了。

杨镖头望着远去的烟尘，眼前的天就塌了。绝望的老泪顺着面颊无遮无拦地流下来，他冲天高喊：老天爷呀，你咋就和我过不去呀，你这是逼我往死路上走哇……

李广泰在现实面前傻了，他知道这次无论如何也无法要回镖了。他欲哭无泪，在兵荒马乱的现实面前他明白了一条真理，天下最难当的就是好人。在他的蓝图中，他曾想做一个安分守己的好人，开镖局，和杨四小姐过平安的日子。

杨镖头和李广泰怀着同样一种心情失魂落魄地回到了奉天城里，回到了自己的家。在家里天天等夜夜盼的杨四小姐，一见到爹和李广泰便什么都明白了，“当”的一声，她扔下了手里的剪刀。那时她正坐在炕上剪“喜”字，她已经剪了许多喜字了，那时她只有一个梦想，要让自己的新房里贴满了喜字，她是在还一个愿，那就是三个姐姐共同的愿望——平安、热闹、吉祥。三个姐姐没有实现她们的愿望，她要替三个姐姐一同把这个愿望实现了。

眼前的现实粉碎了杨四小姐的梦，她望一眼苍老绝望的父亲，在心里干干硬硬地喊了一声：天哪——便一屁股坐在了地上，她知道，自己这回将别无选择了。她了解父亲，父亲一生一世不欠别人一文钱，一世清白，不能让爹就这么把一世清白名声丢了，那样的话，爹会死不瞑目的。想到这儿，杨四小姐站了起来，她下定了最后的决心，她知道自己该怎么做了，她看着只几日的工夫就老了十几岁的父亲，心疼地叫了一声：爹——

父亲抬起头，惘然地望着女儿，摇了摇头，他清楚，这次就是再有十个女儿也换不回这车镖了，他哑着声音说：爹一世清白，就这么毁了，爹死也不甘心哪——

爹真的哭了，满头的白发一飘一荡的，他在哭自己，也在哭这个家，绝望的杨镖头，只能用哭来发泄了。

李广泰坐在一旁，木雕泥塑似的，他不知道该干些什么，只知道日子粉碎了。

杨四小姐来到李广泰身旁，她把李广泰的头抱在怀里，李广泰依了她。杨四小姐凄然道：人算不如天算，咱们注定成不了夫妻呀。

李广泰的嘴角动了动，突然眼里留下了两行泪水，他说：要是能用我这条命换回一车镖，我立马就去。

杨四小姐叹了口气，摇了摇头。她拉起李广泰的手臂，看到了李广泰手臂上的疤，她的眼泪成串地滴在李广泰的手臂上。最后，她长时间地望着李广泰，李广泰也望着她，四目相视，他们此时觉得有许多话要说，又一时不知该说什么。

杨四小姐跪在了父亲面前，一字一顿地说：爹，你把我卖了吧。

杨镖头怔怔地望着女儿，望着李广泰。

杨四小姐说：父债子还，天经地义。

杨镖头突然说：爹对不住你们，是爹无能啊。

说完两行老泪缓缓而下。

杨四小姐说：爹，我知道你想的是啥，我不会让你欠人家一文钱。

杨四小姐说完重又坐到炕上，她开始用力地撕扯那些剪好的喜字，一双双一对对的喜字在她的手下粉碎了。她在埋葬自己的梦，她做这些时，显得很平静，做完这一切之后，她又走回到自己的房间，把门关了，窗帘落下了，她换上了一身新衣服，又坐在梳妆台前仔仔细细地把自己描画了，然后才走出屋门。

她又一次跪在了父亲面前：爹，我走了，谁能出一车药钱，我就是他的人了。

说完给父亲磕了一个头，说：爹，孩儿的命是你给的，报答你是应该的。

又磕一个头：爹，我用自己的身子换你一世清白，爹你放心吧。

再磕一个头接着说：爹，爹……

杨四小姐说不下去了，泪流满面。

久久，她站起来，她坐在李广泰的身旁，把头偎在李广泰的脸前，她说：李广泰，你看我。

李广泰低下头望着她。

她又说：你好好地看我一眼。

她拉住了李广泰的手又说：你对我们家恩重如山，下辈子做牛做马我都会报答你。

李广泰僵僵硬硬地坐在那儿，怔怔地望着杨四小姐。

杨四小姐凄然地冲李广泰笑了一笑，离开李广泰，头也不回地一步步、光鲜照人地走出家门。

五

杨四小姐异常平静地跪在大街上。

谁都知道杨镖头丢了镖，杨四小姐一出现在大街上，立马惊动了许多看热闹的人。他们围住杨四小姐议论纷纷，有一两位好事者凑到近前打问身价，杨四小姐就仰起脸，唇红齿白地说：一车药钱。

众人就摇头，就退却。在他们印象中，一车药钱换一个女人，简直是天价。

杨四小姐就冲人群说：我可是黄花闺女，一车药钱是贵了些，日后我能生能养，还能洗衣做饭，求你们了。

人群散了一拨，又拥上来一群，他们麻木又无奈地望着杨四小姐。

杨四小姐异常鲜亮地跪在那里，她的目光求助地望着每个走近的人。

渐渐，杨四小姐绝望了，她望着已经麻木的人群，慢慢站起来，一步步向前走去。人们给她让出一条路，有些人觉得事情远没有结束，最后杨四小姐就来到了“一品红”。这是奉天城最大的妓院，门前挂着两串大红灯笼，很喜庆的样子。杨四小姐走到“一品红”门前双腿一软就跪下了，人群就“嗡然”一声，有人就说了：卖了，卖了，杨四小姐真卖了！

“一品红”的门开了，宋掌柜搓着手出来，他把自己的一双眼睛笑成了月牙。他绕着杨四小姐转成一圈，又转了一圈。杨镖头家的四个闺女，是奉天城内的四朵花，杨四小姐又是四朵花中最漂亮的。宋掌柜的做梦也没敢梦过杨四小姐会把自己卖到“一品红”来。

宋掌柜不笑了，问：你真卖？

杨四小姐铁嘴钢牙地答：真卖，不卖在这干啥？！

宋掌柜又仔仔细细认认真真把杨四小姐看了看，他恨不能从里到外把杨四小姐看个透。

杨四小姐又说：我可是黄花闺女，一堆一块都在这儿了。

宋掌柜变音变调地说：你说个价吧。

杨四小姐说：一车药钱。

宋掌柜就不笑了，他盯着杨四小姐说：你不是在说梦话吧？就是把“一品红”的丫头都卖了也不值这个价。

杨四小姐的眼泪差不多都流了下来，她央求地说：宋掌柜的，我今年才十七呀，咋说也能卖个十年八年的好价钱，我咋就不值一车药钱，你就买了吧，日后我一准老老实实地帮你挣钱。

宋掌柜又说：杨四小姐，现在兵荒马乱的，啥生意也不好做，我只能出二百两银子，这是最高价了，我不蒙你。

杨四小姐仍说：就一车药钱。

宋掌柜不说什么了，他背着手站了会儿，才冲杨四小姐说：杨四小姐你走吧。说完走进“一品红”再也不出来了。

杨四小姐的眼泪终于流了出来，她没想到想卖自己竟也这么难，那一刻她就发誓，要是谁能出一车药钱，就是她的大恩人，当牛做马干啥都行。她冲着“一品红”的大门喊：我还是黄花闺女，咋就不值一车药钱，我不能贱卖呀……

杨四小姐终于放声大哭起来，她哭得哀哀婉婉，伤痛欲绝。

这时冯森出现在杨四小姐的面前，杨镖头丢镖的事他已经听说了，鉴于以前的几次教训，他没有去找杨镖头，他知道去了也是白去，杨镖头是不会接受任何施舍的。他怕再次伤了杨镖头的自尊心，他只能静等着事态的发展。当他听说杨四小姐要把自己卖掉的消息时，他的心里被什么东西咬了一口似的痛了一下。他非常钦佩杨家四个姑娘的刚烈性情，不惜生命，也要保全镖局和父亲的声名。

冯森无论如何不忍看着杨四小姐就这么把自己给卖了。冯森心情复杂地望着杨四小姐说：杨四小姐，别作践自己了，不就是一车药钱嘛，我出。

杨四小姐听了这话是又惊又喜，她抬起头不信任地问：冯掌柜的，你买我？

冯森说：杨四小姐，别说买不买的话，一车药钱我出了，你起来吧。

杨四小姐仍跪在那里，她冷静地望着冯森说：冯掌柜的，你今天可要把话说清楚，要买就买，你知道，我爹是不会白拿别人钱的，我也不白拿人家的钱，别的事咋的都好说。

冯森就叹了口气才说：杨四小姐，你先回家吧，赵家药房的钱过会儿我就去还。

杨四小姐跪在那说：不，你要是不真心买就走吧。

这时看热闹的人越聚越多，他们知道，此时为一个女人能出这个天价的，只有“关东第一镖局”掌柜的冯森，他们要亲眼看看，冯森到底是买还是不买。冯森看着越聚越多看热闹的人，叹了口气，心想，就暂时答应下来吧，日后有话慢慢再说嘛，想到这便说：你起来吧，我答应你了。

杨四小姐就认真地看了眼冯森，马上又冲众人说：大家听清了，我杨家四丫头从今往后就是冯家的人了。

说完这才站起身，随在冯森的身后，向“关东第一镖局”走去。

冯森回到家后，差人把一张银票送到了赵家大药房，那是一车药钱。

杨四小姐早就写好了自己的卖身契，她咬破食指在上面清晰地按了手印，她又找到了冯森把那份卖身契递给了他。冯森一看什么都明白了，他一时不知如何是好，他的本意是不想看到这样的结局，他一个劲儿地说：杨四小姐你这是干啥？

杨四小姐就说：那就是你骗我，你要是不按这个手印，我就一头撞死在你的面前。

冯森知道，杨四小姐是说得出做得出的，此时他是骑虎难下，只有往前走了。最后他还是在那份契约上按上了自己的手印。

杨镖头拿到了女儿那份卖身契约，他见人就说：我杨镖头一世清白，谁也不欠了，赤条条地来，又赤条条地去了。

说完他便当众一头撞死在大街上，谁也没有料到事情会是这样的结局，杨镖头就这么一世清白地去了，他认为既然不能两全，干干净净地去也算是最好的出路了，有谁能真正了解杨镖头的心呢？

杨四小姐最后又卖了自家的房屋，很隆重地为父亲办完了丧事。杨镖头的死，惊动了所有奉天城内认识杨镖头的人，他们望着一世清白的杨镖头的遗体，感叹杨镖头的为人。

唯一感到不安的就是赵家大药房的赵掌柜，赵掌柜一遍遍地说：这事整的，这是啥事呀，早知今日，当初我就不找你押镖了。

杨四小姐跪在父亲身旁，此时她的心里很平静，她知道父亲这一生看重的是做人，清清白白地做人，父亲的目的达到了，此时父亲一定会心满意足的。

此时的李广泰觉得自己已经死了，自从杨四小姐走出家门那一刻，他就清醒地意识到，自己已彻底失去了杨四小姐。他恨自己是个没用的男人，连自己心爱的女人都无法保护，自己还算个男人吗？他想到了自己的父亲李镖师，还有杨镖头，他们都是好人，却没有得到好报。以前，他发誓自己也要做一个清清白白的人，开一个镖局，和杨四小姐过一种平常人的生活，可眼前的现实，把他的梦想撕得粉碎。思来想去，他想到了小孤山上的马大帮子，他决定投奔马大帮子，走进深山老林，把该忘的都忘了，他要当一个胡子。既然当不成好人，就当一个恶人。想到这儿，一颗纷乱的心才渐渐平静了。

他在临上山前找到了冯森，冯森也在找他。他跪在冯森面前说：大哥，我走了。

冯森说：兄弟，我正想找你，以后就在我这儿干吧，咱们是兄弟，有福同享，有难同当。

李广泰说：大哥，你就忘了以前的李广泰吧，以前的李广泰已经死了。

冯森意识到了什么，他走上前搀起李广泰道：你和杨四小姐的情意我知道，只要你答应留下来，大哥为你和杨四小姐主婚。

李广泰摇了摇头，他知道就是自己答应了，杨四小姐也不会答应的，杨四小姐就是为了父亲的清白才把自己卖掉的。想到这，李广泰苦笑了一下说：大哥，我知道你是好人，杨四小姐在你身边我就放心了。

冯森仍说：好兄弟，听大哥的话，留下吧。

李广泰又一次跪下了，他哑着声音说：大哥，日后你只要对杨四小姐好一点，我就心满意足了。

说完李广泰爬起身，冲后院喊了一声：杨四小姐，你多保重，哥走了。要是还有来世，哥再娶你。

李广泰说完头也不回地走了。

冯森无可奈何地就这么看着李广泰消失在自己的视线里，他是真心实意地想留住李广泰。半晌，又是半晌，他转过身，一眼就看到了杨四小姐。此时的杨四小姐已是泪流满面了，她冲冯森说：从今以后我就是你冯家的人了。

冯森站在那里，望着眼前的杨四小姐，觉得眼前发生的一切是那么地不真实。

六

在杨四小姐走进冯家之前，冯森早就有了女人。老掌柜的冯大刀在世时，就给冯森定下了这门亲事。冯森的女人茹是奉天城内金店掌柜王老板的女儿。冯大刀去世后，少东家冯森当上了掌柜的，他第一件事便娶了茹，那时茹十八岁，冯森二十二岁。茹当年是奉天城里的一枝花，凭“关东第一镖局”的声名，冯森有千万条理由娶奉天城里最漂亮的女人。

茹嫁给冯森不久，便有了身孕，这是件喜事。老掌柜的就冯森这根独苗，他做梦都巴望着冯家人丁兴旺，冯森也希望自己日后能儿孙满堂，“关东第一镖局”代代相传，所以冯森当了掌柜之后做的第一件事便是成婚。

茹十月怀胎便生产了，产后不久就得了产后风，瘫在床上再也没有起来，结果孩子也没保住。奉天城里有名的医生都看了，多贵的药材都吃了，茹依旧是瘫。从那以后，茹一直躺在炕上，所不同的是，茹依旧漂亮光鲜，这是一个奇迹，直到现在，茹依旧在吃各种药，她在期盼着自己有朝一日重新站立起来，为冯森生儿育女。奇迹终于没有发生。

自从茹瘫痪在床上后，便和冯森分居了，但冯森每天都要来到茹的身旁陪茹说上一会儿话。

每天茹在清早时，都要梳妆打扮一番。她是在为冯森打扮，因此茹在梳妆上的时间总是很长，先是仔细地梳了头，又把脸洗了，再认真地化妆，然后半躺半坐在等冯森。

冯森进门后，一往情深地看上半晌茹，然后才坐在茹的身边。他很爱闻茹身体的气味，有一股淡淡的甜香之气。

茹说：我好看吗?

每天茹差不多都要这么问。

冯森先笑，然后才答：你啥时候都是奉天城里最漂亮的女人。

茹很爱听冯森这么说话，美好地微笑，把头偎在冯森的肩上，她觉得这一靠实实在在。然后两人说天气，说城里最近发生的事，以及镖局最近的活路。

今天却不太一样，冯森的话却不知从何开口，沉默了半晌，他还是说：杨四小姐来咱家了。

茹说：我知道。

冯森又说：杨镖头为了一车药钱……

茹也说：杨镖头做得对，要我是男人，我也会这么做。

冯森说：杨镖头的四个闺女个个儿都活得轰轰烈烈。

茹又说：只有杨镖头的女儿才配来“关东第一镖局”。

冯森还说：杨四小姐来咱家，这么大闺女，我怕人家说闲话。

茹说：怕啥，你花了一车药钱，谁都知道是你成全了杨镖头一世清白，杨四小姐来咱家于情于理都说得过去，

冯森说：要不就让她来你这儿住，还能侍奉你，没事还能陪你说说话。

茹想了想，点头答应了。

从那以后，杨四小姐就开始陪伴茹了。

两人第一次见面时，四目对视了许久，茹从上到下把杨四小姐打量了半晌，然后才说：你真是个美人。

杨四小姐说：我以前见过你，你出嫁时，奉天城里的人差

不多都出来看你。

茹说：那时你多大?

杨四小姐说：我十三，看你出嫁时，我曾发过誓，日后出嫁也要像你一样风光漂亮。

茹淡笑了一下，似自言自语地说：那年我十八，十八岁真好。

茹说到这就沉默了，过了好一会儿才说：你日后就是冯家的人了。

杨四小姐低下头道：这我知道，掌柜的出了一车药钱，我说过，谁出一车药钱我就是谁的人。

两人就不再说什么了。从那以后，杨四小姐陪茹说话，陪茹睡觉，精心地照顾着茹。也是从那天起，杨四小姐从里到外地忙碌着，做饭洗衣，扫院子。不该她干的，她也要干。茹总是默默地看着杨四小姐忙里忙外，从不多说一句话。冯森碰到过几次都说：这活不该你干，你去陪茹吧。她不说什么，直到干完，才走回茹的房间。

一天，茹提到了杨四小姐的两个姐姐。

茹说：她们咋没个消息。

杨四小姐的脸白了一下，马上说：嫁出去的女儿泼出去的水，她们是为爹才嫁的，有没有音讯也没啥。

茹就不说话了，茹开始照镜子，自从茹瘫在床上以后就经常照镜子。

半晌，茹放下镜子，望着杨四小姐问：是你漂亮还是我漂亮？

杨四小姐抬眼问：让我说实话吗？

茹不说话，就那么望着她。

过了会儿，杨四小姐还是答：你出嫁时，我没你漂亮。

茹听了这话，先是一愣，然后勉强笑一笑又说：我病在床上，你以后多照顾掌柜的，他是男人，一个家都靠他支撑的。

杨四小姐平平淡淡地答：知道了。

从那以后，杨四小姐便经常出现在冯森身旁了。那年冬天特别冷，杨四小姐做了一条狗皮褥子铺在冯森的炕上。每天晚上，冯森都会喝一碗杨四小姐亲手熬的参汤，喝完参汤的冯森热乎乎地睡去。在冯森睡前，杨四小姐总要伺候着冯森洗过脚，再为冯森铺好被子，想了想又拿出一条毯子压在被子上，杨四小姐说：天冷，压严实点，人冷先冷脚。杨四小姐做这些时，冯森什么也不说，默默地看着杨四小姐。自从茹瘫在床上，他许久没有感受到女人的关怀了。

渐渐地，冯森发现杨四小姐是个心细的女人，她对他总是无微不至，他以前还从没发现杨四小姐这些优点。他只认为杨四小姐是个性子刚烈的女人，没想到日常生活中的杨四小姐，和别的女人并没有什么两样。有几次，他看着杨四小姐忙碌的身影，似乎又看到了茹昔日的影子。忙完后杨四小姐才小声地说：掌柜的还有事吗？没事我就出去了。

冯森点点头，杨四小姐就出去了。冯森望着杨四小姐离去的背影，竟有一种怅然若失的感觉。

自从杨四小姐走进冯家大门，冯森觉得从里到外都在变，一切都变得明亮起来，摆放的东西也有条理了。这就是女人带来的变化，冯森觉得，过日子不能没有女人，他更加勤快地出入茹的房间，自己也说不清为什么。

有时，茹和杨四小姐正说着话，冯森会突然出现在两人面前，两人就不说话了，静默一会儿，杨四小姐就退出去了。冯森望着茹，茹说：你一车药钱没白花。

冯森不解茹指的是什么。

茹又问：最近有活吗？

冯森才说：兵荒马乱的，这种时候没人做生意。

茹便不说了，想了一会才说：你娶杨四小姐吧。

冯森有些吃惊地望着茹。

茹说：冯家不能没有后人，这么多年是我拖累了你。

冯森依旧望着茹。

茹又说：我知道你对我有情有义，这就够了。杨四小姐不比我差，要娶就要娶好女人。

冯森半晌才说：当初我花钱不是为了这。

茹说：我知道，但咱家不能没有后人，你是个男人，迟早都要再娶女人的，再说你在她身上已经花了天价了。

冯森知道茹是个精明的女人。他握住了茹的手，茹把头靠过来，茹小声地说：日后，只要你还把我当成你的女人就行。

冯森握着茹的手就有了些气力。

冯森从茹的房间走出来，来到大门前，他一时间心绪很乱，他回过身望见了悬在门上的那块匾，每次他看见这块匾时，便神清气爽，心便踏实了。有一股气慢慢从脚底下升起，他们家世世代代都在为"关东第一镖局"活着，茹说得对，他们冯家不能没有后代，他要一代又一代地把"关东第一镖局"传下去，想到这儿，冯森下了决心。这时，他看见了杨四小姐，杨四小姐正站在院里倚在一棵树上望他。陡然，他的心热了一下，少年时的情景又涌入了他的脑际，每次父亲外出押镖，母亲就是这么倚树而立，等待父亲。

那时冯森还没有意识到，一点点走进他心里的杨四小姐，正在悄悄地改变着他的命运。

七

杨四小姐在与冯森举行婚礼前，提出了一个要求。

杨四小姐对冯森说：我要像茹当初嫁你一样热闹。

冯森起初没有明白杨四小姐的意思，怔怔地望着她。

杨四小姐说：我虽不是你第一房，但我也是你明媒正娶的。

冯森和杨四小姐的婚礼，他原本不想张扬。别人都知道，杨四小姐是他用一车药钱换来的，他不想让别人说他落井下石，如果那样的话，自己和胡子也没什么区别。况且他知道，杨四小姐本来是李广泰的人，李广泰上了小孤山当了胡子，一切才得以改变。

冯森觉得自己娶杨四小姐一点也不理直气壮，茹让他娶杨四小姐，他也就只能娶杨四小姐，自从茹进了冯家的门，家里的大事小情他都听茹的，茹是个很精明的女人。

冯森和杨四小姐的婚礼还是惊动了奉天城里有头有脸的人。婚礼的场面果然很热闹，十辆镖车拉着杨四小姐轰轰烈烈地在奉天城内走了一趟，后面是一大群鼓乐班子，吹吹打打，热闹非凡。

杨四小姐把自己的红头盖揭了下来，她要让所有奉天城内的人都清楚地看见她。她在心里一次次地说：你们看吧，那就是杨家的小姐，今天光明正大地嫁了，嫁给了冯掌柜的。杨四小姐一直在心里这么说，一边泪流满面，她想到了三个姐姐，二姐、三姐嫁给了胡子，父亲也是这么吹吹打打，越热闹她心里越难过。现在不同了，她终于可以理直气壮地告诉人们，冯森正正经经地娶了回杨四小姐，杨四小姐也正正经经地嫁了一回。她看着迎亲的车队，她就发誓般地在心里说：从今以后，我活是冯家的人，死是冯家的鬼。

冯森站在自家门前，身上自然也是披红挂绿，不管他娶的是第几房女人，都是他的女人，都是他的婚礼。他站在那里说不上高兴也说不上不高兴。

他从小就随父亲押镖，挎枪背刀，风餐露宿，打打杀杀，生生死死一切都习惯了。他只对押镖感兴趣，押一次镖就是历一次险。当一名好镖师，这是男人最好的选择，祖先的血液在他身体里流淌，他继承了职业镖师所有的优点，沉着、冷静，还有冷酷。因此，他对男女之间那些婆婆妈妈的事，没有太多的兴趣。

茹让他娶杨四小姐，他娶就是了，他要为“关东第一镖局”留下后人，他知道，冯家不能没有后人，他要和女人生儿子，生一个优秀的男人，继承“关东第一镖局”的事业。

冯森对新婚之夜，显然已经不那么陌生了。因此，他和杨四小姐的新婚之夜驾轻就熟。冯森送走了最后一批客人，他喝多了酒，头重脚轻地往新房里走，他轻轻飘飘地走进了新房。

杨四小姐早已等他多时了。一身新衣穿在她的身上，她觉得这是自己一生中最幸福的时刻，从今天开始，她就是冯森的女人了。在冯森眼里，杨四小姐今晚显得有些陌生。

几支蜡烛把新房燃得很亮，冯森坐在炕上，如梦如幻望着杨四小姐。杨四小姐端来盆热水放在冯森脚前，她要亲手为男人脱鞋洗脚，母亲就是这样对父亲，她也要这样对待自己的男人。

冯森就说：我不是胡子，我出一车药钱是不想为难杨镖头。

冯森还说：到现在我也不太想娶你，我不想让别人说我落井下石。

杨四小姐蹲在那儿，一边给冯森洗脚一边说：嫁你我愿意，你不是胡子，我也不是二姐三姐，你娶我嫁天经地义。

冯森还说：我一想起李广泰心里就不舒服。

杨四小姐：他是胡子了，我不能嫁给胡子，以前的事是以前，现在是现在。

冯森又说：我要让你为我生儿子。

杨四小姐：别说生孩子，就是当牛做马也行，我以后就是冯家的人了。

杨四小姐为冯森洗完脚，起身开始铺被子，被子是新的，大吉大利的样子。

杨四小姐铺完被子，又倒掉了洗脚水，然后站在地上解自己的扣子，她先吹熄了一支蜡烛。

冯森钻进了温暖的被窝，看到了杨四小姐的红兜，他干干地咽了口唾液说：从今以后，你就是我的女人了。

杨四小姐又吹熄了一支蜡烛，她一边解腰带一边说：自从我走进你们家门，我就是你的女人了。

冯森睁着眼睛说：我要让你为我生儿子。

杨四小姐又吹熄了一支蜡烛才说：我为你生儿子也生闺女，我要让咱家人丁兴旺。

杨四小姐把自己差不多都脱光了。胸前只剩下了那个红肚兜，屋里也只剩下最后一支蜡烛了。

冯森这回才闭上了眼睛，他梦呓般地说：我喜欢脱光的女人。

杨四小姐回身又吹熄了最后一支蜡烛才把最后的红肚兜脱下去，然后很快地钻进被子里躺在了冯森的身旁。

夜很静，也很黑。

在这静夜里，冯森气喘着说：你真的愿意做我的女人？

杨四小姐答：我愿意。

接下来，一切便都如歌如水了。

八

奉天城里的人都知道，好汉李广泰投奔了小孤山的胡子马大帮子。聪明的人隐约地觉得，事情远没有结束。李广泰当时投奔胡子，是他绝望中唯一的选择，他不能再寄人篱下了，他更不能看着自己心爱的女人和冯森成亲过日子。

父亲李大鞭子当年给杨镖头当镖师时，就梦想有朝一日自立门户，没想到却死在了和胡子的火并中。这么多年，李广泰一直没有忘记父亲的遗愿，他天天梦想着有朝一日翅膀硬了，自己独自撑起一片天。他自从来到杨镖头家，杨镖头虽说对他恩重如山，他的心里仍不踏实。他能一心一意为杨镖头卖命，主要是看中了杨镖头这块招牌，杨镖头有女无儿，总有一天会老的。到那时，他娶了杨四小姐，整个镖局就是他的了。也就是说，到那时李广泰将什么都有了，改个招牌，也就是动动嘴的事。

当年，李广泰九死一生单身走进小孤山，那是他绝望中的一次挣扎，他不能眼睁睁看着杨镖头倾家荡产之后，再把杨四小姐送给胡子，那时他李广泰真的啥都没有了。

没料到的是，正是他的垂死一搏，挽救了杨镖头一家，也拯救了自己。眼见着杨镖头一天老似一天，李广泰看到了自己的未来，就在李广泰即将成功的时候，杨镖头又一路丢镖，彻底粉碎了李广泰的梦想。

杨四小姐为了保住父亲一世的清白，又一次出卖了自己。留给李广泰的是一场梦，梦醒了倒什么都没有了。心灰意冷的李广泰，看不到前面有任何出路，他只能投奔胡子，过另外一种生活。李广泰真不想再把自己当人了，父亲想当个好人，结果死在与胡子的火并中，杨镖头也想当个好人，结果一头撞死在马路上，自己想当个好人，又是一场虚幻的梦。李广泰自从下定决心当胡子那天开始，他已经不再把自己当人看了。

过着有今儿没明儿的胡子们，打乱仗和火并是家常便饭。就在李广泰上了小孤山不久，马大帮子和黑风口的另一绺胡子为了抢占地盘又一次火并，结果马大帮子在乱战中被冷枪打死，马大帮子一死，李广泰就成了小孤山上的胡子头。

李广泰当了胡子却恨胡子，胡子是镖局的天敌，没有胡子父亲李大鞭子就不会死，许多事情都不会发生，他要借胡子灭另外一道胡子。李广泰成了胡子头之后，他心狠手辣地端了附近几绺胡子的老窝，想归顺他的就全部收留，其余的统统杀掉，然后还要烧了胡子的老窝。李广泰不仅对胡子这样，对附近的大户他也同样如此，抄家杀人，一时间，李广泰的心狠手辣传遍了城里城外。有钱的人家不敢招惹李广泰，就是那些同样心狠手辣的大小绺胡子也闻风丧胆。

从那以后，不少大户人家怕招惹麻烦都主动地给李广泰进贡，他们怕李广泰抄家，更怕李广泰要了他们的命。小孤山的胡子们少了许多辛劳，坐在山上等吃等喝，只要山上空了，李广泰一声令下，就会有人送来吃的喝的，因此，李广泰深得众胡子们的尊敬。不到半年时间，小孤山上的胡子，由原来的几十人，壮大到二百多人。

威风八面的李广泰在小孤山上活得并不开心，他知道这种落草为王的日子不会长远，不知何时何地，总有那么一天自己也会像马大帮子被乱枪打死。在这种有今儿没明儿的生活中，他异常思念远在奉天城里的杨四小姐。

他本以为眼不见心不烦，远离杨四小姐就会淡忘心中那份思念和折磨，自从他上山之后，他才知道自己的想法是大错特错了。他无时无刻不在思念着杨四小姐。杨四小姐已深深地融在了他的骨肉里。在和杨四小姐生活在一个屋檐下的日子里，他早就把杨四小姐看成是自己的人了，他吃惯了杨四小姐家的饭，穿惯了杨四小姐做的衣。

那时，杨四小姐和杨镖头住在后院，他和其他镖师住在前院。有许多个夜晚，他被后院的杨四小姐诱惑得睡不着觉，他站在院子里，看着杨四小姐屋里的油灯在明明灭灭地燃着，他知道那是杨四小姐在他或为父亲缝补衣服。望着看着，内心里就升起许多温暖的情致，他悄悄走过去，用指甲划破窗纸，望着杨四小姐在屋内的一举一动。杨四小姐果然在飞针走线，她的脸孔被油灯映得很红，几绺头发落下来，一飘一摇的。夜渐渐地深了，杨四小姐把补过的衣服一件件叠好，然后开始脱衣睡觉，当杨四小姐把自己脱得只剩下一个肚兜时，才一口吹熄了灯盏。他每次都看得入神入迷，光光鲜鲜的杨四小姐就在眼前，他恨不能冲进去，把杨四小姐抱在怀里，但最后他还是忍住了，他明白，杨四小姐早晚都是自己的人。这么想过之后，他才幸福地离开杨四小姐的窗下，躺在炕上，望着漆黑的夜想着幸福的未来，那时，他和杨四小姐只隔着一层窗纸。此时却遥不可及。

身在小孤山的李广泰，每次想到这些都痛不欲生，他会整夜地睡不着，眼前翻来覆去的都是杨四小姐穿着肚兜的身影。

小胡子们有时在山下会抢来一两个良家妇女，带回山里取乐。只要李广泰一看见女人，他首先想到的是杨四小姐，眼前的女人哭哭喊喊要死要活的样子，便让他失去了兴致，他从来不碰这样的女人。

不久，他就得知了杨四小姐和冯森成婚的消息。那天，他在山头的雪地上蹲了许久，他知道，这是杨四小姐最好的归宿了。他早就知道会有这么一天，当杨四小姐走进冯家的大门他就预料到了，所以他才下决心离开奉天城里。可当他得到这个消息时，他还是无法承受，他想不出杨四小姐和冯森在一起时会是什么样子。

那一天，李广泰喝醉了酒。醉酒之后的李广泰抱着头痛不欲生地大哭了一回，哭得小胡子们迷迷瞪瞪，不知李广泰为何要这般伤心。他恨天恨地恨自己，恨天地不开眼，让杨四小姐活生生地离开了自己，恨自己作为一个男人没有能力保护好本属于自己的女人。

李广泰酒醉之后就深刻地想：以前的李广泰死了，现在自己已不是李广泰了。

九

冯森和李广泰成为拜把弟兄，绝不是冯森的心血来潮，他的为人准则里，多个朋友多条路，多个仇人多把刀。开镖局的人家不怕朋友多，就怕有仇人。一家几代人经营的镖局，终于有了规模，成为响彻关外的第一镖局。冯森生长在镖局世家，受到父辈的感染与熏陶，也沿袭了他们行侠仗义、为朋友两肋插刀的禀性，他喜欢结交真正的汉子。李广泰当年独身一人，硬是从胡子手里要回了镖，仅这一件事就令冯森刮目相看。

杨四小姐在卖自己时，冯森能体会到李广泰当时的心情，他自己也是个男人，他真心地希望自己的举动能成全李广泰和杨四小姐，没想到事与愿违。如果杨四小姐不是杨四小姐的话，事情将会是另外一个样子，可杨四小姐就是杨四小姐。

冯森并没有做错什么，但冯森仍感到愧对李广泰。后来冯森押镖途径小孤山时，他很想同兄弟李广泰聚一聚。李广泰沦落到这步田地，他的心里也不好受，在他的内心深处，他从没有把李广泰真当成胡子，他觉得李广泰仍然是他的兄弟，他一直觉得李广泰早晚会有一天走下山，光明正大地干正经事。

冯森冲着茫茫林海喊：李广泰，大哥来了！

其实李广泰早就下山了，他就躲在一棵树后，望着走来的冯森人马。冯森的队伍里，那杆“关东第一镖局”旗在风中卷动。自从李广泰立志要有自己的镖局时，他就开始羡慕这杆镖旗了。镖旗是镖局的象征，凡是开镖局的人，有谁不羡慕“关东第一镖局”呢！

此时，那杆惹眼的镖旗，似一团火烧着李广泰的眼睛和心，不知为什么，他的心里异常难受。有一阵时候，李广泰曾幻想走在镖旗下的不是冯森而是他自己，那将会是怎样的一番景象啊。以前他做梦见过自己的镖局。

在冯森呼喊他的名字时，他才清醒过来，把枪插在腰里。他一步步向冯森走过去，身后是一群小胡子。小胡子们端枪拿刀地拥着李广泰走来，直到这时冯森才清醒地意识到李广泰已经是胡子了。但他对李广泰并无戒备，自从李广泰离开奉天城，来到小孤山后冯森一直都在记挂着李广泰。

冯森见到走过来的李广泰，也向前紧走几步，打量着越走越近的李广泰。

冯森说：兄弟，你瘦了，也黑了。

李广泰口是心非地说：我是胡子了，活过今天还不知明天呢。

冯森听了李广泰的话就有些难过，他握住李广泰的手，李广泰却那么不冷不热地让他握着。冯森说：兄弟，下山吧，你要是不愿意在我这儿干，我帮你另立门户也行。

李广泰就笑一笑，抽回手，冲冯森抱了抱拳说：大哥的好意我领了，开镖局那是个梦，我有那个心没那个命，我只配当胡子。

冯森就不好再说什么了，他从镖车里抱出了一罐酒来说：杨四小姐知道我路过这里，这是她特意让我捎来的。

停了一会儿，冯森又补充道：这是我和杨四小姐的喜酒。

李广泰的手有些抖，那一刻他差点流出泪来，他又一次体会到了杨四小姐的一片情谊。

半晌，李广泰颤着声音问：杨四小姐还好吧？

冯森的心里很不是个味。两个男人为了一个女人，不管怎么说，总是有些别别扭扭的。他一时不知如何回答，突然想到临走前，杨四小姐让他带给李广泰的几棵山参。杨四小姐这么有情有义地惦记着李广泰，冯森感到很高兴。李广泰毕竟和杨四小姐有过那么一段，如果杨四小姐一夜之间就把李广泰忘得一干二净，那么冯森也就不会娶杨四小姐了。有哪个男人愿意娶这种无情无义的女人呢？

冯森又把山参递给李广泰道：这也是杨四小姐带给你的，她说山上寒大，让你补补身子。

李广泰接过山参，久久没有说话，他是在强迫自己不把眼泪流出来。当年他在马大帮子面前烧自己吃自己时，他都没有掉过一滴泪，可有关杨四小姐的丝丝缕缕，都让他心潮难平。

半晌之后，李广泰终于说：要是大哥不嫌弃，上山歇歇脚吧。

冯森抬头望了眼天空，时光尚早，冯森就说：还是赶路吧，东家还等着这批货呢。

李广泰就不说什么了，冯森上了马，李广泰才想起什么似的说：用不用我送你一程?

冯森说：不用了，这条路我常走。

大哥，那就多保重。李广泰又冲马上的冯森拱了拱手。

冯森的一队人马就越走越远，最后被雪雾笼罩了。

冯森知道，自己无论如何也走不进李广泰的内心了，但这次和李广泰见面还是让他感到高兴，只要李广泰平安地活着，他心里的愧疚感就会少一些。

李广泰曾试图忘掉过去的一切，可不知为什么，他越是想忘记，就越是无法摆脱往事的缠缠绕绕。

他双手托着那几只山参，心里一遍遍地说：这是杨四小姐给的。他的眼前又闪现出杨四小姐的形象，他就湿润了一双眼睛，他就泪眼朦胧着深一脚浅一脚地向山里走去，他越往山里走，他的心就越冷。

李广泰经常在山上那间木格楞的小屋里发呆，这种与世隔绝的生活让他生出深深的绝望。只有酒才能让他忘记眼前的一切，于是他就经常大醉。刚开始，小胡子们一直捉摸不透李广泰，不知道李广泰成天到晚把自己关在小屋里琢磨什么。这种距离使小胡子们有了不信任感，自从李广泰常常醉酒，说些胡子们才说的脏话和疯话，胡子们才觉得，李广泰就是胡子，于是就什么都没有什么了。

冯森的出现，给李广泰的渴盼终于带来了一丝希望。虽然他见不到杨四小姐，但他还是能从冯森身上感受杨四小姐的存在。从那以后，他盼望着冯森再一次出现。

终于，冯森住在了小孤山。那一次镖车赶到小孤山时，太阳已经落山了，再往前走就是黑风峡了，黑风峡盘踞的是另一绺胡子。虽说以前途经黑风峡时，并没有什么事，但冯森也不敢大意，更主要的是，小孤山有李广泰，于是冯森就住下了。这回杨四小姐为李广泰捎来了一床狗皮褥子，是杨四小姐连夜缝制的。

李广泰那晚坐在狗皮褥子上和冯森对饮，其他兄弟和车马，由一帮小胡子在招呼着。小屋的地上，红红火火地燃着木棒子，两人一边饮酒一边说话，说着说着就说到了杨四小姐。

李广泰说：杨四小姐的手巧哇，以前我穿的衣服都是她做的。

冯森也说：杨四小姐是个有情有义之人。

李广泰说：你要善待杨四小姐，谁娶到杨四小姐，就是谁的福分。

冯森也说：那是，一日夫妻百日恩嘛。

两人都不说什么了，都大口地喝酒。喝着喝着李广泰就醉了，醉了酒的李广泰就大呼小叫地要女人。女人是胡子从山下的妓院里抢来的，在山上住上三五日，就送下山去。

当下就有一个小胡子撕撕巴巴地把一个妓女推到李广泰的屋里。

李广泰就冲冯森说：大哥，你要女人不？

冯森就说：李广泰你醉了。

李广泰说：你有女人，我也有女人，我有婊子。

说完就让妓女为自己脱鞋，并且让妓女舔自己的脚趾，他一边大笑一边说：大哥，兄弟不缺女人，也不缺钱。只要你有钱，让她干啥她就干啥。

李广泰笑着笑着就不笑了，他愣愣地冲冯森说杨四小姐好哇，杨四小姐有情有义。说到这儿，李广泰就呜呜咽咽地大哭起来。

冯森说：兄弟，你真的醉了。

第二天，两人分手时，谁也没有再提昨晚的事。分手时，李广泰白着脸冲冯森说：大哥，你把我忘了吧，咱们不是一路人，我是胡子了。

冯森借机说：兄弟，下山吧，下山干啥都行。

李广泰摇摇头，又说，你回去告诉杨四小姐，就说李广泰已经死了。

李广泰真希望自己死了，死了就一了百了了，没有痛苦，也没有了思念。

十

李广泰在白雪苍茫的小孤山上，空前绝后地思念着杨四小姐。他本认为远离杨四小姐，就会眼不见心不烦，然后渐渐把过去的一切都忘了，做一个浑身轻松的胡子。李广泰当上了胡子，随着时间的推移，他才发现自己是大错而特错了。

李广泰此时此刻真正体悟到了什么是思念，以及思念的痛楚。那份感受，似一把生了锈的刀在一点又一点地割着李广泰的心。

孤独的李广泰无法和众胡子们融在一起，他瞧不起聚在眼前的这些乌合之众，换句话说，这些人都是不法之徒，在山下时啥事都干过，混不下去了，跑到山上当了胡子。李广泰知道自己无论如何也不能和这些人等同起来。

孤独使李广泰绝望，绝望又使他无论如何也忘不掉杨四小姐。每次冯森离开，李广泰都要捧着杨四小姐给他捎来的东西哀哀地痛哭好一阵子。见物思人，他知道杨四小姐还没有忘记他，一直在挂记着他，这份情感越发地使李广泰不能自拔。

在许多次梦里，杨四小姐出现在李广泰的眼前，人还是那个人，一声笑语，一个眼神，都令李广泰心神熨帖。梦醒了，李广泰仍许久睡不着，他望着漆黑的夜，听着寒风在山野里呼喊，他的心也有如寒夜这么冷。直到这时，李广泰才清醒地意识到，他这一生不能没有杨四小姐，哪怕只拥有一天，然后让他死去，那日子也圆满了，这一辈子也值了。

李广泰荒唐的想法就是那一刻产生的，这种想法一经产生，便不可遏制，转瞬就长成了参天大树，让李广泰欲罢不能。他已下定决心，做回胡子。他自然想到了冯森，他这么做对不住冯森，但转念一想，谁让冯森娶了杨四小姐呢。他和冯森相比，冯森什么都有了，不仅拥有了“关东第一镖局”，还拥有杨四小姐，冯森的日子在李广泰的心里简直就是进了天堂。这么一想，他又觉得没有什么了。他在心里恨恨地说：冯森，就让李广泰对不住你一次吧。

这次冯森押着东北军的军火途径小孤山时，李广泰觉得时机成熟了。正巧那天冯森赶到小孤山时，李广泰觉得时机成熟了。正巧那天冯森赶到小孤山时，天已经黑了，如果小孤山没有李广泰，冯森就不会直奔小孤山，他会在山下的镇子里住上一夜。冯森又一次随李广泰到了山上。李广泰觉得这是一次千载难逢的好机会，他知道，劫冯森一般的镖，冯森不会伤筋动骨，家大业大的冯森，别说丢一次镖，就丢上十次八次，冯森也赔得起。这次却不同，他押的是东北军的军火，是冯森的性命。

那一天，李广泰招待冯森一行人马时和其他什么时候并没有什么两样，李广泰劝冯森不停地饮酒，在这之前，他吩咐小胡子往酒里放了麻醉药。他知道，要是硬劫冯森的镖，别说一个李广泰，就是十个李广泰也不会占到什么便宜。

冯森每喝一杯，李广泰都在心里说：冯森对不住了，谁让你过得那么好呢？谁让我活的人不人鬼不鬼呢？谁让你娶了杨四小姐呢？

冯森和一行人马酒醒之后，发现已经到了山下，镖车和押镖的家伙却留在了山上。直到这时，冯森才明白：兄弟李广泰劫了他的镖。

冯森的愤怒与惊讶无以言表。

杨四小姐知道李广泰为什么劫冯森的镖，他劫的不是冯森的镖，劫的是她。在那一瞬，杨四小姐对李广泰心存的所有念想灰飞烟灭了。此时，她心里只有自己的男人冯森，她知道，只有自己才能救冯森。

杨四小姐很冷静，没有哀叹也没有流泪，只有换回冯森的镖，才能挽救冯森的性命。谁都知道，东北军说得出也做得出，别说杀死一个镖师，就是杀了一城老小，也不费吹灰之力。下定决心的杨四小姐，十条牛也拉不回了。

杨四小姐穿戴整齐，来到冯森面前，冯森依旧没有从惊愕中醒悟过来，她跪在了冯森面前，她一字一顿地说：我这条命是你给的，眼前的生活也是你给的，我是你的女人，活着是冯家的人，死了是冯家的鬼，我要是死在小孤山，希望你能为我收尸，也不枉我们夫妻一场。

冯森清醒了一些，他望着杨四小姐，生硬地说：这是我们男人的事，不用你管！

杨四小姐声音不大，却异常坚决地说：不，李广泰是为我才劫的镖，祸是我闯下的，我去换镖！

这是冯森无法接受的，他说：你不能去，除非我死了！

杨四小姐站了起来，她冲冯森笑了一下，冯森不明白杨四小姐为什么要笑。笑过的杨四小姐就走出门去，她站在院子里，仔仔细细地把整个院落看了许久，才转过身，套了一匹马，走出院门。

马蹄声渐渐远去。

杨四小姐一走，冯森彻底清醒过来，他红了眼睛，红的要流出血来，他终于大喊一声：李广泰我要杀了你！

冯森终于想好了，他倾家荡产也要杀了不仁不义的李广泰，夺回他的镖，重树“关东第一镖局”的声名。

冯森让人装了一车银两，下人往车上装钱时，冯森连眼皮都没眨一次，他要用这车银子，到东北军营中换来一百兵丁，然后直奔小孤山，杀了狼心狗肺的李广泰。

冯森在做这些时，茹在屋内一声声地喊：冯森，你疯了，你这是疯了……

冯森似乎没有听到茹的话，他该干啥还干啥，这是他第一次没有听茹的话。他心里只有一个念头，那就是杀了李广泰。

茹躺在床上绝望地想：这个家完了。她有些后悔当初让冯森娶杨四小姐了。

十一

杨四小姐来到小孤山脚下的时候，李广泰似梦似幻地在那里已经等了一天一夜了。他知道杨四小姐一准会来，他太了解杨四小姐了。

当杨四小姐出现在李广泰的视线里时，他怀疑自己是在做梦，他揉了一次眼睛，又掐了一下大腿，待他确信这不是梦时，李广泰的眼泪流了下来，眼前就是他朝思暮想的杨四小姐呀。李广泰觉得已有一个世纪没有见到杨四小姐了，他一时不知该冲杨四小姐说什么。杨四小姐的脸上没有任何表情，从她知道李广泰劫了冯森的镖那一刻起，她对李广泰所有的情谊就绝了。

李广泰还是说：杨四小姐，你让我想得好苦哇。

杨四小姐说：你不是人。

李广泰说：我想你想的没办法，我才这样。

杨四小姐又说：我是来换镖的，你不还镖，我就死在你面前。

李广泰仰起脸，露出一副孩子般的神情道：我不是真劫冯森的镖，我咋能劫他的镖呢，我就是想见你一面，只这一面，我死也值了。

在自己随李广泰上山的路上，杨四小姐看到，一群胡子已经往山下运镖了。除了镖之外，胡子们身上大包小包的，还背了许多东西。

李广泰望着往下走的胡子说：我把他们都打发走了，他们愿意投奔哪只哪绺和我没关系了，今天山上只有咱们两个人，只这一天，明天我就送你下山。

杨四小姐仍一句话也不说。

李广泰那间小屋里生着了火，杨四小姐盘腿坐在炕上，她似乎已经很累了，她闭上了眼睛，随之眼泪也流了下来。李广泰扑通就跪在杨四小姐面前。

李广泰说：我知道在你眼里我不是人，我也不想这么做，可我管不住我自己。

杨四小姐说：我们全家就毁在了你们这群胡子的手里。

李广泰低下头说：明天我就不是胡子了。

杨四小姐睁开眼睛说：我是来换镖的，你想咋就咋吧。

李广泰一时不知说什么好，他想过千万种和杨四小姐重聚的场面，但他万万也没有想到杨四小姐会这样。

李广泰抽泣着说：杨四小姐呀，你高兴一点吧，只要你高兴，就是让我立马去死也行哇。

杨四小姐透过窗子，看到苍茫的雪山和老林子，整个山上很静。

李广泰跪在那里，他知道这一生一世做错了两件事，第一他当初不该离开杨四小姐，另外就是不该劫冯森的镖。头脑发热的李广泰已经管不住自己了。

山上的胡子们都走光了，他们已经各奔东西了，这是李广泰事先就安排好的。他知道，只要杨四小姐上山，他的路就走到了尽头。一时间周围很静，只有窗外刮过的风声，天渐渐地就黑了。

杨四小姐仍那么坐着，李广泰跪着，世界仿佛已永恒了。

杨四小姐终于望着李广泰，一字一顿地说：李广泰你听好，以前我一直把你当成有情有义的男人，现在不是了，你猪狗不如。

李广泰似吟似唤地说：杨四小姐只要你高兴，你就骂吧，骂啥都行。

杨四小姐却不骂了，她开始脱衣服，她解着扣子，杨四小姐仿佛在为自己举行一种仪式，神圣而又悲壮。她又一次想到了三个姐姐，姐姐们为了父亲，她这次是为了自己的男人冯森。

杨四小姐终于把自己脱光了，她仰身躺在炕上，身下是她亲手为李广泰一针一线缝制的狗皮褥子。然后她异常平静地说：我是来换镖的，你想咋就咋吧。

杨四小姐说这话时，她的心如空空的枯井，说完她就闭上了眼睛。

李广泰看到杨四小姐僵尸似的躺在炕上，他的心哆嗦了一下，他的心里悲怆地喊了一声：杨四小姐呀——

眼前的杨四小姐离自己是这么近，只要他伸出手就能碰到他朝思暮想的杨四小姐，杨四小姐的身体是那么美丽，那么诱人，可近在眼前的杨四小姐离他又是那么远，远得不可触及，遥不可攀。

杨四小姐的身体在李广泰的眼里是那般的熟悉，有那么陌生，他跪在地上，就那么痴痴地望着眼前的杨四小姐，他觉得眼前的一切是那么的不真实，如梦似幻，此时，他竟没了欲望，有的只是深深的悲凉和绝望。

他的手试探着握住了杨四小姐的手，杨四小姐的手像尸体一样冷，他的心又抖了一下。

杨四小姐睁开眼睛说：我是冯森的女人，生是他的人，死是他的鬼。

李广泰最后一点热情也土崩瓦解了，他抱住自己的头，呜呜咽咽地哭起来。

终于，天渐渐地亮了。

杨四小姐突然睁开眼睛说：天亮了，你要是不来，过这个村可就没那个店了。天一亮我就走，你可别后悔。

李广泰迷迷瞪瞪的，仿佛没有听见她的话。

杨四小姐开始穿衣服。

李广泰的心就碎了。

十二

李广泰醉酒似的从地上站起来，知道他和杨四小姐的缘分尽了，他守着杨四小姐想了一夜，似乎把什么都想透了，又似乎越想越糊涂。

他有气无力地冲杨四小姐说：我送你下山吧。

杨四小姐没说什么，她洗了脸，又梳了头。此时她觉得一身轻松，其实她早就想好了，要是李广泰把她怎么样，她决不活着下山的，或吊死在树上，或撞死在树上，总之，她不能对不起冯森。李广泰并没有把她怎么样，她要下山，回到奉天城里，回到冯森的身边为冯家生儿育女过生活，她看也没看李广泰一眼，便走出了小屋。

天已经大亮了，太阳照在白茫茫的雪地上，杨四小姐眯起了眼睛，她深深地吸了一口气，这时她看见四面八方都是穿灰色军装的士兵，士兵手里端着枪，正一步步向山头逼近。杨四小姐还看见，冯森提着双枪走在最前面。

不知什么时候，李广泰套了一匹马站在杨四小姐的身后，他看见了漫山遍野的士兵和手提双枪的冯森。

李广泰小声地说：我知道冯森是不会饶过我的。

李广泰似乎笑了一下才又说：杨四小姐，你上马吧，到山下还有好长一截路呢。

杨四小姐似乎没有听见李广泰的话，她独自迎着冯森走去，她要告诉冯森：李广泰没把她怎么样，她还是他的女人。

李广泰牵着马也迎着冯森走去，他说过要送杨四小姐下山，他不能食言。

冯森越来越近了，冯森这时举起了枪。

李广泰似自言自语地说：好人难做呀。

枪就响了。

杨四小姐回了一下头，她看见李广泰睁着眼睛，白着脸，在慢慢向后倒下去。

杨四小姐似受了惊吓似的向冯森跑去，她张开臂膀，样子似要飞起来，她一边跑一边喊：冯森，冯森……

枪又响了一次。

杨四小姐突然停止了跑动，她似一只被剪断翅膀的鸟，软软地落在地上。

冯森走近杨四小姐，杨四小姐依旧睁着那双美丽的眼睛，她继续地说：冯森……我活是……冯家的人……死……是冯家的……鬼……

冯森越过杨四小姐，来到李广泰身旁，李广泰死不瞑目的眼睛迷迷瞪瞪地望着天空。冯森把枪插在腰间，他踢了一脚李广泰，哼了声说：敢劫我的镖，刚碰我的女人，我是谁！

冯森又走近杨四小姐，此时的杨四小姐已合上了眼睛，她的样子很安详。冯森哑着声音说：我不能要胡子睡过的女人。

冯森站在山顶，他抬起头，看见了一团灰蒙蒙的冬日，正在一点点地越过当顶，有两滴眼泪凝在冯森的眼角，却久久没有落下来。

细　菌

一

冯山伏击日本人的车队，没想到会碰见槐。槐是驻扎在二龙山镇日本守军宪兵队的队长，冯山早就知道，但他没想到的是，会在日本人途经大金沟的山路上和槐迎头相撞。

冯山带着自己的弟兄在大金沟的山路上已经埋伏两天一夜了。天空是阴的，有风，是北风，硬硬的，像刀子。风里裹挟着雪粒劈头盖脸地砸下来，埋伏的时候，起初他们的手脚被冰得猫咬狗啃似的疼，后来就麻木了，寒冷顺着他们周身每根汗毛的孔隙丝丝缕缕地钻进他们的五脏六腑，每个人就像冰一样了。

这次伏击日本人的车队是得到了二龙山镇线人的通报，所谓的线人就是冯山一伙的弟兄，日本人来到二龙山没多久，这个兄弟就专给日本宪兵队去做饭了。兄弟潜在日本人的兵营里，许多大事小情他都知道，比如吃饭的人多了或者少了，依照这样的变化，就能推算出日本人的行踪。线人兄弟也不声张什么，把打听到的消息，写成一个小纸条放到二龙山镇口那棵老槐树的树洞里，冯山也差人三天两头地往二龙山镇里跑，一是打探日本人的消息，再就是取回线人的情报。

这次伏击日本人就是线人孔二狗传出的纸条，纸条上写道：两天内日本人要途经大金沟，他们这次运送的东西是“干货”。

搞日本人已经是冯山这伙兄弟们最大的营生了。日本人一来，驻扎在山上的各绺子弟兄们的确没什么营生了，开镖局的或者是一些大户人家，走的走逃的逃，只剩下日本人了。以前不论是镖局的还是大户总会有些项目要走动，途经二龙山时，有的主动留下一些买路钱，就是不主动的，冯山差上几个弟兄拦路放上几枪，或吆喝几声，也会让那些大户或押镖的队伍留下些“干货”。冯山这人不贪，他教导和自己干的这些兄弟们也不要贪，够吃够喝，图个温饱就行。在二龙山的山下他们还开垦了一块荒地，每到春天下种的时候，冯山带着弟兄们去到那片荒地上去耕种，秋天收获，把一担担粮食运到山上，一冬的吃食就算是解决了。冬天的时候，还可以去狩猎，和冯山干上这行的人大都是猎户出身，他们手里有枪，是火枪和猎枪，枪法很准，不论飞的或跑的猎物，只要出现在火枪的射程内，十有八九都不会逃脱，冯山一伙人生活在一种自给自足的状态之中。

自从日本人来了之后，一切都被打破了，日本人不仅封山还封屯，原来二龙山周围是一片活水，这一封一限，变成了死水一潭了。弟兄们都仇视日本人，他们把日本人当成了头号死敌，既然日本人不让他们好好地活，他们也不想让日本人消停，他们要吃日本人的大户，他们只能吃日本人了。冯山派人打听过，关外这一带已经是日本人的天下了，关内有几个地方正和日本人打着，看来也坚持不了多久了。

冯山就经常劫持日本人的运输队，经常能搞到一些粮食或者军火。军火装备给了自己的弟兄，这些日本造的家伙比火枪好用多了，射出去的是子弹而不是枪砂，子弹的声音撕破空气发出悠悠的声音，听起来就让人感到兴奋。弄来的一些粮食和日本人生产的罐头自然成了一伙人的伙食，冯山把日本人当成了衣食父母，经常下山去搞日本人。

日本人也进山剿过他们，二龙山地势险要，只有两条通道，一是二龙山的龙背，还有一条龙腿可以通行，其余的地方都是悬崖峭壁。当初冯山戒了赌上山抢人当绺子，就是看好了二龙山的地势。

日本人进山清剿时，冯山一点也不担心，他让人把龙脊和龙腿这两条道守好了，都躲在暗处，有的在树上，有的在巨石后头，有的甚至躲在山洞里。龙脊和龙腿路很窄，只能并行两三个人，日本人上来时也就是三两个人，日本人便成了活靶子，比打那些飞禽走兽好打多了，一枪一个，有时一枪打个串葫芦，甚至一枪两三个都不止。日本人剿了几次山，扔下几十具尸体就回去了，再也不提清山这个茬儿了，他们搞封山，要饿死困死他们这伙人。于是搞日本人打破日本人的封锁便成了冯山这伙人的当务之急。

日本人一个运输队途经大金沟是线人孔二狗传出来的，每次孔二狗传出来的消息都千真万确，相信这次也不会有错。冯山和弟兄们在大金沟的山坳里埋伏着，忍饥挨冻就是为了搞到日本人的“干货”。有了“干货”，他们这伙人就可以过冬了。

时间一点点消逝着，冬天的太阳虚弱无力，似有似无地在云后时隐时现，地上的白毛风嗖嗖地刮着。

孔大狗爬到冯山近前，冯山已经看不清孔大狗的眉眼了，他的眉毛和胡子上已经被霜挂满了，包括狗皮帽子的两只护耳。冯山想笑，嘴一动感觉到自己也好不到哪里去，便只咧咧嘴。孔大狗是孔二狗的哥哥，哥俩都是第一批起绺子时跟冯山上山的兄弟。后来孔大狗的爹去世了，家里就剩下一个老娘，冯山就让孔二狗下山回镇上去照顾老娘了。孔二狗人是下了山，但心仍在山上，日本人一来，他就充当起了线人这个角色。

爬到冯山身边的孔大狗含混不清地说：大哥，日本人这帮犊子怕是来不了了，我看咱们还是回吧。

冯山仰起头看了眼苍凉的冬日，又把头转向一群趴冰卧雪的弟兄们才说：二狗的消息从来没差过，都等了两天了，再等等，要不这冻就白挨了。

话还没说完，孔大狗就叫了一声：大哥，你看。

他们就看到了日本人的车队，领头的是日本人的摩托车，有三辆，挎斗里坐着日本兵，枪架在挎斗外，后面还有两辆日本人军车，车上蒙着军布，看不清里面装的是什么。日本人一出现，弟兄们就兴奋起来，他们有的躲在树后，有的钻进了雪壳子里，此时都亮出了怀里抱着的家伙，这些枪都是以前从日本人那里搞来的家伙，有机枪，也有三八大盖。他们受冷挨冻就是等着这一刻的出现，他们不能不兴奋。日本人他们见得多了，一点也不慌张，寒冷被兴奋取代了，不用冯山吩咐，他们各自抢占了有利地势，就等冯山的枪一响，他们就下手了。

日本人的摩托车和卡车行驶在雪路上一点也不快，甚至有些气喘吁吁的样子，好不容易等到进入了射程之内，冯山从雪壳子里站了起来，他左臂的空袖筒随风飘荡，他的右手举枪，枪响过后，第一辆驾驶摩托车的日本兵便一头栽了下来。

接着就枪声大作了，这种伏击让日本人始料不及，但还是仓促应战，有十几个日本兵从帆布车里钻出来疯狂地向冯山这边射击。冯山手下这伙三十几个弟兄，个个都是神枪手，手里的家伙都不软，只几个回合，日本人手里的家伙就哑了火。冯山把枪别在腰上，他挥了一下手，弟兄们便嗷嗷叫着冲了上去。

冯山登上车时就有些发怔，车上只有两个硕大的橡胶皮桶，不知里面装的是什么“干货”。孔大狗等兄弟也爬到了车上，他哆嗦着声音说：大哥，车上没有干货。

冯山说：把这东西抬上。

几个人不由分说，把两个橡胶桶就弄到车下，四个人抬着桶就要走。冯山想围着车再查看一番，不料，又有两辆车驶了过来。有人叫了一声：大哥，又来两个。

当他们四散着准备迎击的时候已经晚了，那两辆车上跳下了足有几十人，有日本人也有宪兵，他们很快地就围了上来。看来后面这两辆车是保护前面日本人车上东西的，不知什么原因几辆车拉开了距离。

也就是在这时，冯山看到了槐的身影，他对槐太熟悉了，虽然他没和槐照过几次面，但只要槐一出现，他立马能从空气中嗅到槐的气息。

冯山只愣了一下神，两伙人便接上了火，匆忙之中，冯山看见几个弟兄倒下了。冯山知道此处不能恋战。他冲弟兄们喝了一声：撩干子！这是绺子的行话，就是撤的意思。

弟兄们就往后山去，又有几个人倒下了，日本人和宪兵也有人不停地倒下去。冯山一边掩护抬橡胶桶的弟兄们，一边在日本追兵中寻找槐的身影。他跑到一棵树后，挥手打了一枪，一个日本人倒下了，他还没把头缩回来，一发子弹飞过来，他的狗皮帽子便被打飞了，一股寒气兜头砸过来。他顺眼看去，槐正举着冒烟的枪立在雪壳子后面。

孔大狗看见了，大叫一声：大哥，我要杀了这个兔崽子。

孔大狗冲过来，只是一瞬，槐便隐去了。

后面是鬼子不舍不弃的追逐，子弹漫天飞着。鬼子和宪兵呈扇面冲了过来，冯山有些发怔，他截过鬼子有好多次了，从来没有见过日本人这样的阵势，以前不论是军火还是粮食，日本人最多也就是有一个班左右的兵力保护，亏了也就亏了，从没见过日本人这么舍身忘死地追赶过。今天就是为了两个橡胶皮桶，这是怎么了？

日本人越来越近，冯山就大喊着：撩，快点撩。

他们只要冲上山坡，再过一个沟，就可以踏上二龙山的脊背了，只要踏上二龙山，那就是他们的地盘了，那里有弟兄们接应。

日本人和宪兵就像一块牛皮糖，甩不掉，摆不脱，在后面紧追不舍，日本人甚至还打开了炮，把他们撤退的路线封住了，有几个跑在前面的弟兄，被炸弹击中了，血红红地染在了雪地上。

就在这时，从对面山坡上杀下来一队人马，他们迎头搞了追过来的日本人一家伙，日本人被这突如其来的袭击弄蒙了，掉转火力向另一伙人杀去。

冯山这才带着弟兄们爬上了二龙山的龙背。冯山安全了，回望的时候，才发现是肖大队长的人马和日本人接上了火。他不知道肖大队长的人马为何会在这儿出现，他来不及多想什么，让人抬着两个橡胶桶向山上走去。

冯山自从拉杆子到二龙山以来，受到了最严重的一次重创，他数了数，有十几个兄弟没有回来。面对着不知道装着什么东西的橡胶桶，他有些愣神。冯山不是怕死之人，可面对兄弟们再也回不来了，冯山心里不知道是什么滋味了。如果没有冯山最后一赌，他也不会来到二龙山。

二

冯山最后一赌，杨六输了。杨六撒了手，纸牌纷纷扬扬地落在了地上。杨六接着抬起了脸，冯山看到杨六的一张脸寡白，眼里充满了血丝。冯山还看到杨六眼里死亡的气息。当年他输给杨六一只胳膊时，也许自己的眼神和杨六也相差无几。

认赌服输，这是道上人的规矩，杨六就是杨六，杨六撑起身子说了一句：冯山你赢了，房子和地，还有女人，都是你的了。说完他摇了两摇，晃了两晃，突然口喷鲜血，一头栽在了炕上。

冯山望着气绝命断的杨六，摇晃了一下，他还是手扶着墙走出屋门。此时，太阳西斜，把西天染得红彤彤一片。他盯着西天，听人们说，父亲就是在这样的季节和时辰怀抱石头走进西大河的。虽然杨六倒在了炕上，仿佛他看见了杨六用一条绳子，一头系在脖子上，一头系在石头上，然后怀抱石头一步步向西大河走去，杨六嘴里哼着二人转的曲调。父亲就是这么去的。

他摇摇头，幻觉消失了，他回头看了一眼杨六的房子，再次转过头时，他冲着红彤彤的西天大笑两声，冲着茫茫雪野喊：爹，娘，冯山赢了，终于赢了。他抹了一把脸，那里早已湿湿凉凉了一片。

他向家的方向走去，北风吹起他的空袖筒，一飘一荡的，他的样子很潇洒也很随意。北风吹起地面上的浮雪，打着旋，白蛇似的东奔西突着。他想到了文竹，想到了菊香还有槐，心里就暖了一下，又暖了一下。

当他出现在家门前时，他第一眼看见了文竹，文竹正跪在自家门前，像一面旗似的正冲他迎风招展着，他笑了一下，肉就僵在脸上，到了近前，他看见了文竹满脸的泪水以及流着血的膝盖，血浸透棉裤流到了外面。他知道在这半个月的时间里，文竹在家一直为他跪天跪地、求神告佛，愿他早日赢了杨六平平安安地回来。他冲文竹又笑一笑道：我赢了，再也不赌了。文竹听了他的话，摇晃了一下，几乎要跌倒，他把文竹抱在了怀里。文竹用手死命地把他抱住，头扎在他怀里，哇的一声大哭起来。他僵着身子站在那里，竟一时不知如何是好。文竹挺起胸，张开嘴狠狠地咬了冯山一口，冯山叫了一声。文竹低声说：你这个冤家。他用一只手臂抱着文竹走进了屋里。他把文竹横放在炕上，火炕已烧得滚热，一股热浪汹涌着扑了过来。

他用牙用手撕扯着文竹的衣服，文竹就那么静静地看着他。他用牙齿把文竹脱光了，又去脱自己的衣服，然后就像恶狼似的扑在文竹的身上，文竹这时才把眼睛合上，嘴里叨咕一句：你这个冤家呀。

文竹在那一夜，完完全全地成了冯山的女人。后来文竹用滚烫的身子把冯山拥住了，铁嘴钢牙地说：我是你的女人了，以后你要对我好。冯山睁大眼睛，没有说话，看了文竹一眼，一翻身又把文竹压在了身下，文竹就湿着声音说：冤家呀——

此时，屋外的雪地上，菊香牵着槐的手正立在冯山的窗前，她听见了冯山和文竹的谈话，她转过身牵着槐的手，向家的方向走去。槐扬起脸看到了母亲脸上的泪。槐说：娘，他为啥不娶你?

菊香蹲下身子把槐搂在怀里，突然大哭起来。

槐望着天上的星星，冬天的天空干冷脆裂，星星的光芒也干干冷冷。槐的声音就冷着说：娘，他对不起你，我要杀了他。

菊香听了这话，突然止住哭，挥手打了槐一巴掌，狠着声音说：大人的事和你没关系，你别管。然后拉起槐的手风也似的往回家的路上走，槐趔趄着身子跟着母亲的拖拽。

菊香这么多年的心也就死了，二十年前父亲把她许配给冯山，也是因为冯山的赌，最后她无奈嫁给患了肺病的男人。可她心里装的依然是冯山，甚至他们有了槐。然而冯山的赌仍没有休止，她只能在心里一遍遍为冯山祈祷，在无望的日子里煎熬着自己。后来冯山从杨六那里赢回了文竹，先是活赌，最后又变成了死赌。文竹永远是冯山的了，可她在冯山的眼里没有看到冯山对文竹一星半点的善意。她似乎满足，又似乎失落。她从内心里希望冯山有个美好幸福的结局，像正常人一样，不再赌了，有个家，过正常人的日子，但似乎又不希望和冯山过日子的人是文竹。难道是自己？如果自己能接受冯山赌徒的身份，也许她也不会嫁给那个痨病鬼丈夫。丈夫死了，冯山成为她生命中唯一的牵挂。就在这时，文竹却走进了冯山，日子就是另外一种样子了。

那天晚上，菊香把自己埋在被子里压抑着哭了好久。突然，她被槐叫醒了，槐说：娘，你别哭了，我要杀了他。

菊香把头从被子里探出来，看到槐光着上半身坐在炕上，冷着一张小脸。菊香挥手打了槐一巴掌说：大人的事你别管。槐梗着脖子说：我一定杀了他。菊香就骇住了。

冯山赢了，他把母亲的尸骨很隆重地从杨家的坟地迁到了自家坟地。父亲把母亲输给杨家时，他还小。母亲烈性把自己吊死了，杨家依然把母亲葬在了杨家的坟地。现在他终于从杨六手里把母亲赢了回来，也赢回了冯家的尊严。办完这一切时，他真的想好好过日子了，和文竹一起过普通人的日子。虽然，他赢光了杨家的房子和地，可他对那些东西连看都没看一眼。做完这一切时，他也想到了菊香，一想到菊香他心里就杂七杂八地乱。后来他就不想了，他想过日子。日子还没过出个眉目，日本人就来了。

日本人不仅封山还封屯，杀了很多人，有几个烈性的猎户，怀端着火枪和日本人拼了，日本人一挥手就把这些反抗的人撂倒了。

一天夜里，冯山从外面回来，他咬着牙，抖着声音说：我要上山了，日子没法过了。

文竹看着冯山，这些天他早出晚归的似乎在酝酿一件大事，就像他当年去赌一样。文竹听了冯山的话，就那么不错眼珠地望着他。

冯山说：你可以像以前一样过日子，我不拖累你。

文竹冷静地说：你去哪儿，我就跟到哪儿，别忘了，我是你的女人。

又一个风高夜黑的夜晚，冯山带着文竹，绕过日本人的封锁线一头扎进了二龙山。

后来又有许多人投奔了冯山，有猎户也有农民，他们用自己的血性抗击着日本人。

三

这次伏击日本人，弟兄们肩扛手抬地弄回两只橡胶桶，那桶很严实，似乎已经长在了一起。

回到山上的冯山，看到文竹，他却一点也不高兴。文竹带着人在二龙山的脊背上接应了他们，文竹已经不是以前让人当赌资的文竹了。那会儿的文竹就是一个弱女子，任人输任人赢，她只能以命捍卫自己的尊严。现在的文竹的身份是二龙山的压寨夫人，身穿狐狸皮袄，扎牛皮腰带，她的肋下左右两侧插着两把二十响盒子枪。山上几年的生活，历练得文竹左右手能同时开枪，弹无虚发。冯山带着弟兄们下山去弄日本人的“干货”，都是文竹带着一些人去接应。每次看到文竹，冯山不管多苦多累，他总是在心底里有种莫名的兴奋和冲动，所有的疲劳和不快都转瞬烟消云散了。这次却不同，他看到文竹只咧嘴笑一笑。文竹看一眼那两只橡胶桶，知道这次冯山算是空手而归了。文竹就淡然着安慰道：回来就好，干咱们这行的，没有不失手的。

冯山就木木呆呆地望着摆在眼前的那两只橡胶桶，一干弟兄们围着橡胶桶驴拉磨似的转着圈子，有人就说：大哥，这东西这么沉，莫不是黄金吧。

孔大狗就踢了那人一脚，道：没见识的东西，你见过金子用桶装吗？

那弟兄就说：那你说是啥？

孔大狗就蹲在橡胶桶前用牙咬，用拳头去砸那只橡胶桶。一干人等就看戏法似的研究着那两只圆嘟嘟的桶。

冯山蹲在一旁也在望着那两只桶发怔，他不是在想那两只桶，而是想着自己被打中的那一枪，如果槐的枪口再低一点，击中的就不是他的狗皮帽子了。他还记得槐盯着他的那双因没有击中他而遗憾的眼神，如果孔大狗不没命似的扑过来，槐也许还会再一次开枪，他的枪口还冒着蓝烟，是大狗让槐失去了第二次击发的机会。

想到了槐，他想到了菊香。自从他带着文竹上了二龙山，十六岁的槐也加入了另一伙绺子，那时菊香曾哭天喊地劝过槐，不让他上山去当土匪。槐却走得义无反顾，只回头冲母亲说了句：娘，等我杀了冯山，我就下山给你养老送终。

菊香“扑通”一声跪下了，冲着苍天喊：老天爷呀，俺上辈子作什么孽了！

去了南山当了匪的槐，最大的乐事就是找冯山的麻烦，他经常带几个小匪来骚扰二龙山上的冯山。冯山那会儿没把槐当回事，觉得就是个孩子闹点小别扭。槐毕竟流着自己的骨血。这是菊香给他留下的后，也是留下的一份希望。

那时，面对槐一次次的骚扰，冯山经常设下套让槐来钻，然后自己带着人轻而易举地把槐抓获，再把他放了。冯山觉得这一次次接近游戏的捉弄，是在教槐一种生存的本领。

每次他把槐抓住，槐都铁齿钢牙地说：冯山，你杀了我吧。

冯山不杀槐，他怎么能杀槐呢，槐是他和菊香的爱情见证，槐是他的未来。他背着手绕着被捆绑起来的槐一圈圈地走，眼睛一直留恋地盯着槐，他在想：槐这小子是像自己还是像菊香。

槐咬着牙说：冯山，你不杀我可以，那我就杀了你。

冯山这时就笑一笑说：我不会杀你，一会儿就放了你，你别再回南山了，去山下找你妈吧，你妈不希望你当匪。

槐啐了一口冯山，连血带唾沫吐了冯山一身一脸，冯山嗅到了一股血腥气。

冯山就叹口气，挥了一下手，孔大狗就走过来。

冯山头也不回地说：放了他，把他送下山。

孔大狗知道冯山和槐的关系，叹了口气推推搡搡地把槐往山下推去，槐一路走还一路骂：冯山，老子迟早要杀了你。

冯山背过身去，他狠狠地抹了一把脸上的泪。

如果日本人不来，这种游戏还将会继续下去，结果来了日本人，那一年槐已经二十一岁了。那时的槐在南山那绺子当中已经很有威望了，甚至说一不二。南山那绺子的老大叫金葫芦，当然这是外号，当绺子的老大经常会得到些不义之财，他把这些不义之财换成金条或银圆，然后装在葫芦里，昼夜挂在身上，听着那些硬通货发出互相撞击的声响，他满足而又安稳，因此就有了这样的绰号。贪财的人都怕死，金葫芦也不例外，每次打打杀杀的活都指派槐带着人去干了，一来二去的，槐就很有威信。

日本人一进驻二龙山就开始组建宪兵队，到处招兵买马。一个翻译带着一个日本少佐来南山谈判，他们就找到了槐，槐当着金葫芦的面没有表态。金葫芦头就摇得跟拨浪鼓似的说：俺不去，去了也没啥好处。然后又冲翻译问：一个月能给我多少？翻译看了眼少佐，就冲金葫芦笑了笑。

金葫芦就挥挥手说：你们少扯，不给房子不给地，谁为日本卖命。

日本人和翻译下山时，是槐把他们送下山的，翻译官托着槐的衣角说：你来吧，给你个宪兵队长干。

槐又问：有枪吗?

翻译官说：给日本皇军干事，怎么会没枪呢?

槐点点头说：那你冲日本人说，三天后我就下山。

槐果然说到做到。第二天夜里，槐带着一个自己的亲信，摸到金葫芦屋里，几刀就把金葫芦和他的压寨夫人捅死了，然后举着火把投奔了二龙山镇上的日本人。

日本人也果然说到做到，把伪宪兵队长这职务给了槐。槐穿着日本人发的衣服，腰里别了把锃亮的王八盒子回了一次家，菊香一见槐就傻了似的立在那里。

槐拍了一把腰上的枪，说：娘，我现在有枪了，二十响的。

菊香颤颤抖抖地说：你给日本人干事会遭报应的。

槐笑一笑道：日本人给我了枪，给了我人，我就能杀死冯山了。

菊香摇了摇晃了晃，差一点跌倒，槐把母亲扶到屋里又说了句：娘，等我杀了冯山，就回来孝敬你过日子。

槐说完，给娘留下两块银圆就一蹿一蹿地走了。

那一晚，菊香把自己吊死在自家屋梁上。

槐很隆重地为母亲出了殡，他跪在娘的坟前，含着眼泪道：娘，你是被冯山害死的，儿要为你报仇。说完他抹了把泪，头也不回地回了宪兵队。槐固执地认为，菊香是冯山害死的。如果没有冯山，他就不会去南山当匪，更不会给日本人干。槐已经钻进了牛角尖里，走不出来了。自从冯山娶了文竹，他就不能自拔了。

冯山冲着那两个橡胶桶发呆时，就有弟兄领着肖大队长来了。弟兄离很远就喊：大哥，肖大队长来了。

冯山醒过神来，迎着肖大队长拱了拱手道：肖大队长，谢谢这次解围，日后兄弟一定报答。

这次伏击日本人，如果没有肖大队长带人从半路里杀将出来，他们能否脱身还真不得而知。

肖大队长他见过几次，日本人来到二龙镇驻扎以后，肖大队长带着人曾上山见过他，希望他带着人马投奔肖大队长的抗联队伍。那次肖大队长宣讲了抗联的宗旨和义务，肖大队长很有口才，讲起话来有理有据的。最后冯山打断肖大队长的话说：你们抗联是抗日的，我冯山也不会和日本人穿一条裤子，跟你们走和在二龙山上，其实都一样。

肖大队长就不说什么了，用力地拍一拍冯山的肩膀道：那希望以后我们能成为朋友！

冯山也笑了。

从那以后，肖大队长偶尔也会到山上来坐一坐，每次来也不说什么，就是坐一坐，说一说家常话，然后就走了。

这次伏击日本人，弄日本人“干货”，被肖大队长救了，冯山从心底里感谢肖大队长。他冲大狗道：大狗，杀羊炖肉，招待肖大队长。

大狗应一声就去了。

肖大队长像没听见冯山的话一样，他蹲在那两只橡胶桶前，里里外外地研究着那两只桶。半晌又是半晌，肖大队长抬起头冲冯山说：冯山兄弟，你知道这桶里装的是什么吗？

冯山摇摇头。

肖大队长把冯山拉到山洞里，见四周无人，压低声音道：这是日本人的细菌。

冯山吸了口气问：细菌，什么意思？

肖大队长这次的任务就是抢取日本人的细菌。抗联得到了可靠的消息，日本731部队研制出了一种新型细菌，日本人要把这细菌投放到关内战场上去做实验。如果日本人把这两桶细菌投放到关内的战场，后果将不堪设想，一种无药可治的疾病将迅速蔓延至整个中国，抗日的燎火将不燃而息。

肖大队长带人马赶到时，冯山已先他一步伏击了日本人，并且把两只橡胶桶抢夺过来，面对着日本人穷追不舍的追击，肖大队长指挥人马及时相援，才让冯山一伙人平安地撤出。

冯山在这之前从来没有听到过细菌，更不了解细菌的危害，经肖大队长这么一讲，冯山倒吸了一口气，他定定地望着肖大队长。

肖大队长就说：这两桶细菌是日本人苦心经营的成果，他们不会善罢甘休的。

冯山站了起来，为了伏击这两只橡皮桶，已经有十几个兄弟再也回不到二龙山上来了。二龙山是冯山和弟兄们的家，他不会躲避，也不可能躲避，就是他想躲避，弟兄们也不会答应。此时，他看着那两只盛满细菌的橡胶桶，仿佛看见了日本人一只只喷着火舌的枪管。

他大叫了一声：大狗，把这两桶东西一把火烧了。

孔大狗得到了命令，便带着弟兄们去抱干柴去了。

肖大队长护住两个桶说：冯山兄弟，这烧不得呀，细菌会让二龙山毁于一旦。

冯山恨不能一口气把两只桶吞到肚子里才解气，变音变调地说：肖大队长，这不行，那不行的，你说咋弄。

肖大队长深思熟虑地说：只能深埋。

冯山在山上转了一圈，也没找到深埋这两只桶的去处，最后他找到一座山洞，他便让人把两只橡胶桶抬进了山洞，洞口又用石头砌上。

肖大队长看着冯山指挥自己的手下做完这一切，才拍拍手说：冯山兄弟，日本人不会就这么算了。

冯山梗着脖子说：算不算又能怎样，我们二龙山的弟兄们不怕日本人。

日本人刚来时，先是派人和冯山谈判，让其下山服顺日本人。那个日本少佐和翻译官被冯山骂得狗血喷头回到了二龙镇。日本人见软的不行，就来硬的，派部队攻打二龙山。进出二龙山的路只有两条，一条龙脊，一条龙腿。当初冯山选择二龙山就是看到了这里的地势，如果把龙腿和龙脊这两条道守住了，日本人再有本事也很难踏进二龙山。

日本人又是打炮，又是放枪的，折腾了好久，才派人打冲锋，结果便可想而知了，日本人在二龙山的山路上丢下了几十具尸体，哭爹喊娘地撤了。从那以后，日本人再也没打过二龙山的主意。

四

驻扎在二龙镇最高日本部队长官竹内大佐的天塌了。

奉关东军司令部指派，押运细菌，不料细菌却被二龙山上一伙人给劫了。长官在电话里已经劈头盖脸地把他骂得体无完肤，并命令他一周内夺回细菌，否则就地自裁。在这之前，负责押运细菌的本田少佐已经在他面前剖腹自尽了。死了一个少佐并没有平息细菌丢失的罪过，关东军司令部的长官让他七日内夺回细菌，他知道如果夺不回细菌，他将和本田少佐一样，拔刀自裁。

天塌下来的竹内大佐如只困兽一样在指挥部里团团乱转，他转来转去，就想到了槐，此时，他觉得只有槐才能帮他。对付中国人还得用中国人。

竹内大佐马上差人把槐叫到了自己办公室里。槐自从归顺了日本人，他一直不卑不亢，他并不想为日本人卖什么命，他要借日本人的刀杀了冯山。这就是他的目的，他知道凭自己的力气是无论如何杀不了冯山的。杀死冯山一切都源于文竹。儿时，他就知道母亲对冯山好，母亲每次为冯山做这做那，他都在场，他知道母亲深爱着冯山。结果，冯山没有娶母亲，却娶了毫不相干的文竹。冯山娶文竹那天，母亲躲在被子里哭了好久。他不知如何帮助母亲，母亲的哭声就像刀子似的在割他的心，他千遍万遍地说：我要杀了冯山。这是他在内心里对母亲发的誓，也是给自己立下的誓言。他在等待机会，他十六岁就投奔了南山那伙绺子，为的就是寻找机会替母亲报仇。结果他没寻到机会，日本人来了。二龙山上冯山的强大，让他望洋兴叹，日本人一来让他看到了希望，于是他义无反顾地投奔了日本人。他就是要借日本人的势杀了冯山。

结果他在投奔日本人不久，母亲却吊死在了家中。槐又把母亲的死归罪于冯山，如果没有冯山，自己就不会投奔日本人，不投奔日本人母亲就不会死，槐固执地这么认为。

竹内大佐望着冷静的槐说：你要把那两只橡胶桶给我找回来，七天，只有七天。

竹内大佐的话就像一声惊雷在槐的脑子里划过。押运那两只桶时，他并不知道那桶里装的是什么，他为了日本人这种兴师动众感到百思不解。冯山伏击了车队，并抢走了那两只桶，他和冯山打了个照面，他太想杀了冯山了，如果当时他再心平气和一些，那一枪一定会要了冯山的命，正因为他心里那份不平静，枪口稍稍高了那么一点，只射中了冯山的帽子。他此时正为那一枪懊悔不已。

他并不关心日本人那两只什么桶，他只想要了冯山的命。

竹内大佐又说：只要你能夺回那两只桶，二龙镇上的部队由你调遣。

槐听了竹内大佐的话，冲竹内笑了笑，他盼的就是竹内这句话。他要自由一回，只有自由，他才能要了冯山的命。

竹内又说：七天，你只有七天时间。

最后这句话，槐似乎没有听见，他脑子里被一种膨胀的欲望塞得满满的，他有一种头重脚轻的感觉。

他离开竹内大佐的房间，回到了宪兵队，他站在宪兵队的院子里，望了眼天空，他叫了一声，又叫了一声，弟兄们不知自己队长中什么邪了，惊讶地望着他。

槐就说：老子要干件大事。

他回到屋内，把宪兵的衣服脱了，换上了狗皮帽子羊皮袄，众弟兄不知队长这是要干什么，都围过来。

槐就打着响鼻说：老子要上一趟二龙山。

弟兄们就惊呆了，大眼瞪小眼地望着槐。

弟兄们都知道槐和冯山的过节，在南山那会儿他们就知道。此时，槐说要上二龙山去找冯山，所有人都惊愕地张大了嘴巴。

槐就是槐，他决定的事，没人能拦得住他，当槐走出院子，又走出镇子，踏上了通往二龙山那条路时，所有人都认为槐疯了。

五

槐是一个人上的二龙山，他一上山便被冯山的人五花大绑给捆上了，然后推推搡搡地被带到了冯山面前。

冯山和文竹正坐在一棵树下打鸟玩，文竹用双枪冲树上的鸟左右开弓，有很多鸟落在树上，枪一响，一群鸟飞走了，文竹左右开弓就射下两只，冯山只有一只手臂，他只能一手持枪，因和杨六横赌而失去的手臂此时只留下一个空荡荡的袖管在风中飘舞着。那群呆头呆脑的鸟似乎没有记性，被枪声惊走了，转了一圈就又回来了，惊惊诧诧地又落回到原来的枝头上，冯山抬手就是一枪，被穿了糖葫芦的两只鸟就落到地上。冯山吹吹枪口，文竹就欣赏着望冯山，此时的独臂冯山在文竹的眼里就是一道奇异的风景。

就在这时，槐被孔大狗等人推搡到冯山和文竹面前。孔大狗就说：大哥，这条狗要见你。二龙山上的人，一律把替日本人干事的伪宪兵称为狗。

冯山看到槐的一刹那，眼皮就跳了跳，他呼吸急促。

伏击时，他们曾有过一次正面接触，那只是短暂的一瞬，他还没来得及反应什么，帽子便被槐射掉了，此时，他的头上仍感到凉风四起。

槐望了眼冯山，他自然也看到了文竹，文竹只看了槐一眼，便把枪插在腰间，走回那间木头小屋里去了。留下冯山和槐面面相觑。

槐说：姓冯的，我今天上山是要和你赌一次。

冯山现在已经冷静下来了，他冲孔大狗说：给他松绑。

孔大狗就睁大眼睛说：大哥，他这条狗上次差点要了你的命，他该杀。

松绑。冯山厉声又说了句。

孔大狗等兄弟不情愿地松开了槐。

槐活动活动四肢，仰着脸，把鼻孔冲着天说：姓冯的，看你还是条汉子，你输给过杨六一条手臂，最后赢了杨六，让他暴死，这我都知道。今天我也要和你赌一次。

冯山望着眼前的槐，他就想到了菊香，他和菊香从小就被父母指腹为婚，如果自己不赌，菊香一定会成为他的女人，也许菊香就不会死，儿子自然也会是槐，他就不会拉着一拨人马上了二龙山。如果是那样，他们一家三口人会干什么呢？冯山无法想象，他一想起上吊自尽的菊香，心里就撕裂般地痛一下。后来菊香嫁给了痨病鬼丈夫，可她却忘不了冯山，就是在这忘不掉的情感中，他们有了槐。槐小的时候，菊香一直让槐叫冯山舅。后来冯山娶了文竹，槐便再也不叫舅了，每次见到他就像见到了仇人似的。冯山曾和菊香说过槐，菊香望着冯山一脸无奈地说：槐是个冤家呀。冯山也曾和菊香商量过，告诉槐真相。菊香的眼泪就下来了，最后菊香咬着嘴唇说：这个冤家现在咱们说什么他都不会相信，他一直说要杀了你，等以后有机会我再和他说吧。

菊香一直没有等来这样的机会，在槐从南山上下来投奔日本人后，用三尺白布把自己吊在房梁上气绝身亡了。

冯山知道，自己将无法说清这件事的来龙去脉，说出去槐也不会相信自己是槐的爹。他望着冯山，眼神复杂而又古怪。

槐站在冯山面前不依不饶地：姓冯的，你以前算是一条好汉，你赌赢过杨六，今天我就是要和你赌一次。

半晌，又是半晌，冯山从牙缝里挤出几个字：赌什么？

槐就说：我赌那两只橡胶桶和你的命，要是你输了，把那两只桶给我送下山去，然后你找个地方把自己埋了。

冯山脸上的肉动了动，他的呼吸又有些急促，他就那么古怪复杂地望着槐。

槐又把鼻孔冲着天空说：姓冯的敢还是不敢？

冯山没有说话，眯着眼睛望着槐。

槐又说：姓冯的，你可以把我弄死在这里，我上山前什么都想好了，不是你死，就是我亡。

冯山望着槐，一下子想起了二十年前的自己，他抱着为父母复仇的心态走上了赌场，和杨六十几年的恶赌，先是输了左臂，最后又赢了杨六的命。他望着眼前的槐，就想起青春年少的自己，眼前的槐恍然就是二十年前自己的化身。半晌，又是半晌，冯山冷冷地问：要是我赢了呢?

槐说：那就随你处置，我既然上山了，就没想过活着下山。

冯山吁口长气：我只有一个条件。

槐冷着嘴角望着冯山。

冯山说：我赢了，你就离开日本人，去哪儿都行。

槐嘴角挂着冷笑道：依你。

冯山也笑了笑，他从腰间拔出那把盒子枪，扔给了孔大狗。孔大狗接过枪就叫了声：大哥——冯山挥了一下手，众人就都噤了声。他们知道冯山的脾气，说出的话，泼出去的水。

冯山做完这一切似乎想起了什么，他向木头小屋走去。他推开小屋的门，文竹正在透过窗口向外望着，此时，她仍然是那个姿势一动不动地立在那里。

冯山叫一声：文竹。

文竹没有回头，泪已经流了下来，她哽着声音说：你真要跟他赌?

冯山没有说话。

文竹抽泣着说：你赢了杨六，你发过誓再也不赌了，好好跟我过日子。

冯山默了一会儿道：这次是为了槐，也是为日本人，我就再赌一回。

文竹转过身，她满脸泪痕地说：你可是他的爹。

冯山的身体抖了一下，他的脸白了一下，道：他要不是槐，我还不和他赌。

说完这句话，冯山就走出小屋，他知道他一直走在文竹的目光中，就像当年他每次和杨六去赌，文竹都站在门口目送着他一点点远去，也迎接着他一点点走近。风吹着他的空袖管一摇一荡，他向二龙山上的鹰嘴岩走去。槐跟着，孔大狗等一帮兄弟也尾随在后面。

鹰嘴岩就是二龙山顶上突出的一块像鹰嘴样的石头，从山顶的石头上突出去，下面就是深不见底的深渊。

冯山走到鹰嘴岩旁停下了脚步，指着那块石头说：今天咱们就赌这个，看谁先掉下去。

冯山说完率先走到鹰嘴岩的岩石上，他让人找来了两条绳子，一头系在山顶的石头上，另一头系在了自己的腰上。冯山做完这一切把另一条绳子递给了槐，槐没接绳子，冯山说：你不是死赌，理应系上绳子，这样才公平。

槐深深地望了他一眼，把绳子一头系在腰上，绳子的另一端同样系在了山顶那块石头上，远远望去，他们两人就像一棵树上长出的两个枝杈。

孔大狗等一干弟兄站在远处惊惊诧诧地朝这边望着。

冯山喊：你们回去，该干啥就干啥。

没人回去，他们要见证自己的大哥是如何赌赢的。在二龙山方圆百里都知道这个传奇人物冯山。当年他和杨六赌得轰轰烈烈的故事至今仍然流传着。后来冯山收手了，来了日本人之后，就拉一干人马上了二龙山。他们都冲着冯山而来，冲着心目中早已景仰的英雄而来。今天和槐赌，没人相信他们的大哥冯山会输，他们的大哥是在横赌窝里混出来的。他们要一睹冯山横赌的风采。在他们眼里，冯山潇洒无比，他站在悬空的岩石上，山风吹起他的空袖管，像一面招展的旗。

冯山和槐站在一起，他们之间的距离只有两步之遥。他还没有如此近距离地和槐相处过，这就是他的儿子，他的心里渴盼着也纠结着。他不怀疑槐的血性，因为槐的血液里流淌着他的骨血，只要了解自己也就理解了槐。冯山挨着槐站在那里，他百感交集，他真希望喊一声：儿子。可他喊不出，他就是说出来和菊香的隐情，这时的槐也无法相信。

苍茫的冬日，在西天中抖了一抖，天就暗了。有风掠过，这是山谷中的风口，满山的风似乎都要从这里经过。

槐脸有些苍白，寒风一点又一点地把他浑身的热量带走了。槐敲着牙帮骨说：冯山，要是你输了，你就从这悬崖上跳下去。

冯山也打着抖说：槐，你输了，就离开日本人，干啥都行。

槐说：我说话算数，希望你说话也要算数。

两个人就那么凝望着，冯山的眼里有爱怜、宽容，甚至还有希望。槐的眼里只有仇恨，他的眼睛恨不能射出子弹。

槐打着抖说：冯山，我一定要赢你，为我娘报仇。

冯山说：你娘是你气死的，她的死和我无关。

槐又说：我娘对你那么好，可你辜负了她，要是你娶了我娘，我娘现在一定坐在热炕上吃香的喝辣的。

冯山不知说什么好了，他以前动过娶菊香的念头，那时她得了痨病的丈夫还活着。可那会儿他还是个赌徒，他的目标还没有达到，他不可能娶菊香，就是他娶，菊香也不会嫁给他。再后来菊香的男人死了，他也赢了杨六，把当年父亲输给杨家的母亲又赢了回来，可惜那只是从杨家坟地迁回来的尸骨了。他把母亲的尸骨和父亲的尸骨合葬在冯家坟地时，他喊了一声：爹，娘来了——便泣不成声了。作为男人和儿子，他的孝已经尽到了。他身上也是一身轻松了，他最大的心愿完成了，他就换了个人似的。文竹是他从杨六手里赢来的，活赌变成了死赌，不知从哪一刻起，文竹走进了他的心里，他也走进了文竹的心里，他发现时已经走不出来了。他知道自己这一生注定要过着颠沛流离的生活，是因为他的心，他一刻也没有平息过。菊香不可能和他过这样的生活，他太了解菊香了。因为赌，菊香父母说死也不同意菊香嫁给他，他也不想让菊香为他提心吊胆。他只能过着属于自己的生活，在和杨六最后赌博的日子里，文竹走进了自己，他顺理成章地娶了文竹。当年他娶文竹时，菊香曾私下里对他说：冯山，这都是命，咱们的命从生下来就不一样，要是下辈子有缘，你再娶我。菊香说完这话时，冯山已经泪流满面了。他只对菊香说了句：菊香，我对不住你。

后来冯山明白，不是自己对不住菊香，是自己的命对不住菊香，他希望菊香好，才不能娶她。

鹰嘴岩上的风就大了，这条峡谷是一个风口，山顶上风平浪静时，鹰嘴岩这个地方就经常风声大作。天已经黑了，风裹着毛毛雪针扎火燎地砸在冯山的脸上，他用余光观察着槐。槐凭着年轻气盛，刚登上鹰嘴岩时，甚至想拒绝用绳子系在腰上，他和冯山这一赌，没想过自己会输。他此时恨不能巴望鹰嘴岩上的石头断裂，让冯山摔下山崖，但他很快又否定了这种想法。虽然他第一次赌，又是和冯山，冯山和杨六赌了几年，他在这几年中，菊香牵着他的手，一次次目送着冯山走出自家小屋，又一次次走回来。槐知道母亲菊香在为冯山担惊受怕，在冯山和杨六疯赌的日日夜夜，菊香茶不思饭不想，有时槐在梦里醒来，经常看见母亲面对着油灯在泪流满面。他至今也不明白，自己的母亲菊香为什么要为毫不相干的冯山这么提心吊胆。

但槐承认，每一次槐离开家门时，都是一副淡定从容的神情，他冲娘菊香笑一笑，轻声说一声：我去了。然后伸出手在她头上抚摸一下，就头也不回地走进风雪中，他的背影义无反顾，潇潇洒洒。年少的槐每次看着潇洒的冯山远去的背影，他就在心里说：日后我也要成为像冯山这样的男人。

冯山潇洒地去了，又淡定地回来，每次回来，他都豪气地脚踩着灶台，风卷残云地把娘给他做的饭菜很快吃光，然后抹抹嘴，冲娘和他温暖地笑一笑，然后像山一样地倒在炕上，雷鸣般的鼾声便响彻整个小屋了。就是那次，冯山输给杨六一条手臂，他甩着空袖管一荡一荡地回来，在槐的眼里，冯山已经出神入化了。

冯山虽然是个赌徒，但他输得光明，赢得磊落，冯山男人的形象已经在槐心里入神入境了。槐多么希望自己的母亲能嫁给这样的男人啊，他一看到冯山，他的心里就踏实无比，也有一种男人的力量，从心底冉冉升起。可惜后来的结果就阴差阳错了，从那时起他就开始恨冯山。恨的结果就想置冯山于死地。他这次上山是怀着鱼死网破的心境，日本人的细菌和他没有关系。在南山绺子时，他知道南山那伙绺子无论如何也不能和二龙山的冯山抗衡。他投靠日本人就是想借日本人的刀杀了冯山。他知道如果这次赌输了，还有日本人。冯山一伙伏击了日本人，且夺走了细菌，日本人是不会放过冯山的，他从竹内大佐眼神里看到了这一点。

风就越来越大了，槐临上山时，脱去了宪兵队的衣服，换成了羊皮裤袄，可这些衣物似乎仍抵御不住鹰嘴岩上的寒冷。他的身体开始发抖，上牙和下牙不由自主地敲击在一起，发出咯咯的声响，他极力克制着自己，越是克制越是抖得厉害。

孔大狗一伙人，一直在远处看着，他们都为冯山担心。冯山几次让他们回去睡觉，但他们没有人动，他们站在黑暗中，默默地陪着自己的大哥。

在这期间，孔大狗差人给冯山送来一只烤鸡，还有一壶老酒，这是冯山平时最爱吃的食物。鸡香和酒香瞬间弥漫在了鹰嘴岩，冯山没有看那食物，把装鸡和酒的托盘用脚送到槐的面前，槐连看都没看，就一脚踢飞了鸡和酒。半晌，又是半晌，峡谷中才发出与铁盘和石头撞击的声音。

孔大狗一伙人就喊：大哥，和这条日本人的狗还讲啥君子，一脚把他踹下去得了，省得你挨冻受罪的。

冯山不理会孔大狗这伙人的喊叫，闭上了眼睛，骑马蹲裆式站在鹰嘴岩的石头上。大狗这伙兄弟太了解他们的大哥了，大哥认准的事就是有十头牛都拉不回了。

那一晚鹰嘴岩上的风很大，雪也很大，天空还打了几声惊雷，这是一种比较少见的现象，冬天打雷冯山还是第一次听见过。随着雷声和电闪，槐终于崩溃了，他“呀”地叫一声，一头从鹰嘴岩上栽了下去。那条系在腰间和石头之间的绳子把他吊在了半空。

当槐醒过来时，他已经躺在山顶木格楞小屋里了。他坐起来，绝望地望着冯山，冯山坐在他头前，正吃肉喝酒，见槐醒过来，把肉和酒往槐面前推了推。槐不看这些食物，哑着声音说：我输了。

冯山用袖口抹了一下嘴，潮湿着声音说：你该离开日本人。

槐说：男人说出的话，就是泼出去的水。他说完挣扎着坐起来，摇晃着向门口走去，这时他又回了一次头道：冯山你听好了，咱们的事才刚刚开始。

冯山大声地说：来人，送客。

天早就亮了，孔大狗一伙弟兄们裹挟着槐向山下走去。

槐离开二龙山，他立住脚，突然跪在地上，他抱着头号哭起来。

孔大狗等人见到冯山时，便红着眼睛说：大哥，为啥不杀了这小子，这小子该死。

冯山狠狠地看了一眼这伙弟兄，一字一顿地说：你们听好了，以后不准动他一根毫毛。

众人就不解地望着他。

冯山又说：我让他离开日本人，不再给日本人当狗。

孔大狗就急赤白脸地说：这小子在南山那会儿就不地道，他连他入道的大哥都杀，现在又投靠了日本人。他会守信用？

冯山没说什么，仰起脖子把酒壶里的酒喝光了，然后只是笑一笑。

半晌，冯山才说：日本人没有要回细菌，他们是不会甘心的，让人下山去二狗那儿打听一下消息，看日本人还有啥招要使。

孔大狗应一声就出去了。

六

竹内大佐面对灰头土脸回来的槐，他知道槐这是惨败而归。

昨天槐单枪匹马走向二龙山时，他知道槐这是找冯山横赌了。竹内大佐先后两次来过中国，第一次是十几年前的垦荒团，那时日本人还没有那么大野心，一口吞掉中国的土地。日俄战争之后，日本人以胜利而告终。从那开始日本人向中国做了一次迁徙，把整村的人迁到了中国，对外称为垦荒团。他们来中国时，也以整个村屯为建制，在东北辽阔的土地上开荒种田。那会儿，竹内是这个村屯的头领，他一边组织日本人播种收获，一边和中国人打交道。当时，中国人虽然对日本村屯的人仇视，但还没达到剑拔弩张的程度。竹内作为日本垦荒屯镇的代表，到处周游着和中国人打交道。

民不聊生的东北大地，横赌开始盛行。竹内曾亲眼看见中国屯里因横赌输了房子和儿女的家庭，赢了的不见喜色，输了的双眼充血，等待时机，以求再战。砍胳膊截腿的赌徒没有一丝愧色，他们空着袖管或裤腿，迎风而立，冲着茫茫雪地狼一样地嚎叫。竹内曾被这种民风民俗深深地震撼过，从不解到震撼，同时他也被这个民族吓住了，这些亡命之徒，面对着生死，妻离子散，连眼皮都不眨一下，为的就是一个赌和信誉。竹内那时就把中国的横赌理解为血性。他从骨子里把中国人深深地敬佩了。这是一些表面上看去麻木甚至愚钝的人，一旦灵醒了，将是可怕的。日本人的武士道精髓就是中国人横赌的精神。

当槐只身一人连头也不回地走向二龙山时，竹内大佐就知道，槐是和冯山横赌去了。怎么个赌法他不知道，但他知道，一定是悲壮和惨烈的。他目送着槐的背影，一种说不清的东西在他心里升腾起来。他不知道槐是输是赢，但无论输赢，他想到的是在七天之内无论如何要把丢失的细菌找回来。他的脑袋搬家是小事，整个竹内大队都不复存在了。日本人精心研制的成果也将荡然无存，他知道这种分量。

槐走后，竹内就找出了那副一直随身而带的“中国牌九”，那还是十几年前来中国垦荒团时的纪念品。他了解横赌后，就开始对“中国牌九”感兴趣了，这几张纸做的牌，就能产生那些惊天动地的后果，一张桌子，一盏油灯，两个人，昏天黑地地冲着一副纸做的牌，牌上画着抽象又具体的小人，那一个个小人，像一只只神灵似的，偷窥着外面的世界。竹内从对中国的横赌感兴趣，到对纸牌着魔，最后他会玩这副纸牌，渐渐地他感受到了这副牌里的奥妙和精髓，他便一发不可收拾。回国后他仍带着这副纸牌，又一次来到中国，他成为大佐，纸牌仍带在他的身上，有事没事地就拿出来把玩一番。在竹内的觉悟里，研究中国的文化就要从这副纸牌开始。

灰头土脸的槐出现在竹内面前，竹内没有说话，槐盯着竹内的脚尖说：竹内君，我输了，从此以后我不能再为你效力了。

竹内脸上的肌肉不由自主地抽动了几下，他望着槐，又看到了十几年前在垦荒屯时看到赌输了的中国男人拿起菜刀截断自己手臂的情景，一刀、两刀……喷溅的鲜血和金属碰撞在骨头上的声音惊心动魄。砍断自己手臂的男人摇摇晃晃地走了，离开身体的手臂横陈在那里，最后被野狗叼走。失去手臂的男人潇洒着走了，嘴里还哼着《得胜令》的曲调。

槐脱去了宪兵队长的衣服，慢条斯理地叠好，放在竹内面前，又深深地给竹内鞠了一躬道：我输了，这是我的承诺。

竹内大佐的右眼皮就狠狠地跳了几下，他默然无声地望着槐穿着羊皮袄走出去，他望着槐的背影，这个背影是那么熟悉又陌生，这就是中国人的背影。

离关东军司令部给他的期限只剩下四天多一点的时间了，当初他把槐放出去，原本是抱着希望的，但随着槐灰头土脸地回来，他的希望便灰飞烟灭了。槐做出的决定，他知道任何劝说都没有用，他在心里敬佩这种承诺，虽然是赌徒的承诺。

险峻的二龙山让他束手无策，攻打过二龙山，让他损失了几十个士兵，可二龙山上的冯山毫发未损。丢失细菌之后，他也想过强攻二龙山，他现在手里有上千日本士兵，炮十几门，可这么强打硬攻，也许能攻克二龙山，可是又得等到何年何月呢。关东军司令部只给他七天时间。

竹内在屋里踱着脚步，他看到了桌上放着的那副“牌九”。他拿起那副纸牌。看来，也只有这一步棋了，想到了这里，竹内就有了一种悲壮感，这种悲壮让他发抖。他站在镜子前看着自己，然后他开始脱衣服，脱去了军装，换成了羊皮袄，这是中国人找来让他御寒的衣服，他一直没有穿过，此时穿在身上他嗅到了羊的膻气。这股膻气有些让他作呕，也让他浑身战栗。他把纸牌揣在了怀里，向外走去。

竹内只身一人要去二龙山的举动惊动了整个竹内大队。所有人都拥出来拦住了竹内的去路。还有几个少佐带着一群士兵跪在了他的面前，嘴里乱七八糟地喊着：竹内君你不能去呀，你下命令让我们杀上二龙山，夺回细菌。

竹内挥了一下手，众士兵就抬起头，他又挥了一下手，那些乱七八糟喊叫的士兵便立了起来。他们明白，这是竹内的命令。竹内压着嗓子说：你们把二龙镇给我守好。

说完便头也不回地向二龙山走去。

一群士兵哭天抢地地就冲着竹内大佐的背影跪下了，长跪不起的样子。

当竹内被五花大绑地带到冯山面前的时候，他无法想象眼前身穿羊皮袄的竹内大佐会是这番模样。

冯山就用一支独臂指着竹内问：你是谁？

当竹内报出自己姓名时，冯山吸了口气，他绕着竹内转了几圈。然后看定竹内，说：我知道你们日本人不会善罢甘休。

冯山在这之前已得到线人孔二狗的报告，说竹内只身一人前往二龙山。但当竹内出现在他面前时，他还是有些不相信自己的眼睛。

他让人给竹内松了绑。

竹内就从怀里取出那副纸牌道：冯山，我要和你赌一次。

冯山看着竹内手里的纸牌，又看一眼竹内。

竹内坚定不移地望着冯山。冯山也那样望着竹内，两个男人就用目光交流着，有雷有电有风有雪。

竹内咬着牙说：我来只有一个目的，我赢了，你把那两个橡胶桶还我。

冯山也冷着声音说：要是你输了呢？

竹内说：你提要求。

冯山：你要是输了，让你们的竹内大队离开二龙镇。

竹内的鼻子抽了抽：我答应你。

冯山又说：口说无凭。

竹内呻吟般地说：我可以签字画押。

冯山喊出刘文章，刘文章在二龙山是唯一识文断字的人，以前在二龙山镇给药房当过收银先生。后来日本人来了，刘文章就投奔到了二龙山。

契约很快写好了，冯山从孔大狗腰里拔出一把刀，夹在下巴上，把自己的中指冲着刀锋划过，然后把指头按在写好的契约上，最后把刀扔到竹内面前。竹内也学着冯山的模样把中指割破，顿时两颗鲜红的手指印便醒目地绽放在那纸契约上。

在赌之前，竹内提出了一个要求，要亲眼看一下那两个橡胶桶。冯山就冷着脸领着竹内到废弃的山洞前，让人搬开石头。那两只橡皮桶原封不动地横陈在山洞里。竹内一看见那两只桶，眼睛似乎都绿了。

二龙山顶上，一块石头上，这边立着冯山，那边站着竹内，石头上摆着一副纸牌。两个人便昏天黑地地赌了起来。

冯山和竹内大佐赌，引来了一干兄弟围观，他们都屏了气，不错眼珠地看着两人手里的纸牌。

冯山把牌摆在眼前的石头上，竹内的手有些颤抖，研究了这么多年“中国牌九”，他不相信自己会输给冯山。

从下午到晚上，弟兄们举着松明火把，把整个二龙山照耀得灯火通明。

两个人站在灯影里，他们的身影被灯影拉长，波波折折地映在山上。

鸡叫时分，冯山把手里的牌扔下了，竹内输了，而且输得很惨。

太阳从东天冒出了半边，照得整个山头都跟着红彤彤的。竹内摇晃了一下，干干瘪瘪地说：我输了，咱们下山再换个赌法。

冯山望着竹内说：你们先撤出二龙镇，我随后就到。

竹内白了下脸，摇晃着向山下走去。

傍晚的时候，竹内大队肩扛手提着从二龙镇撤了出去，驻扎在离二龙镇约在二十里路的山坳里。

七

竹内大队一夜之间撤出二龙镇，消息传到二龙山时，弟兄们就炸开了锅。

冯山也没想到竹内大佐会守信用，他答应和竹内去赌，因为他根本没想过要失败。面对竹内大佐只身前往二龙山，在心里他重重地把竹内掂量了，仅凭这一点他对竹内就充满了尊重。当时孔大狗等弟兄出主意要把竹内在二龙山拿下，他摇头制止了。冯山从闯荡世界开始，就从来没有不仁不义过，做人讲的是信誉。不管竹内大佐如何，作为冯山不能把人格输了。正当二龙山的人们为竹内大队撤出二龙镇议论纷纷时，宪兵队的一个伪军上山递来了一封竹内大佐的信。

账房先生刘文章把竹内大佐的信读了，竹内大佐信的内容有两层，第一层意思说：在二龙山自己输了，按中国人的规矩认赌服输，已率自己的部下撤离了二龙镇。这些不用说，日本人一从二龙镇出发，二龙山上的人就已经知道了。

最后一层意思才是竹内大佐的真实用意，他约今天冯山下山，他要和冯山再好好赌一次。这才是竹内的真实用意。竹内下山时，已经埋下了伏笔，他说要换一种方法和冯山再赌一次。

刘文章把信读完了，然后小眼吧唧地望着冯山，冯山再听信的内容时，一直把笑挂在脸上，信读完了，他的笑仍没在脸上消退。

听完信，孔大狗先是嗷叫了一嗓子：大哥你不能去，不管你输赢，竹内那人是不会放过你的。

冯山把眼前的众弟兄扫了一眼，又扫了一眼，众人就闭上了嘴，大眼瞪小眼地望着冯山。

冯山就冷着声音说：竹内是不是到二龙山来过？

众人不明白冯山的意思，仍大眼瞪小眼地望着冯山。

冯山就又说：他能来，我为什么就不能去？

刘文章上前，一副账房先生的派头，摇晃着脑袋说：此一时，彼一时也，竹内是竹内，你是你。

刘文章号称是冯山这绺子的军师，因为他当过账房先生，识些文断些字，也因学过账房先生的缘故，说起话来总是摇头晃脑。

冯山不理刘文章，把他从眼前扒拉开，冲着众人说：竹内的赌约我不能不去，这次他要是输了，我就让他带着人马滚回日本去。

冯山把腰间的枪拔出来，扔给了孔大狗，冯山又紧了紧腰间的皮带。

军师刘文章就说：大当家的要去也可，一定要带上几个贴身兄弟，以防不测。

冯山平静地说：要是竹内真不仗义，别说带几个弟兄，就是带上咱们二龙山上的全套人马，也不抵竹内大队。

众人就住了口，他们知道，竹内大队有近千人人马，他们这绺子也就是上百人的队伍，之所以日本人拿二龙山没办，完全是因为二龙山的地势，让日本人没辙。

正在这时，一个声音传过来：冯山，我和你去。

众人转过头时，就看见文竹穿戴整齐地站在了冯山身后。

冯山望着文竹，文竹坚定地望着冯山。

文竹昨晚已清晰地看到了冯山和竹内赌的全过程，只不过，她站在了屋内，透过窗子望着冯山。此时她的心境和以前每次出门和杨六去赌，已经是大相径庭了。冯山和竹内的赌凛然而又悲壮。后来文竹就流下了眼泪，她就那么流着泪一直看着冯山把竹内赢得体无完肤。她那会也意识到，竹内不会有完，还要和冯山赌下去，她所没料到的是，竹内来得会这么快。

她义无反顾地站在冯山身后，冯山想冲文竹说点什么，嘴唇动了动，又什么也没有说出。

冯山转过身，挺胸抬头地向山下走去，文竹紧紧相跟着。风吹起冯山的空袖管，一飘一荡的。

孔大狗先反应过来，高喊了一声：送大哥下山。

众弟兄便尾随着冯山和文竹向山下走去。走到山脚下，立住脚，回过头扫了眼弟兄们，平平静静地说：把家看好了。

说完便头也不回地向前走去，文竹步态轻盈地相跟着。

孔大狗举起了手里的枪，枪口冲着天，他喊了一声：送大哥。

弟兄们的枪都举了起来，枪口一律冲天，枪声齐鸣，震撼着山谷。

冯山回了一次头。

孔大狗就喊：大哥，你要是有事，弟兄们就冲下山。

冯山立住了脚，站在一个土包上回望着，厉声说：大狗，你把山给我看好喽，没有我的命令谁也不准下山。

冯山又威严地扫了众人一眼。

孔大狗就带着哭脸喊：大哥——

冯山又道：我的话你们记下了吗?

孔大狗就率众人齐齐地跪下了，他们含着泪，目送着冯山和文竹向日本人的营地走去。

八

竹内大佐从二龙镇后撤二十里到南山坳来，完全是竹内自行做出的，他根本没有和关东军司令部请示，他知道请示也白请示，关东军司令部是不会同意他这浑蛋逻辑的。

竹内大佐下令离开二龙镇，当然是为了那细菌，他现在没有更好的办法夺回细菌，上二龙山时，亲眼看见了那两桶细菌，就在废弃的山洞里，可他无法带走。因为他输了，如果赢了，他就真的可以带走吗？也许这个答案只有冯山知道。

对于二龙镇，他进驻和撤出，只当是一次演习，如果他再想进驻二龙镇，是件易如反掌的事情，细菌还没有到手，他要遵守这游戏规则，否则，他就无法和冯山把这游戏进行下去了。凭着他对中国人的了解，冯山一定会来赴他这个赌约的。

当冯山被两个日本兵带到他面前时，竹内笑得很灿烂，他用中国话说：冯山君，我知道你会来的。

冯山也冲竹内笑一笑，他打量了一眼日本人这个临时营地。他就笑着说：这次要是你再输了，你没地方可去了，我让你回到日本岛上去。

竹内温文尔雅地说：这就是你的条件吗？

冯山就坚定地道：除非你同意这个条件，否则，我不会和你赌的。

竹内的右眼皮又跳了跳，脸上的肌肉也抖了抖。他咬着牙说：冯山君，我同意你的条件。

文竹站在冯山身后。

竹内说完挥了一下手，有两个日本兵端着笔墨上来，竹内唰唰点点地把契约写了，然后是抖着手在上面签上了字，轮到冯山签字时，他咬破了中指，把手印按在了那张宣纸上。

一场赌战就这样拉开了。

竹内让人拿来了两样东西，一把剑，一把日本用的指挥刀。竹内率先把刀拿在了手里，他甚至笑着冲冯山说：你们中国人喜欢用剑，剑就归你了。

冯山看着地上扔着的那把剑，他从来没用过剑，他可以用枪，也可以用棒，但他从来没用过剑。他望一眼竹内和他手里的那把刀，此时刀已经举在竹内手里了，他还在竹内的眼神里看到了一种胜券在握的神情。一股血撞到了冯山的头顶。他从下山开始，他就没有想过自己会输。赌场上的规矩就是赌博方式由输家来定，竹内上一轮是输家，这次理应由他定赌博的方法。既然冯山选择了用这种方式决斗，冯山只能奉陪到底了。

他一抬脚把那剑踢了起来，顺手抓住了剑柄，提剑在手就等于应战。

列成队伍的士兵，肃穆而有序地望着竹内和冯山。

竹内双手握刀，绕着冯山转了半圈，然后板着脸道：冯山君，那我就不客气了。

冯山举着剑，像拿着一根疲软的木棍，他没有说话，盯着竹内的眼睛。

竹内的刀就劈了过来，他没有冲冯山的身子，而是冲他手里的剑，如果冯山的剑不在了，那就等于束手就擒，他不想要了冯山的命，他还想要回他的细菌。

冯山看到了竹内的刀，他没躲也没闪甚至连手里的剑也没举起来。眼见着刀落下来的一瞬间，在这一瞬间里，竹内犹豫了一下，他是冲着冯山应该出剑的方向劈过去的，却没有见冯山把剑举起来，刀带着风声已经呼啸而至，他的身子也随着倾斜过来。冯山突然把手里的剑扔在了地上，伸出右手顺势把竹内抱在怀里，他用尽了平生的力气，他听见了竹内的肋骨响了一下，接着竹内就大叫了一声，他又用力地原地转了一圈，最后松开手，竹内便斜斜地飞了出去。

发生这一切只是在一瞬间完成的，竹内应声落地后，想挣扎着爬起来，终于没有起来，两个日本兵上来架起了竹内。竹内苍白着脸，望着冯山。

冯山把右手在裤子上抹了抹，然后笑道：竹内，你该带着你的人滚回日本岛了。说完头也不回地向日本兵营门口走去。文竹跟在他的身后。

他听见身后的竹内似呻似唉地喊了一声：八嘎——

便有几个日本兵上来拦住了冯山和文竹的去路。

冯山被关进了一顶临时帐篷里，门口有兵看守。

很快，竹内被两个兵架了进来。竹内坐在一张椅子上，两个兵立在他的身后，这时的竹内还是冲冯山笑一笑。

冯山坐在谷草上，他嘴里正在嚼一根草，一股秋天的味道浸进他的胃里，他想到了从前的日子。

他望着竹内说：你输了，你该把我放了，然后你带着你的人回日本。

竹内接着往下笑，笑容都快掉到地上了，竹内慢条斯理地说：这一局我又输了，但我不能回日本，把你关起来，我知道这不符合赌局的游戏，但没办法，我想要回细菌，只要你把细菌给我，别的咱们都好谈。

冯山闭上了眼睛，冯山料想过竹内毁赌的事，那样的话，他不想和竹内谈任何条件，连赌场规则都不遵守的人，在冯山眼里一钱不值，不配和自己说话。冯山看了眼竹内，仰在谷草上，闭上了眼睛，轻描淡写地说：竹内，你可以把我杀了。

文竹背过身去，望着帐篷内的一角。

竹内说：夫人，你可以做做你丈夫的工作，只要把那两桶东西还给我，你们可以随时上山。这就是我的条件，如果不从，那你们就只能在这里待下去。

竹内说完，慢慢地站起来，他的肋骨一定是断了，他伸不直腰，只能让两个士兵搀着他走出去。

竹内出去，冯山才睁开眼睛望着文竹，平静地说：你不该跟我来。

文竹笑一笑，笑得很灿烂，她说：我知道日本人会有这一手。

冯山很深地又望一眼文竹，文竹一张平静的笑脸满满地映在他的眼中。他冲文竹笑了一下，两个人就那么默然地相视着。

冯山知道这时候冲文竹说什么都是多余的，多余的话他就无须再说了。他更不想和竹内多说一句话，在他的眼里，毁赌的人，还不如一枚草芥。

九

关东军司令部给竹内大佐七天的期限，现在只剩下三天了。竹内不能不急，他夹着屁股在临时帐篷内转来转去，他原打算把冯山叫下山后，一切就听凭自己摆布了。他下令把冯山和文竹抓起来，他知道这不是个上策，对付冯山这种人，动横的肯定不行，横赌的人连死都不怕，还有什么可怕的呢？按着赌规，他已经犯了大忌，他已经失去了和冯山平等对话的机会。当然和冯山是否平等不重要，他的目的是要回细菌。

焦头烂额的竹内，想到了文竹。看来只能在文竹身上打开突破口了。连死都不怕的人，可能最怕的就是一个“情”字。想到这里，竹内把刚吸了半截的纸烟扔到了地上。

对文竹动刑的地点就是关押冯山帐篷的隔壁，文竹的头发被吊了起来，头发连着身体，人整个悬在了半空。

文竹已经骂不动了，她口吐血水，冷着眼睛冲着几个对她动刑的日本兵。日本兵忙活累了，呼哧带喘地冲着文竹运气。

文竹就骂：狗，你们这群东洋狗。

文竹晕死过几次，都被冰冷的水给泼醒了。醒来后的日本人接着对文竹动刑，皮鞭声和泼水声以及文竹的咒骂声掺杂在一起。

冯山咬着牙站在自己的帐篷里，帐篷周围站着的都是荷枪实弹的日本兵。他差不多咬碎了自己的牙齿，让血水流进自己的身体。这会儿，竹内就来了，这次他没让人搀扶，披着件军大衣，吸着气走到关押冯山的帐篷前。他先是虚虚地冲冯山笑一笑，不看冯山，而是看着别处道：冯山君，对不住了，折磨夫人也是没有办法的事情，只要你把那两个桶交出来，我愿意赔偿冯山君及夫人的一切损失。

冯山见到竹内时，便把身子转了过去，他觉得自己没有任何意义和竹内对话了，悔赌的人，没有任何信誉可言，对他多说一句话都没有任何意义和价值。

竹内仍说：冯山君，我是没有办法呀，只要你把那两桶东西还我，你提什么条件都可以。

冯山突然转过身，把一口口水重重狠狠地吐在竹内的脸上。

竹内仍那么笑着，他甚至都没用手去擦脸。他接着说：冯山君，你的心情我理解，我没有遵守你们中国人赌行上的规矩，只要你把那两个桶交出来，我愿意再和你赌一次。

冯山一动不动地立在那里。

竹内大佐立了一会儿，又立了一会儿，他挥了一下手又说：夫人是吃了些苦，只要你带我们的人上山去取回那两只桶，夫人的伤我会找最好的医生给治。

冯山突然转回头，惊天动地地喊了一声：滚——

竹内脸色青青白白了一阵，他默站了一会儿，又站了一会儿，最后还是走了。

穷途末路的竹内，又想到了槐。槐收拾好东西离开宪兵队时，他一句话也没说，他对槐有种说不清的东西，既敬佩又无奈的一种心境。他知道这时挽留槐，说什么也没用，他只能放，至于何时放，他要掌握火候。他太了解这批中国人了。

当竹内差人到了二龙镇请来槐的时候，竹内开门见山地说：槐，我知道你和冯山有仇，你一心想杀了他，现在机会来了。冯山就在我手上，不过，我不想让你杀了他，我就想把我那两只桶要回来。冯山不怕死，杀了他也没用，我就想要回我的那两只桶。槐，我只能请你出马了。

槐此时身穿羊皮袄，袖着手，山民模样地望了眼竹内，然后就深深浅浅地看了竹内几眼，他没说什么，转身走了出去。

槐先来到文竹的行刑地，文竹已经晕死在地上，泼在她身上的水，结着冰碴儿，文竹就躺倒在冰碴儿中。她的头发披散开来，一绺绺头发结成冰凌凝结在一起。文竹还在低声骂着：狗，你们这群东洋狗……声音含混不清。

槐看了几眼文竹，他转身又来到了冯山帐篷前，他立住脚，就那么看着冯山。冯山背对着门口，孤独坚持地立在那里。

槐清了清喉咙，冯山转了一下头，瞥了眼槐，把刚转回去的头又扭了回来，最后整个身子也转了回来，他有些惊讶地望着槐。

槐身穿羊皮袄，他袖着手，冷冷地冲冯山说：我已经离开了宪兵队，这个赌我认了，我这次可来可不来。

冯山望着槐，牙仍然咬着。

槐又说：这趟山你不该下，日本人就是日本人。

冯山听完槐这句话，他的眼皮跳了跳。

槐又说：姓冯的，你害死了我娘，我杀你十次都不会解我的心头大恨。

冯山的脸白了些，槐的脸是青的。

槐说完这句话，转身就走了。

槐找到竹内时，只说了一句话：我和冯山的事得按着中国人的规矩来。

竹内已经无路可走了，忙点头道：只要在后天能把那两只桶找回来，怎么处置冯山随你。

槐说：我要把冯山带到宪兵队去。

竹内望了眼槐：槐，冯山的事就拜托你了。

槐在那天晚上，用一辆牛车拉着冯山和文竹回到了二龙镇。竹内从二龙镇撤出，他只撤出了日本部队，宪兵仍驻守在二龙镇。

槐带着冯山和文竹重新回到了宪兵队。两只气灯，嗞嗞地冒着气，把整个宪兵队的院子照得通亮。院子里站满了宪兵和一小队日本兵，这小队日本兵是押解冯山和文竹回二龙镇的兵。

槐绕着冯山和文竹转了一圈，冯山不看槐，仰着头望着星星。

槐压低声音说：冯山，你现在落到我手里了，我想怎么弄死你都行。

冯山抽回目光，望了眼槐，甚至还笑了笑。

槐就冲两个宪兵说：把车套上。

槐让冯山和文竹重新坐到牛车上，他接过赶牛的鞭子。

日本小队长跑了过来，欲拦住槐的去路，槐就说：竹内大佐让我全权处理这件事，要是那两只桶要不回来，是你掉脑袋还是我掉脑袋。

小队长就怔住了，一群想拥上来的日本兵也站在那里，他们最后大眼瞪小眼地望着槐赶着牛车出了二龙镇。

田野安静得很，只有牛车轧着雪路的声音，满天的星星很繁华地亮着。

突然，槐立住了脚，牛也立住了脚。

槐冲车上的冯山说：你们可以走了。

冯山不相信地望着槐。

槐说：冯山，这时候我要是杀了你，我就不是槐了。

冯山借着星光模糊地望着槐，此时他有一种感动也有一种骄傲。这就是他的儿子，他身体里流着他的血和一种气。这种气他太熟悉了，熟悉自己也就熟悉了槐。

槐冷着声音说：冯山，我要让你死得明明白白，记着，我槐是会找你的。

槐说完把牛鞭扔到冯山的手里，转过头走了。

冯山说：槐，你去哪里，你把我放了，日本人是不会放过你的。

槐没再说话，耸着身子向雪野里走去，茫茫雪野只留下槐渐远渐逝的脚步声。

一股风夹着雪粒吹来，冯山灵醒了，他右手举起牛鞭，向牛抽去，他喊了一声：驾！

牛拉着他和文竹便向风雪中的二龙山冲去。

图书在版编目（CIP）数据

北京故事 / 石钟山著．— 北京：作家出版社，2015.9
（名家小说集）
ISBN 978-7-5063-8293-9

Ⅰ．①北… Ⅱ．①石… Ⅲ．①中篇小说—小说集—中国—当代 ②短篇小说—小说集—中国—当代 Ⅳ．①I247.7

中国版本图书馆 CIP 数据核字（2015）第 218812 号

北京故事

作　　者：石钟山
策 划 人：杨晓升　罗　英
责任编辑：张　平
装帧设计：薛冰焰
出版发行：作家出版社
社　　址：北京农展馆南里 10 号　　**邮　　编：**100125
电话传真：86-10-65930756（出版发行部）
86-10-65004079（总编室）
86-10-65015116（邮购部）
E-mail：zuojia@zuojia. net. cn
http：//www. haozuojia. com（作家在线）
印　　刷：北京市玖仁伟业印刷有限公司
成品尺寸：130×185
字　　数：192 千
印　　张：12
版　　次：2016 年 1 月第 1 版
印　　次：2016 年 1 月第 1 次印刷
ISBN 978-7-5063-8293-9
定　　价：35.00 元